MANHÃ, TARDE & NOITE

Obras do autor

As areias do tempo
Um capricho dos deuses
Conte-me seus sonhos
Os doze mandamentos (infanto-juvenil)
Escrito nas estrelas
Um estranho no espelho
A herdeira
A ira dos anjos
Juízo final
Lembranças da meia-noite
Manhã, tarde & noite
Nada dura para sempre
A outra face
O outro lado da meia-noite
O plano perfeito
O reverso da medalha
Se houver amanhã

Livros Juvenis em Co-edição com a Editora Ática

Corrida pela herança
O ditador
O estrangulador
O fantasma da meia-noite
A perseguição

SIDNEY SHELDON

MANHÃ, TARDE & NOITE

Tradução de
Pinheiro de Lemos

10ª TIRAGEM

EDITORA RECORD
RIO DE JANEIRO • SÃO PAULO
2000

CIP-Brasil. Catalogação-na-fonte
Sindicato Nacional dos Editores de Livros, RJ.

Sheldon, Sidney, 1917-
S548m Manhã, tarde e noite / Sidney Sheldon; tradução
1ª ed. de Pinheiro de Lemos. – 10ª tiragem. – Rio de
Janeiro: Record, 2000.

Tradução de: Morning, noon & night

1. Romance norte-americano. I. Lemos, A. B.
Pinheiro de (Alfredo Barcelos Pinheiro de),
1938- . II. Título.

CDD – 813
95-1845 CDU – 820(73)-3

Título original norte-americano
MORNING, NOON AND NIGHT

Direitos exclusivos de publicação em língua portuguesa para o Brasil
adquiridos pela
DISTRIBUIDORA RECORD DE SERVIÇOS DE IMPRENSA S.A.
Rua Argentina 171 – Rio de Janeiro, RJ – 20921-380 – Tel.: 585-2000
que se reserva a propriedade literária desta tradução

Impresso no Brasil

ISBN 85-01-04446-6

PEDIDOS PELO REEMBOLSO POSTAL
Caixa Postal 23.052
Rio de Janeiro, RJ – 20922-970

PARA KIMBERLY

com amor

Deixe que o sol da manhã aqueça
Seu coração quando é jovem
E deixe a brisa amena da tarde
Esfriar sua paixão,
Mas cuidado com a noite,
Pois a morte ali espreita,
Esperando, esperando, esperando.

ARTHUR RIMBAUD

Manhã

Capítulo Um

Dmitri perguntou:

— Sabia que estamos sendo seguidos, Sr. Stanford?

— Sabia.

Ele os percebera durante as últimas 24 horas. Os dois homens e a mulher se vestiam de uma maneira informal, tentavam se fundir com os turistas de verão caminhando pelas ruas calçadas com pedras no início da manhã, mas era difícil permanecer despercebido num lugar tão pequeno quanto a aldeia fortificada de St.-Paul-de-Vence.

Harry Stanford notara-os pela primeira vez porque pareciam informais *demais*, e se empenhavam *demais* em não olhar para ele. Sempre que se virava, avistava um deles nas proximidades.

Harry Stanford era um alvo fácil de seguir. Tinha mais de 1,80m de altura, os cabelos brancos caindo por cima da gola da camisa, um rosto aristocrático, quase imperioso. Estava acompanhado por uma jovem morena de beleza extraordinária, um pastor-alemão branco e Dmitri Kaminsky, um segurança de 1,90m, pescoço grosso e testa saliente. *É difícil nos perder*, pensou Stanford.

Ele sabia quem mandara aquelas pessoas e por que, e experimentava uma sensação de perigo iminente. Aprendera há muito tempo a confiar em seus instintos. Instinto e intuição haviam-no ajudado a se tornar um dos homens mais ricos do mundo. A revista *Forbes* calculara o valor da Stanford Enterprises em seis bilhões de dólares, enquanto nas 500 da *Fortune* o patrimônio fora avaliado em sete bilhões. *The Wall Street Journal, Barron's* e *The Financial Times* haviam publicado perfis de Harry Stanford, tentando explicar sua mística, sua espantosa noção de oportunidade, a inefável perspicácia que criara a gigantesca Stanford Enterprises. Mas nenhum tivera pleno êxito.

O ponto em que todos concordavam é que ele tinha uma energia obsessiva, quase palpável. Era incansável. Sua filosofia era simples: um dia sem fazer um negócio era um dia desperdiçado. Esgotava seus concorrentes, seus assessores e todos que tinham contato com ele. Era um fenômeno, uma pessoa memorável. Pensava em si mesmo como um homem religioso. Acreditava em Deus, e o Deus em que acreditava queria que ele fosse rico e vitorioso, e seus inimigos mortos.

Harry Stanford era uma figura pública, e a imprensa sabia tudo a seu respeito. Harry Stanford era uma figura privada, e a imprensa nada sabia a seu respeito. Haviam escrito sobre seu carisma, seu suntuoso estilo de vida, seu avião particular e seu iate, e suas lendárias residências, em Hobe Sound, Marrocos,

Long Island, Londres, Sul da França, e Rose Hill, uma magnífica propriedade em Back Bay, na área de Boston. Mas o verdadeiro Harry Stanford permanecia um enigma.

— Para onde estamos indo? — indagou a mulher.

Ele estava preocupado demais para responder. O casal no outro lado da rua usava a técnica da mudança, e acabara de trocar de parceiros mais uma vez. Junto com o senso de perigo, Stanford experimentou uma raiva intensa pela invasão de sua privacidade. Haviam ousado procurá-lo naquele lugar, seu refúgio secreto do resto do mundo.

St.-Paul-de-Vence é uma pitoresca aldeia medieval, espalhando sua magia antiga pelo alto de uma colina nos Alpes Marítimos, no interior, entre Cannes e Nice. É cercada por uma paisagem espetacular e encantadora de colinas e vales, cobertos por flores, pomares e florestas de pinheiros. A aldeia propriamente dita, uma cornucópia de estúdios de pintores, galerias de arte e fascinantes lojas de antigüidades, é um ímã para turistas do mundo inteiro.

Harry Stanford e seu grupo entraram na Rue Grande. Ele virou-se para a mulher.

— Sophia, gosta de museus?

— Gosto, *caro.*

Ela sentia-se ansiosa em agradá-lo. Jamais conhecera alguém como Harry Stanford. *Espere só até eu contar a* mie amiche *sobre ele. Eu pensava que não me restava mais nada a descobrir sobre sexo, mas ele é tão criativo! E está me deixando esgotada!*

Subiram a ladeira para o museu de arte da Fundação Maeght, e contemplaram sua renomada coleção de quadros de Bonnard,

Chagall e vários outros artistas contemporâneos. Quando Harry Stanford olhou ao redor, num gesto casual, divisou a mulher parada no outro lado da galeria, parecendo concentrada num Miró. Ele virou-se para Sophia.

— Está com fome?

— Estou, sim... se você estiver.

Não devo abusar.

— Ótimo. Vamos almoçar em La Colombe d'Or.

La Colombe d'Or era um dos restaurantes prediletos de Stanford, um prédio do século XVI à entrada da parte velha da aldeia, convertido em hotel e restaurante. Stanford e Sophia ocuparam uma mesa no jardim, à beira da piscina, de onde ele podia admirar o Braque e o Calder.

Prince, o pastor-alemão branco, deitou a seus pés, sempre vigilante. O cachorro era a marca registrada de Stanford. Aonde quer que ele fosse, Prince o acompanhava. Circulava o rumor de que o animal era capaz de dilacerar a garganta de uma pessoa a uma ordem de Harry Stanford. Ninguém queria testar o rumor.

Dmitri sentou-se sozinho a uma mesa perto da entrada do hotel, observando com toda atenção as pessoas que entravam e saíam.

— Quer que eu peça para você, minha cara? — perguntou Stanford a Sophia.

— Por favor.

Harry Stanford orgulhava-se de ser um *gourmet*. Pediu uma salada verde e *fricassée de lotte* para ambos.

Enquanto o prato principal era servido, Daniele Roux, que dirigia o hotel com o marido, François, aproximou-se da mesa e sorriu.

— *Bonjour*. Está tudo a seu gosto, *Monsieur* Stanford?

— Tudo maravilhoso, *Madame* Roux.

E assim seria de fato. *Eles são pigmeus, tentando abater um gigante. Terão um grande desapontamento.*

— Nunca estive aqui antes — comentou Sophia. — É uma linda aldeia.

Stanford concentrou sua atenção nela. Dmitri fora buscá-la em Nice no dia anterior.

— Trouxe alguém para vê-lo, Sr. Stanford.

— Algum problema?

Dmitri sorrira.

— Nenhum.

Ele a vira no saguão do Hotel Negresco e a abordara.

— Com licença. Fala inglês?

— Falo.

A jovem tinha um sotaque italiano.

— O homem para quem trabalho gostaria de convidá-la para jantar.

Ela se mostrara indignada.

— Não sou uma *puttana*! — protestara, altiva. — Sou uma atriz.

Na verdade, ela fora figurante no último filme de Pupi Avati, e tivera um papel com um diálogo de duas frases num filme de Giuseppe Tornatore.

— Por que eu deveria jantar com um estranho?

Dmitri tirara do bolso um bolo de notas de cem dólares. Pusera cinco na mão dela.

— Meu amigo é muito generoso. Possui um iate, e se sente solitário.

Ele observara o rosto da jovem passar por uma série de mudanças, da indignação à curiosidade e ao interesse.

— Por acaso estou num intervalo entre filmes. — Ela sorrira. — Provavelmente não haveria mal algum em jantar com seu amigo.

— Ótimo. Ele ficará satisfeito.

— Onde o encontrarei?

— Em St.-Paul-de-Vence.

Dmitri escolhera bem. Italiana. Ao final da casa dos vinte anos. Um rosto felino, sensual. Corpo cheio, seios firmes. Agora, contemplando-a através da mesa, Harry Stanford tomou uma decisão.

— Gosta de viajar, Sophia?

— Adoro.

— Ótimo. Vamos fazer uma pequena viagem. E agora me dê licença por um minuto.

Sophia observou-o atravessar o restaurante até um telefone público, ao lado da porta do banheiro dos homens. Stanford pôs um *jeton* na fenda e discou.

— Telefonista marítima, por favor.

Segundos depois, uma voz disse:

— *C'est l'opératrice maritime.*

— Quero fazer uma ligação para o iate *Blue Skies*. Uísque bravo lima nove oito zero...

A conversa durou cinco minutos. Stanford ligou em seguida para o aeroporto de Nice. A conversa foi ainda mais curta desta vez.

Ao terminar, Stanford foi falar com Dmitri, que no mesmo instante deixou o restaurante. Ele voltou à mesa.

— Está pronta, Sophia?

— Estou.

— Vamos dar uma volta.

Ele precisava de tempo para formular um plano.

Era um dia perfeito. O sol tingia de rosa as nuvens no horizonte, e rios de luz prateada corriam pelas ruas.

Eles foram andando pela Rue Grande, passaram pela Église,

a linda igreja do século XII, e pararam diante da *boulangerie* para comprar pão fresco. Ao saírem, um dos três vigias estava parado lá fora, fingindo admirar a igreja. Dmitri também os esperava. Harry Stanford entregou o pão a Sophia.

— Por que não leva isto para casa? Irei encontrá-la dentro de poucos minutos.

— Está bem. — Ela sorriu e sussurrou: — Não demore, *caro*.

Stanford observou-a se afastar, depois gesticulou para Dmitri.

— O que descobriu?

— A mulher e um dos homens estão hospedados em Le Hameau, na estrada para La Colle.

Harry Stanford conhecia o lugar. Era uma casa de fazenda caiada de branco, com um pomar, um quilômetro a oeste de St.-Paul-de-Vence.

— E o outro?

— Em Le Mas d'Artigny.

Era uma mansão provençal numa encosta, três quilômetros a oeste de St.-Paul-de-Vence.

— O que quer que eu faça com eles, senhor?

— Nada. Eu mesmo cuidarei deles.

A *villa* de Harry Stanford ficava na Rue de Casette, perto da *mairie*, uma área de ruas estreitas calçadas com pedras e casas muito antigas. Era uma casa em cinco níveis, de pedra antiga e reboco. Nos dois níveis abaixo da sala havia uma garagem e uma antiga *cave*, usada como adega. Uma escada de pedra levava ao segundo andar, onde ficavam os quartos e o escritório, e ao terraço coberto. Toda a casa era mobiliada com antigüidades francesas e cheia de flores.

Ao voltar à *villa*, Stanford encontrou Sophia em seu quarto, à sua espera. Estava nua.

— Por que demorou tanto? — murmurou Sophia.

A fim de sobreviver, Sophia Matteo muitas vezes ganhava dinheiro nos intervalos entre filmes como uma *call girl*, e se acostumara a simular orgasmos para agradar aos homens. Com aquele homem, no entanto, não havia necessidade de fingir. Stanford era insaciável, e ela se descobria a gozar várias vezes.

Quando finalmente ficaram esgotados, Sophia abraçou-o e sussurrou, feliz:

— Eu poderia ficar aqui para sempre, *caro*.

Eu bem que gostaria de poder ficar, pensou Stanford, sombrio.

Jantaram no Le Café de la Place, na praça General de Gaulle, perto da entrada da aldeia. Foi um jantar delicioso, e para Stanford o perigo aumentava o sabor da refeição.

Ao terminarem, voltaram para a *villa*. Stanford caminhava devagar, para ter certeza de que seus seguidores o acompanhavam.

À uma hora da madrugada, um homem parado no outro lado da rua observou as luzes na casa serem apagadas, uma a uma, até que a escuridão era total.

Às quatro e meia da madrugada, Harry Stanford entrou no quarto de hóspedes, onde Sophia dormia. Sacudiu-a gentilmente.

— Sophia...

Ela abriu os olhos, fitou-o, com um sorriso de expectativa, mas logo franziu o rosto. Stanford estava vestido. Ela sentou na cama.

— Algum problema?

— Não, minha querida. Está tudo bem. Você disse que gostava de viajar. Pois vamos fazer uma pequena viagem.

Sophia despertara por completo.

— A esta hora?

— Isso mesmo. E não devemos fazer barulho.

— Mas...

— Trate de se apressar.

Quinze minutos depois, Harry Stanford, Sophia, Dmitri e Prince desceram a escada de pedra para a garagem no porão, onde havia um Renault marrom. Dmitri abriu a porta da garagem com extremo cuidado, correu os olhos pela rua. Exceto pelo Corniche branco de Stanford, estacionado na frente da casa, a rua parecia deserta.

— Não tem ninguém.

Stanford virou-se para Sophia.

— Vamos fazer uma pequena manobra. Nós dois entraremos atrás do Renault e deitaremos no chão.

Ela arregalou os olhos.

— Por quê?

— Alguns concorrentes vêm me vigiando — explicou Stanford, muito sério. — Estou prestes a fechar um grande negócio, e eles tentam descobrir tudo a respeito. Se descobrissem, isso poderia me custar muito dinheiro.

— Compreendo — murmurou Sophia, sem ter a menor idéia do que se tratava.

Passaram pelos portões da aldeia cinco minutos depois, na estrada para Nice. Um homem sentado num banco observou o Renault marrom passar em alta velocidade. Reconheceu Dmitri Kaminsky ao volante, com Prince ao seu lado. Ele se apressou em pegar seu telefone celular e discou.

— Talvez tenhamos um problema — disse ele à mulher.

— Que tipo de problema?

— Um Renault marrom acaba de passar pelos portões. Dmitri Kaminsky guiava, e o cão também ia no carro.

— Stanford não estava no carro?

— Não.

— Não acredito. Seu segurança nunca o deixa à noite, e o cachorro nunca se afasta dele em momento algum.

— O Corniche branco continua estacionado na frente da *villa*? — perguntou o outro enviado para vigiar Harry Stanford.

— Continua, mas talvez ele tenha trocado de carro.

— Ou pode ser um truque. Ligue para o aeroporto.

Falaram com a torre em poucos minutos.

— O avião de *Monsieur* Stanford? *Oui.* Chegou há uma hora, e já foi reabastecido.

Cinco minutos depois, dois membros da equipe de vigilância seguiam para o aeroporto, enquanto o terceiro ficava vigiando a *villa* escura.

Enquanto o Renault marrom passava por La Coalle-sur-Loup, Stanford ergueu-se para o banco.

— Podemos sentar agora, Sophia. — Ele virou-se para Dmitri. — Aeroporto de Nice. E depressa.

Capítulo Dois

Meia hora depois, no aeroporto de Nice, um Boeing 727 adaptado taxiou lentamente pela pista, até o ponto de decolagem. No alto da torre, o controlador de vôo comentou:

— Eles estão mesmo com pressa. O piloto já pediu autorização para decolar três vezes.

— De quem é o avião?

— Harry Stanford. O rei Midas em pessoa.

— Deve estar a caminho de alguma reunião em que ganhará mais um ou dois bilhões.

O controlador virou-se para monitorar a decolagem de um Learjet, depois pegou o microfone.

— Boeing oito nove cinco Papa, aqui é o controle de partida

de Nice. Está autorizado a decolar. Cinco à esquerda. Depois da decolagem, vire à direita para curso de um quatro zero.

O piloto e o co-piloto de Harry Stanford trocaram um olhar aliviado. O piloto apertou o botão do microfone.

— Entendido. Boeing oito nove cinco Papa está autorizado a decolar. Virará à direita para um quatro zero.

Um momento depois, o enorme avião disparou pela pista, e alçou vôo para o céu cinzento do amanhecer. O co-piloto tornou a falar pelo microfone:

— Controle de partida, Boeing oito nove cinco Papa está subindo para três mil para nivelar vôo em sete zero.

O co-piloto virou-se para o piloto.

— O Velho Stanford estava mesmo com pressa de partir, hem?

O piloto deu de ombros.

— Não nos cabe especular sobre o motivo, devemos apenas fazer e morrer. Como ele está lá atrás?

O co-piloto levantou-se, foi entreabrir a porta da carlinga, deu uma espiada.

— Descansando.

Eles telefonaram do carro para a torre do aeroporto.

— O avião do Sr. Stanford... ainda está no solo?

— *Non, monsieur*. Já decolou.

— O piloto apresentou um plano de vôo?

— Claro, *monsieur*.

— Para onde?

— O avião segue para JFK.

— Obrigado.

O homem desligou, virou-se para seu companheiro.

— Kennedy. Teremos pessoas lá para esperá-lo.

Quando o Renault passou pelos arredores de Monte Carlo, seguindo em alta velocidade para a fronteira italiana, Harry Stanford perguntou:

— Não há nenhuma possibilidade de terem nos seguido, Dmitri?

— Não, senhor. Nós os despistamos.

— Ótimo.

Harry Stanford recostou-se no banco e relaxou. Não havia mais nada com que se preocupar. Eles seguiriam a pista do avião. Stanford avaliou a situação. Era de fato uma questão do que sabiam e de quanto sabiam. Eram como chacais seguindo a trilha de um leão, na expectativa de abatê-lo. Harry Stanford sorriu para si mesmo. Haviam subestimado o homem com quem lidavam. Outros que tinham cometido o mesmo erro acabaram pagando caro por isso. Alguém também pagaria desta vez. Ele era Harry Stanford, confidente de presidentes e reis, bastante rico e poderoso para quebrar as economias de uma dúzia de países. Mesmo assim...

O 727 sobrevoava Marselha. O piloto falou pelo microfone:

— Marselha, Boeing oito nove cinco Papa está com vocês, subindo nível de vôo de um nove zero para nível de vôo dois três zero.

— Entendido.

O Renault chegou a San Remo pouco depois do amanhecer. Harry Stanford tinha lembranças afetuosas da cidade, mas as mudanças haviam sido drásticas. Ele recordou um tempo em que era uma cidade elegante, com hotéis e restaurantes de primeira classe, um cassino em que se exigia o traje a rigor, e no qual se podia perder ou ganhar fortunas em uma noite. San Remo sucumbira agora ao turismo, com clientes ruidosos jogando em mangas de camisa.

O Renault se aproximava da enseada, a dezenove quilômetros da fronteira franco-italiana. Havia duas marinas ali, a Marina Porto Sole, a leste, e a Porto Communale, a oeste. Em Porto Sole, um atendente da marina orientava a atracação. Em Porto Communale, não havia nenhum atendente.

— Qual das duas? — indagou Dmitri.

— Porto Communale — determinou Stanford.

Quanto menos pessoas por perto, melhor.

— Certo, senhor.

Cinco minutos depois, o Renault parou ao lado do *Blue Skies*, o iate de 180 pés. O comandante Vacarro e a tripulação de doze pessoas estavam alinhados no convés. O comandante desceu apressado pela prancha para cumprimentar os recém-chegados.

— Bom dia, *Signor* Stanford — disse o comandante Vacarro. — Levaremos sua bagagem para bordo e...

— Não tenho bagagem Vamos partir logo.

— Certo, senhor.

— Espere um instante. — Stanford observava os tripulantes. Franziu o rosto. — O homem na extremidade. Ele é novo, não é mesmo?

— É, sim, senhor. Nosso camaroteiro ficou doente em Capri e contratamos este. Ele foi bastante...

— Dispense-o — ordenou Stanford.

O comandante ficou perplexo.

— Dispensá-lo?

— Pague uma indenização. E vamos partir o mais depressa possível.

Vacarro acenou com a cabeça.

— Pois não, senhor.

Harry Stanford olhou ao redor, com um renovado senso de presságio. Quase podia apalpar o perigo no ar. Não queria estranhos por perto. O comandante Vacarro e sua tripulação o serviam há anos. Podia confiar neles. Stanford virou-se para fitar a moça. Como Dmitri a escolhera ao acaso, não havia perigo ali. E quanto a Dmitri, seu fiel segurança já salvara a vida dele mais de uma vez. Stanford virou-se para Dmitri.

— Fique perto de mim.

— Pois não, senhor.

Stanford pegou Sophia pelo braço.

— Vamos embarcar, minha querida.

Dmitri Kaminsky parou no convés, observando a tripulação se preparar para zarpar. Esquadrinhou a enseada, mas nada avistou que pudesse alarmá-lo. Àquela hora da manhã, quase não havia atividade. Os enormes geradores do iate começaram a funcionar. O comandante se aproximou de Harry Stanford.

— Ainda não informou para onde vamos, *Signor* Stanford.

— Não, comandante, não informei, não é mesmo? — Ele pensou por um instante. — Portofino.

— Certo, senhor.

— E antes que eu me esqueça, quero que mantenha um rigoroso silêncio de rádio.

O comandante Vacarro franziu o rosto.

— Silêncio de rádio? Está bem, senhor, mas se...

Harry Stanford interrompeu-o:

— Não se preocupe, apenas faça o que estou mandando. E não quero ninguém usando os telefones por satélite.

— Certo, senhor. Vamos parar em Portofino?

— Eu o avisarei quando chegar a ocasião, comandante.

Harry Stanford levou Sophia numa excursão pelo iate. Era um dos seus bens mais prezados, e ele gostava de mostrá-lo. E era sem dúvida uma embarcação espetacular. Tinha uma luxuosa suíte principal, com uma sala de estar e um escritório. O escritório era espaçoso e confortável, com um sofá, várias poltronas, e uma escrivaninha, por trás da qual havia equipamentos suficientes para se administrar uma cidade pequena. Na parede havia um enorme mapa eletrônico, com um pequeno barco em movimento indicando a atual posição do iate. Portas de vidro corrediças se abriam da suíte para um deque, onde havia uma *chaise longue* e uma mesa com quatro cadeiras. Uma balaustrada de teca se estendia por toda a parte externa. Nos dias mais aprazíveis, Stanford tinha o hábito de comer o desjejum ali.

Havia seis camarotes para hóspedes, cada um com painéis de seda pintados a mão, janelas panorâmicas e um banheiro com hidromassagem. A enorme biblioteca era toda em acácia havaiana.

A sala de jantar podia alojar dezesseis convidados. Havia um salão de recreação todo equipado no convés inferior. O iate continha ainda uma adega e um pequeno cinema. Harry Stanford tinha uma das maiores coleções de filmes pornográficos do mundo. Os móveis por todo o iate eram refinados, e os quadros poderiam ser o orgulho de qualquer museu.

— Já viu a maior parte — disse Stanford a Sophia, ao final da excursão. — Mostrarei o resto amanhã.

Ela estava impressionada.

— Nunca vi nada parecido! É... é como uma cidade!

Harry Stanford sorriu pelo entusiasmo da jovem.

— O camaroteiro a levará à sua cabine. Fique à vontade. Tenho algum trabalho a fazer.

Harry Stanford voltou ao escritório e verificou o mapa eletrônico na parede, para ver a localização do iate. O *Blue Skies* se encontrava no mar da Ligúria, seguindo para nordeste. *Eles não sabem para onde fui*, pensou ele. *Estarão me esperando no JFK. Quando chegarmos a Portofino, acertarei tudo.*

A dez mil metros de altitude, o piloto do 727 estava recebendo novas instruções.

— Boeing oito nove cinco Papa, tem curso livre direto para Delta Índia Novembro, nivelado em doze, de acordo com plano de vôo.

— Entendido. Boeing oito nove cinco Papa tem curso livre direto Dinard, nivelado em doze, conforme plano de vôo. — Ele virou-se para o co-piloto. — Tudo certo.

O piloto esticou-se, levantou-se, foi até a porta da carlinga. Olhou para a cabine.

— Como está nosso passageiro? — indagou o co-piloto.

— Ele me parece faminto.

Capítulo Três

A costa da Ligúria é a Riviera Italiana, estendendo-se num semicírculo da fronteira franco-italiana, passando por Gênova, e continuando pelo golfo de La Spezia. A linda faixa costeira e suas águas cintilantes contêm os portos históricos de Portofino e Vernazza, e mais além se situam Elba, Sardenha e Córsega.

O *Blue Skies* aproximava-se de Portofino, que mesmo a distância era uma vista impressionante, as encostas cobertas por oliveiras, pinheiros, ciprestes e palmeiras. Harry Stanford, Sophia e Dmitri estavam no convés, contemplando a costa cada vez mais próxima.

— Visita Portofino com freqüência? — indagou Sophia.

— De vez em quando.

— Onde fica sua residência principal?

Pessoal demais.

— Vai gostar de Portofino, Sophia. É uma linda cidade.

O comandante Vacarro aproximou-se.

— Vai almoçar a bordo, *Signor* Stanford?

— Não. Almoçaremos no Splendido.

— Está certo. E devo preparar tudo para levantar âncora logo depois do almoço?

— Acho que não. Vamos aproveitar a beleza do lugar.

O comandante Vacarro observou-o, perplexo. Num momento Harry Stanford tinha a maior pressa, e no instante seguinte parecia dispor de todo o tempo do mundo. E silêncio de rádio? Inaudito! *Pazzo.*

Assim que o *Blue Skies* ancorou na enseada, Stanford, Sophia e Dmitri seguiram para terra na lancha do iate. O pequeno porto era encantador, com uma ampla variedade de lojas fascinantes e *trattorie* ao ar livre, ao longo da rua principal, que subia pela colina. Aproximadamente uma dúzia de pequenos barcos pesqueiros estavam parados na praia de seixos. Stanford virou-se para Sophia.

— Almoçaremos no hotel no alto da colina. A vista lá de cima é espetacular.

Ele acenou com a cabeça na direção de um táxi estacionado além do cais.

— Pegue um táxi até lá, e irei encontrá-la dentro de poucos minutos.

Stanford entregou algumas liras a ela.

— Está bem, *caro.*

Ele observou-a se afastar por um momento, depois murmurou para Dmitri:

— Preciso dar um telefonema.

Mas não do iate, pensou Dmitri.

Eles se encaminharam para duas cabines telefônicas ao lado do cais. Dmitri ficou esperando, enquanto Stanford entrava numa das cabines, pegava o fone, e inseria um cartão.

— Telefonista, quero que faça uma ligação para o Banco União da Suíça, em Genebra.

Uma mulher seguia para a segunda cabine telefônica. Dmitri adiantou-se, bloqueando sua passagem.

— Com licença — disse ela. — Eu...

— Estou esperando um telefonema.

Ela fitou-o, surpresa.

— Ahn...

A mulher olhou para a cabine em que Stanford estava, esperançosa.

— No seu lugar, eu não esperaria — resmungou Dmitri. — Ele vai demorar.

A mulher deu de ombros e afastou-se.

— Alô?

Dmitri observava Stanford ao telefone.

— Peter? Temos um pequeno problema.

Stanford fechou a porta da cabine. Passou a falar muito depressa e Dmitri não conseguiu entender o que ele dizia. Ao final da conversa, Stanford repôs o fone no gancho, abriu a porta da cabine.

— Está tudo bem, Sr. Stanford? — indagou Dmitri.

— Vamos almoçar.

O Splendido é a jóia da coroa de Portofino, um hotel com uma magnífica vista panorâmica da baía cor de esmeralda lá embaixo. O hotel atende aos muito ricos, e zela ciumento por sua reputação. Harry Stanford e Sophia almoçaram no terraço.

— Devo pedir por você? — indagou Stanford. — Eles têm algumas especialidades aqui que acho que você vai gostar.

— Será um prazer — murmurou Sophia.

Stanford pediu o *trenette al pesto*, a massa local, vitela, e *focaccia*, o pão salgado da região.

— E traga-nos uma garrafa de Schram, oitenta e oito. — Ele tornou a se virar para Sophia. — Ganhei uma medalha de ouro no Concurso Internacional de Vinho em Londres. Sou dono do vinhedo.

Ela sorriu.

— É um homem de sorte.

A sorte nada tinha a ver com aquilo.

— Creio que o homem foi criado para desfrutar os prazeres gustativos oferecidos neste mundo. — Ele pegou a mão de Sophia. — E outros prazeres também.

— Você é mesmo espantoso.

— Obrigado.

Stanford sentia-se excitado por ter lindas mulheres a admirá-lo. Aquela era jovem bastante para ser sua filha, e isso o excitava ainda mais.

Quando terminaram o almoço, ele fitou Sophia nos olhos, com um sorriso.

— Vamos voltar para o iate.

— Grande idéia!

Harry Stanford era um amante versátil, ardente e hábil. Seu ego enorme o levava a se preocupar mais com satisfazer uma mulher do que com sua própria satisfação. Sabia como excitar as zonas erógenas de uma mulher, e orquestrava o ato de amor numa sinfonia sensual, que projetava suas amantes a píncaros que nunca haviam alcançado antes.

Passaram a tarde na suíte de Stanford e Sophia sentia-se

exausta quando acabaram de fazer amor. Harry Stanford vestiu-se e foi falar com o comandante Vacarro na ponte de comando.

— Gostaria de seguir para a Sardenha, *Signor* Stanford?

— Vamos parar em Elba primeiro.

— Certo. Está tudo satisfatório?

— Está, sim.

Stanford já se sentia excitado de novo. Foi para o camarote de Sophia.

Chegaram a Elba na tarde seguinte e ancoraram em Portoferraio.

Quando o Boeing 727 entrou no espaço aéreo norte-americano, o piloto fez contato com o controle de terra.

— Centro Nova York, Boeing oito nove cinco Papa está com vocês, curso de vôo dois seis zero, nível de vôo dois quatro zero.

A voz do Centro Nova York respondeu no mesmo instante:

— Entendido. Está autorizado para um dois mil, direto JFK. Comunique acesso em um dois sete ponto quatro.

Do fundo do avião veio um rosnado baixo.

— Quieto, Prince. Procure se comportar. Já vamos tirar esse cinto.

Havia quatro homens à espera quando o 727 pousou. Postavam-se em posições diferentes, e assim podiam observar todas as pessoas que desembarcassem do avião. Esperaram meia hora. O único passageiro a deixar o Boeing foi um pastor-alemão branco.

Portoferraio é o principal centro comercial de Elba. As lojas são elegantes e sofisticadas, e além da enseada os prédios do século XVIII se concentram sob a cidadela construída pelo duque de Florença no século XVI.

Harry Stanford já visitara a ilha várias vezes e de uma estranha maneira sentia-se em casa ali. Era o lugar em que Napoleão Bonaparte fora exilado.

— Vamos visitar a casa de Napoleão. Eu a encontrarei lá. — Ele virou-se para Dmitri. — Leve-a para a Villa dei Mulini.

— Pois não, senhor.

Stanford ficou observando Dmitri e Sophia se afastarem. Consultou seu relógio. O tempo se esgotava. Seu avião já deveria ter pousado no Kennedy. Quando descobrissem que ele não se encontrava a bordo, a caçada recomeçaria. *Vai demorar algum tempo para retomarem a pista*, pensou ele. *A esta altura, tudo já terá sido resolvido.* Ele foi para uma cabine telefônica na extremidade do cais.

— Quero uma ligação para Londres — disse ele à telefonista. — Barclay's Bank. Um sete um...

Meia hora depois, ele foi se encontrar com Sophia e levou-a de volta ao porto.

— Embarque na minha frente — disse Stanford a ela. — Preciso dar outro telefonema.

Ela observou-o se encaminhar para a cabine telefônica. *Por que ele não usa os telefones do iate?*, especulou Sophia.

Dentro da cabine, Stanford estava dizendo:

— Banco Sumitomo, em Tóquio...

Quinze minutos mais tarde, ao voltar ao iate, ele estava furioso.

— Vamos passar a noite aqui? — perguntou o comandante Vacarro.

— Vamos — respondeu Stanford, ríspido. — Não! Vamos seguir para a Sardenha. Agora!

A Costa Smeralda, na Sardenha, é um dos lugares mais requintados do Mediterrâneo. A cidadezinha de Porto Cervo é um refúgio para os ricos, uma grande parte ocupada por *villas* construídas por Ali Khan.

A primeira coisa que Harry Stanford fez, assim que atracaram, foi procurar uma cabine telefônica.

Dmitri seguiu-o e ficou de guarda fora da cabine.

— Quero uma ligação para Banca d'Italia, em Roma...

A porta da cabine estava fechada. A conversa se prolongou por quase meia hora. Stanford exibia uma expressão sombria quando saiu da cabine. Dmitri se perguntou o que estaria acontecendo.

Stanford e Sophia almoçaram na praia de Liscia di Vacca. Stanford pediu para ambos.

— Vamos começar com *malloreddus*.

Flocos de massa feitos com grão de trigo duro.

— Depois, comeremos o *porceddu*.

Leitão cozinhado com murta e louro.

— O vinho será o Vernaccia e na sobremesa teremos *sebadas*.

Bolinhos fritos com recheio de queijo fresco e casca de limão raspada, salpicados com mel amargo e açúcar.

— *Bene, signor*.

O garçom afastou-se, impressionado. Stanford virou-se para Sophia, e sentiu que o coração parava de repente. Perto da entrada do restaurante, dois homens ocupavam uma mesa, observando-o. Vestiam ternos escuros ao sol do verão, e nem mesmo se davam ao trabalho de fingir que eram turistas. *Estão atrás de mim, ou são turistas inocentes? Não devo permitir que a imaginação me domine*, pensou Stanford. Sophia estava falando:

— Nunca perguntei antes, mas qual é o seu negócio?

Stanford estudou-a. Era revigorante a companhia de alguém que nada sabia a seu respeito.

— Sou aposentado. Apenas viajo, aproveitando o mundo.

— E viaja sozinho? — Havia uma simpatia inequívoca na voz de Sophia. — Deve ser muito solitário.

Ele teve de fazer um grande esforço para não soltar uma gargalhada.

— É, sim. E é por isso que me sinto contente por sua companhia.

Sophia pôs a mão sobre a dele.

— Eu também, *caro*.

Pelo canto dos olhos, Stanford viu os dois homens se retirarem.

Terminado o almoço, Stanford, Sophia e Dmitri voltaram à cidade. Stanford foi para uma cabine telefônica.

— Quero falar com o Crédit Lyonnais, em Paris...

Observando-o, Sophia murmurou para Dmitri:

— Ele é um homem maravilhoso, não é?

— Não há ninguém igual.

— Trabalha com ele há muito tempo?

— Dois anos.

— Tem sorte.

— Sei disso.

Dmitri foi montar guarda diante da cabine telefônica. Ouviu Stanford dizendo:

— René? Sabe por que estou ligando... Claro... Claro... Vai mesmo? ... Mas isso é maravilhoso! — Havia um alívio profundo em sua voz. — Não... não aí. Vamos nos encontrar na Córsega... Perfeito... Depois do nosso encontro, poderei voltar direto para casa... Obrigado, René.

Stanford desligou. Pensou por um momento, sorrindo, depois ligou para um número em Boston. Uma secretária atendeu.

— Gabinete do Sr. Fitzgerald.

— Aqui é Harry Stanford. Quero falar com ele.

— Oh, Sr. Stanford! Sinto muito, mas o Sr. Fitzgerald viajou em férias. Outra pessoa...

— Não. Estou voltando para os Estados Unidos. Avise a ele que o quero em Boston, em Rose Hill, às nove horas da manhã de segunda-feira. Mande-o levar uma cópia do meu testamento e um escrivão.

— Tentarei...

— Não tente, minha cara, faça o que estou dizendo.

Stanford desligou, e continuou dentro da cabine, a mente em disparada. Ao sair, sua voz era calma:

— Tenho de tratar de um pequeno negócio, Sophia. Vá para o Hotel Pitrizza e espere por mim.

— Está certo — murmurou ela, provocante. — Não demore.

— Claro.

Os dois homens observaram-na se afastar.

— Vamos voltar ao iate — disse Stanford a Dmitri. — Partiremos imediatamente.

Dmitri ficou surpreso.

— E ela...

— Sophia pode dar algumas trepadas para conseguir a passagem de volta.

Ao chegarem ao *Blue Skies*, Harry Stanford foi direto falar com o comandante Vacarro.

— Vamos para a Córsega. Agora.

— Acabo de receber o último boletim meteorológico, *Signor* Stanford. Há uma grande tempestade se aproximando. Seria melhor se esperássemos...

— Quero partir agora, comandante.

Vacarro hesitou.

— Será uma viagem difícil, senhor. É um *libeccio*... o vento sudoeste. Teremos um mar encapelado e muita chuva.

— Não me importo.

A reunião na Córsega resolveria todos os problemas dele. Stanford virou-se para Dmitri.

— Quero que providencie um helicóptero para nos pegar na Córsega e levar para Nápoles. Use o telefone público no cais.

— Certo, senhor.

Dmitri Kaminsky voltou ao cais e entrou na cabine telefônica.

O *Blue Skies* zarpou vinte minutos depois.

Capítulo Quatro

Seu ídolo era Dan Quayle e muitas vezes usava seu nome como um ponto de referência.

— Não me importa o que você diga a respeito de Quayle, ele é o único político com valores reais. Família... isso é que interessa. Sem valores de família, este país estaria numa crise ainda pior. Todos esses jovens vivendo juntos sem casar, tendo filhos ainda por cima... é chocante. Não é de admirar que ocorram tantos crimes. Se algum dia Dan Quayle fosse candidato a presidente, com certeza teria meu voto.

Era uma pena que não pudesse votar por causa de uma lei estúpida, pensava ele, mas ainda assim dava seu apoio total a Quayle.

Tinha quatro filhos: Billy, de oito anos, e as meninas, Amy, Clarissa e Susan, de dez, doze e quatorze anos. Eram crianças maravilhosas e sua maior alegria era passar com elas o que chamava de tempo de qualidade. Devotava os fins de semana por completo aos filhos. Fazia churrascos, brincava, levava-os ao cinema e a jogos, ajudava-os com os deveres de casa. Todas as crianças na vizinhança o adoravam. Consertava suas bicicletas e brinquedos, convidava para piqueniques com sua família. E lhe deram o apelido de Papa.

Numa manhã ensolarada de domingo ele estava sentado na arquibancada, acompanhando uma partida de beisebol. Era um dia perfeito, com um sol quente e nuvens brancas esparsas pelo céu. Billy, o filho de oito anos, era o batedor, parecendo muito profissional e adulto no uniforme da Pequena Liga. As três filhas e a esposa de Papa sentavam a seu lado. *Nada pode ser melhor do que isso*, pensou ele, feliz. *Por que todas as famílias não podem ser como a nossa?*

Era o final do oitavo turno, o jogo estava empatado, todas as bases ocupadas. Billy se encontrava na base, três bolas, já errara duas. Papa gritou, procurando animá-lo:

— Acabe com eles, Billy! Mande por cima da cerca!

Billy esperou pelo lançamento. Foi rápido e baixo. Billy desferiu o golpe com o bastão, e não acertou. O árbitro disse:

— Bola três fora!

O turno acabara.

Houve gemidos e aplausos da multidão de parentes e amigos. Billy ficou parado ali, desolado, observando os times trocarem de lado. Papa gritou:

— Está tudo bem, filho! Você conseguirá na próxima vez!

Billy tentou forçar um sorriso. John Cotton, o treinador do time, esperava por Billy.

— Você está fora do jogo! — anunciou ele.

— Mas, Sr. Cotton...

— Vamos logo! Saia do campo!

O pai de Billy observou num espanto magoado, enquanto o garoto se retirava. *Ele não pode fazer isso*, pensou Papa. *Tem de dar outra oportunidade a Billy. Falarei com o Sr. Cotton e explicarei tudo.* Foi nesse instante que seu telefone celular tocou. Papa deixou tocar quatro vezes antes de atender. Só uma pessoa tinha o número. *Ele sabe que detesto ser incomodado nos fins de semana.*

Relutante, Papa suspendeu a antena, apertou um botão, e murmurou para o bocal:

— Alô?

A voz no outro lado falou por vários minutos. Papa escutou, balançando a cabeça de vez em quando, e disse ao final:

— Já entendi. Pode deixar que cuidarei de tudo.

Ele desligou e guardou o telefone.

— Está tudo bem, querido? — perguntou a esposa.

— Não. Infelizmente, não. Querem que eu trabalhe no fim de semana. E tinha planejado um bom churrasco para amanhã.

A esposa pegou a mão dele e murmurou, afetuosa:

— Não se preocupe com isso. Seu trabalho é mais importante.

Não tão importante quanto minha família, pensou ele, obstinado. *Dan Quayle compreenderia.*

Papa sentiu que a mão começava a comichar e coçou-a com vigor. *Por que isso acontece?*, especulou ele. *Terei de procurar um dermatologista um dia desses.*

John Cotton era o gerente-assistente do supermercado local. Um homem corpulento, na casa dos cinqüenta anos, concordara em dirigir o time da Pequena Liga porque seu filho era um dos jogadores. O time perdera naquela tarde por causa do pequeno Billy.

O supermercado fechara e John Cotton estava no estacionamento, encaminhando-se para seu carro, quando um estranho se aproximou, carregando um pacote.

— Com licença, Sr. Cotton.

— O que deseja?

— Posso lhe falar por um momento?

— O supermercado já fechou.

— Não é sobre isso. Queria falar sobre meu filho. Billy ficou transtornado porque o tirou do jogo e disse que ele não entraria mais no time.

— Billy é seu filho? Pois lamento até que ele tenha entrado no jogo. Billy nunca vai jogar bem.

O pai de Billy insistiu, muito sério:

— Não está sendo justo, Sr. Cotton. Conheço Billy. Ele é um bom jogador. Vai ver só. Quando ele jogar, no próximo sábado...

— Ele não vai jogar no próximo sábado. Saiu do time.

— Mas...

— Nada de mas. É ponto final. Agora, se não tem mais nada...

— Tenho, sim.

O pai de Billy desembrulhou o pacote que tinha nas mãos, revelando um bastão de beisebol, e acrescentou, suplicante:

— Este é o bastão que Billy usou. Pode perceber que está lascado. Assim, não é justo puni-lo porque...

— Escute aqui, não estou interessado em nenhum bastão! Seu filho está fora do time!

O pai de Billy suspirou, infeliz.

— Tem certeza de que não vai mudar de idéia?

— Não há a menor chance.

No instante em que Cotton estendeu a mão para a maçaneta da porta do carro, o pai de Billy acertou com o bastão no vidro traseiro, quebrando-o. Cotton fitou-o, atordoado.

— Mas... mas o que é isso?

— Estou fazendo um aquecimento — explicou Papa.

Ele tornou a erguer o bastão e desta vez acertou o joelho de Cotton, que gritou, caiu no chão, contorceu-se em dor.

— Socorro! — berrou ele. — Você é louco!

O pai de Billy ajoelhou-se ao lado dele e disse, calmamente:

— Grite de novo e quebrarei também o outro joelho.

Cotton fitou-o em agonia, apavorado.

— Se meu filho não entrar no jogo no próximo sábado, matarei você e seu filho. Fui bem claro?

Cotton acenou com a cabeça, fazendo um tremendo esforço para não gritar de dor.

— Ainda bem. Ah, mais uma coisa: eu não gostaria que alguém soubesse do que aconteceu aqui. Tenho amigos.

Papa olhou para o relógio. Mal lhe restava tempo para embarcar no próximo vôo para Boston.

Sua mão recomeçou a comichar.

Às sete horas da manhã de domingo, vestindo um terno com colete e carregando uma elegante pasta de couro, ele passou pela Vendome, atravessou a Copley Square, e seguiu pela Stuart Street. Meio quarteirão depois do Park Plaza Castle, entrou no Boston Trust Building, e encaminhou-se para o guarda. Com dezenas de ocupantes no imenso prédio, não havia a menor possibilidade do guarda na recepção poder identificá-lo.

— Bom dia — disse o homem.

— Bom dia, senhor. Em que posso ajudá-lo?

Ele suspirou.

— Nem mesmo Deus pode me ajudar. Pensam que não

tenho outra coisa para fazer aos domingos a não ser realizar o trabalho que outros já deveriam ter concluído.

O guarda disse, compreensivo:

— Conheço o sentimento. — Ele empurrou para a frente um livro de registro. — Quer assinar aqui, por favor?

O homem assinou, e seguiu para os elevadores. O escritório que procurava era no quinto andar. Ele subiu no elevador para o sexto, desceu um lance de escada, foi andando pelo corredor. O letreiro na porta dizia RENQUIST, RENQUIST & FITZGERALD, ADVOGADOS. Ele olhou ao redor, para se certificar de que o corredor estava mesmo vazio, depois abriu a pasta, tirou uma pequena chave de fenda e uma ferramenta de pressão. Levou cinco segundos para abrir a porta trancada. Entrou no escritório e fechou a porta.

A sala de recepção era decorada ao gosto conservador antiquado, como convinha a uma das maiores firmas de advocacia de Boston. O homem ficou parado ali por um momento, orientando-se, e logo seguiu para os fundos, até a sala de arquivos. Havia ali uma fileira de arquivos de aço, com etiquetas em ordem alfabética na frente. Ele experimentou o arquivo marcado R-S. Estava trancado.

O homem tirou da pasta uma chave virgem, uma lima e um alicate. Enfiou a chave na pequena fechadura do arquivo, virou-a devagar, para um lado e outro. Depois de um momento, retirou a chave, examinou as marcas escuras. Segurou a chave com o alicate, e começou a limar os pontos escuros. Tornou a inserir a chave, repetiu o procedimento. Cantarolava baixinho, para si mesmo, enquanto trabalhava, e sorriu ao perceber de repente qual era a canção. *Far Away Places.*

Viajarei com minha família em férias, pensou ele, feliz. *Férias de verdade. Aposto que as crianças vão adorar o Havaí.*

A gaveta do arquivo se abriu. Ele puxou-a, e demorou apenas

um instante para encontrar a pasta que procurava. Pegou uma pequena câmera Pentax e se pôs a fotografar todo o conteúdo. Acabou em dez minutos. Tirou vários pedaços de Kleenex de sua pasta, foi até o garrafão com água, umedeceu-os. Voltou à sala dos arquivos, removeu as aparas de aço do chão. Trancou o arquivo, saiu para o corredor, trancou a porta do escritório e deixou o prédio.

Capítulo Cinco

No mar, ao final da tarde, o comandante Vacarro foi ao camarote de Harry Stanford.

— *Signor* Stanford...

— O que é?

O comandante apontou para o mapa eletrônico na parede.

— O vento está aumentando. Ao que tudo indica, o *libeccio* se concentra no estreito de Bonifácio. Sugiro que procuremos abrigo numa enseada até que...

Stanford interrompeu-o, bruscamente:

— Este é um bom barco e você é um bom comandante. Tenho certeza de que pode dar um jeito.

O comandante Vacarro hesitou.

— Como quiser, *signor*. Farei o melhor que puder.
— Tenho certeza disso, comandante.

Harry Stanford estava sentado no escritório da suíte, planejando sua estratégia. Iria se encontrar com René na Córsega, acertaria tudo. Depois, o helicóptero o levaria a Nápoles, e ali fretaria um avião para transportá-lo até Boston. *Tudo vai dar certo*, concluiu ele. *Só preciso de mais quarenta e oito horas. Apenas quarenta e oito horas.*

Ele foi despertado às duas horas da madrugada pelo violento balanço do iate e o uivo do vento lá fora. Stanford já enfrentara tempestades antes, mas aquela era a pior de todas. O comandante Vacarro tinha razão. Harry Stanford saiu da cama, teve de se apoiar na mesinha-de-cabeceira para não cair, e foi até o mapa na parede. O iate navegava pelo estreito de Bonifácio. *Deveremos chegar a Ajaccio nas próximas horas*, pensou ele. *E ali estaremos sãos e salvos.*

Os eventos que ocorreram um pouco mais tarde, durante aquela madrugada, tornaram-se uma questão de especulação. Os papéis espalhados pela varanda sugeriam que o vento forte soprara outros para longe, Harry Stanford tentara pegá-los, mas por causa do balanço do iate perdera o equilíbrio, e caíra no mar. Dmitri Kaminsky viu-o cair na água, e no mesmo instante pegou o interfone.
— Homem ao mar!

Capítulo Seis

O capitão François Durer, *chef de police* na Córsega, estava de mau humor. A ilha estava lotada dos estúpidos turistas de verão, incapazes de guardarem seus passaportes, suas carteiras e seus filhos. As queixas não haviam parado de fluir, durante o dia inteiro, na pequena chefatura de polícia, na Cours Napoléon, 2, perto da Rue Sergent Casalonga.

— Um homem arrancou minha bolsa...

— Meu navio partiu, me deixando aqui. Minha esposa está a bordo...

— Comprei este relógio de um homem na rua. Não tem nada dentro...

— As farmácias não têm as pílulas de que preciso...

Os problemas eram intermináveis...

E tudo indicava que o capitão tinha agora um cadáver em suas mãos.

— Não tenho tempo para isso agora — disse ele, ríspido.

— Mas os homens esperam lá fora — informou seu assistente. — O que devo lhes dizer?

O capitão Durer estava impaciente, ansioso para ir se encontrar com a amante. Seu impulso foi dizer "Levem o corpo para outra ilha", mas não podia fazer isso, já que era o chefe de polícia ali.

— Está bem. — Ele suspirou. — Vou recebê-los por um instante.

Um momento depois, o comandante Vacarro e Dmitri Kaminsky foram introduzidos na sala.

— Sentem-se — resmungou o capitão Durer.

Os dois obedeceram.

— E agora, por favor, contem exatamente o que aconteceu.

O comandante Vacarro foi o primeiro a falar:

— Não sei direito. Não vi acontecer... — Ele virou-se para Dmitri Kaminsky. — Ele é que foi testemunha. Talvez seja melhor deixá-lo explicar.

Dmitri respirou fundo.

— Foi terrível. Trabalho... trabalhava para o homem.

— Fazendo o quê, *monsieur*?

— Segurança, massagista, motorista. Nosso iate foi apanhado pela tempestade ontem à noite. Balançava demais. Ele me pediu para lhe fazer uma massagem, a fim de relaxar. Depois, pediu-me que buscasse uma pílula para dormir. Estavam no banheiro. Quando voltei, ele saíra para a varanda, parara junto da amurada. A tempestade sacudia o iate. Tinha alguns papéis na mão. Um deles escapou, e ele se inclinou para pegá-lo, perdeu o equilíbrio, caiu no mar. Ainda corri para tentar salvá-lo, mas não havia mais nada que pudesse fazer. Pedi ajuda. O comandante Vacarro parou o iate no mesmo instante. Graças aos esforços heróicos do comandante, conseguimos encontrá-lo. Mas já era tarde demais. Ele se afogara.

— Sinto muito.

Durer não poderia se importar menos. O comandante Vacarro tornou a falar:

— O vento e o mar afastaram o corpo do iate. Foi pura sorte encontrá-lo. Agora, gostaríamos de uma autorização para levar o corpo.

— Isso não deve ser problema. — O capitão ainda teria tempo de tomar um drinque com a amante, antes de voltar para sua casa e a esposa. — Mandarei providenciar imediatamente o atestado de óbito e o visto de saída para o corpo.

Ele pegou um bloco e perguntou:

— O nome da vítima?

— Harry Stanford.

O capitão Durer ficou imóvel.

— Harry Stanford?

— Isso mesmo.

— *Aquele* Harry Stanford?

— O próprio.

E o futuro do capitão Durer se tornou de repente muito mais promissor. Os deuses haviam lançado um maná em seu colo. Harry Stanford era um mito internacional! A notícia de sua morte reverberaria pelo mundo inteiro, e ele, o capitão Durer, tinha o controle da situação. O problema agora era como agir para tirar o máximo de proveito. Durer ficou pensando, com o olhar perdido no espaço.

— Em quanto tempo pode liberar o corpo? — indagou o comandante Vacarro.

O capitão Durer fitou-o.

— Ah, é uma boa pergunta.

Quanto tempo vai demorar para a imprensa chegar? Devo pedir ao comandante do iate que participe da entrevista coletiva? Não. Por que partilhar a glória com ele? Cuidarei de tudo sozinho.

— Há muito a ser feito, documentos a preparar... — Durer suspirou, pesaroso. — Pode levar uma semana ou mais.

O comandante Vacarro ficou consternado.

— Uma semana ou mais? Mas acabou de dizer...

— Há certas formalidades que devem ser cumpridas — interrompeu-o Durer, com firmeza. — Essas coisas não podem ser precipitadas. — Ele tornou a pegar o bloco, e acrescentou: — Quem é o parente mais próximo?

O comandante Vacarro olhou para Dmitri, em busca de ajuda.

— Acho melhor verificar com os advogados dele, em Boston.

— Os nomes?

— Renquist, Renquist e Fitzgerald.

Capítulo Sete

Embora o letreiro na porta dissesse RENQUIST, RENQUIST & FITZGERALD, os dois Renquists há muito que estavam mortos. Simon Fitzgerald continuava muito vivo, e aos 76 anos era o dínamo que impulsionava a firma, com sessenta advogados trabalhando sob o seu comando. Era perigosamente magro, com uma enorme cabeleira branca e andava com o porte empertigado de um militar. No momento, andava de um lado para outro, a mente em turbilhão. Parou na frente de sua secretária.

— Quando o Sr. Stanford telefonou, não deu qualquer indicação do que queria me falar com tanta urgência?

— Não, senhor. Ele apenas disse que queria que o senhor

estivesse na casa dele às nove horas da manhã de segunda-feira, e que levasse seu testamento e um escrivão.

— Obrigado. Peça ao Sr. Sloane para entrar.

Steve Sloane era um dos mais inteligentes e inovadores advogados da firma. Formado pela Faculdade de Direito de Harvard, na casa dos quarenta anos, era alto e esguio, tinha cabelos louros, olhos azuis divertidos e inquisitivos, uma presença tranqüila e gentil. Era o encarregado de resolver os problemas mais difíceis para a firma, e a escolha de Simon Fitzgerald para assumir o comando um dia. *Se eu tivesse um filho,* pensou Fitzgerald, *gostaria que fosse como Steve.* Ele observou Steve Sloane entrar na sala.

— Você deveria estar pescando salmão na Terra Nova — comentou Steve.

— Aconteceu uma coisa inesperada. Sente-se, Steve. Temos um problema.

Steve suspirou.

— Qual é a novidade?

— Um problema relacionado com Harry Stanford.

Harry Stanford era um dos clientes de maior prestígio da firma. Meia dúzia de outros escritórios de advocacia cuidavam de várias subsidiárias da Stanford Enterprises, mas Renquist, Renquist & Fitzgerald tratava dos negócios pessoais dele. Exceto por Fitzgerald, nenhum outro advogado ali jamais o encontrara pessoalmente, mas ele era uma lenda no escritório.

— O que Stanford fez agora? — indagou Steve.

— Ele morreu.

Steve ficou chocado.

— Ele *o quê?*

— Acabo de receber um fax da polícia francesa na Córsega. Ao que parece, Stanford caiu de seu iate ontem e morreu afogado.

— Essa não!

— Sei que você nunca se encontrou com ele, mas eu o representei por mais de trinta anos. Era um homem difícil.

Fitzgerald recostou-se em sua cadeira, pensando no passado.

— Na verdade, havia dois Harry Stanfords... o público, que podia persuadir os passarinhos a sair da árvore do dinheiro, e o filho da puta que sentia prazer em destruir as pessoas. Era um homem encantador, mas podia se virar contra você como uma serpente. Tinha uma personalidade dividida... era ao mesmo tempo o encantador da serpente e a serpente.

— Parece fascinante.

— Foi há cerca de trinta anos... trinta e um, para ser mais preciso... que ingressei nesta firma de advocacia. O velho Renquist atendia Stanford na ocasião. Sabe como as pessoas usam a expressão "maior do que a vida"? Pois Harry Stanford era de fato maior do que a vida, uma pessoa memorável. Se não existisse, não poderia ser inventado. Era um colosso. Possuía uma energia e ambição espantosas. Era um grande atleta. Lutou boxe na universidade e foi um jogador de pólo excepcional. Mas mesmo quando jovem, Harry Stanford já era insuportável. Foi o único homem que já conheci totalmente desprovido de compaixão. Era sádico e vingativo, tinha os instintos de um abutre. Adorava levar seus concorrentes à falência. Circularam rumores de que mais de um se suicidou por causa dele.

— Ele parece um monstro.

— Por um lado, era mesmo. Por outro, fundou um orfanato na Nova Guiné e um hospital em Bombaim, dava milhões a obras de caridade... sempre anônimo. Ninguém jamais sabia o que esperar dele em seguida.

— Como Stanford se tornou tão rico?

— Como estão os seus conhecimentos de mitologia grega?

— Um pouco enferrujados.

— Conhece a história de Édipo?

Steve acenou com a cabeça.

— Ele matou o pai para ficar com a mãe.

— Certo. Pois é o caso de Harry Stanford. Só que ele matou o pai para ficar com o *voto* da mãe.

— Como assim?

— No início dos anos trinta, o pai de Harry tinha uma mercearia aqui em Boston. O negócio prosperou tanto que ele abriu uma segunda, e logo tinha uma pequena rede de mercearias. Quando Harry concluiu os estudos, o pai o incluiu na empresa como sócio, com um lugar na diretoria. Como eu disse, Harry era ambicioso. Tinha grandes sonhos. Em vez de comprar de fornecedores, queria que a rede cultivasse seus próprios legumes e frutas. Queria comprar terras, criar o próprio gado, fabricar suas mercadorias enlatadas. O pai discordava, e brigavam muito.

Fitzgerald inclinou-se para a frente.

— Foi então que Harry teve a maior de suas idéias. Disse ao pai que queria que a companhia construísse uma rede de supermercados para vender de tudo, de carros a móveis e seguro de vida, com descontos, cobrando-se uma taxa de associação aos fregueses. O pai de Harry achou que era uma loucura e rejeitou a idéia. Mas Harry não tinha a menor intenção de desistir. Decidiu que tinha de se livrar do velho. Convenceu o pai a tirar umas férias longas. Durante a ausência dele, Harry tratou de conquistar o resto da diretoria.

Steve ouvia a história fascinado. Fitzgerald continuou:

— Ele era um brilhante vendedor e convenceu-os a aceitarem sua idéia. Persuadiu a tia e o tio, que integravam o conselho de administração, a votarem com ele. E atraiu os demais. Levava-os para almoçar, saía para caçar raposa com um, ia jogar golfe com outro. Foi para a cama com a esposa de um diretor que tinha influência sobre o marido. Mas era a mãe dele quem possuía o maior bloco de ações, e a ela caberia a decisão final. Harry convenceu-a a votar contra o marido.

— Incrível!

— Ao voltar, o pai de Harry soube que sua família o afastara da companhia.

— Por Deus!

— E tem mais. Harry não se satisfez com isso. Quando o pai tentou entrar em sua própria sala, descobriu que sua entrada no prédio fora proibida. E Harry tinha apenas trinta e poucos anos na ocasião. Seu apelido na companhia era Homem de Gelo. Mas há que se fazer justiça, Steve. Sozinho, Harry fez da Stanford Enterprises um dos maiores conglomerados de propriedade privada do mundo. Expandiu a companhia para incluir madeira, produtos químicos, comunicações, aparelhos eletrônicos, e uma quantidade excepcional de imóveis. E terminou com todas as ações.

— Ele deve ter sido um homem extraordinário — comentou Steve.

— E foi mesmo. Para os homens... e para as mulheres.

— Ele era casado?

Simon Fitzgerald permaneceu em silêncio por um longo momento, recordando, e depois disse:

— Harry Stanford foi casado com uma das mulheres mais lindas que conheci. Emily Temple. Tiveram três filhos, dois rapazes e uma moça. Emily vinha de uma família importante de Hobe Sound, Flórida. Adorava Harry, e tentou fechar os olhos às infidelidades dele. Mas um dia foi demais para ela. Contratara uma governanta para as crianças, uma mulher chamada Rosemary Nelson. Jovem e atraente. E o que a tornou ainda mais atraente para Harry Stanford foi o fato de se recusar a ir para a cama com ele. Isso o levou à loucura. Não estava acostumado a rejeições. Mas quando Harry Stanford usava todo o seu charme, era irresistível. Conseguiu finalmente levar Rosemary para a cama. Engravidou-a, e ela foi procurar um médico. Infelizmente, o genro do médico era colunista social, soube da história e publicou-a. Houve um escândalo infernal. Você conhece Boston. Saiu em todos os jornais. Ainda tenho os recortes guardados em algum lugar.

— Ela abortou?

Fitzgerald balançou a cabeça.

— Não. Harry queria o aborto, mas ela se recusou. Tiveram uma briga terrível. Ele disse que a amava, queria casar com ela. Já dissera isso a dezenas de mulheres, é claro. Mas Emily ouviu a conversa, e nessa mesma noite cometeu suicídio.

— Que coisa terrível! O que aconteceu com a governanta?

— Rosemary Nelson desapareceu. Sabemos que teve uma filha a quem deu o nome de Julia, no Hospital St. Joseph, em Milwaukee. Mandou uma mensagem a Stanford, mas creio que ele nunca se deu ao trabalho de responder. A esta altura, já se envolvera com outra mulher. Não tinha mais qualquer interesse por Rosemary.

— Muito simpático...

— A verdadeira tragédia foi o que aconteceu depois. As crianças, com toda razão, culparam o pai pelo suicídio da mãe. Tinham dez, doze e quatorze anos na ocasião. Idade suficiente para sofrerem, mas ainda muito jovens para enfrentarem o pai. Passaram a odiá-lo. E o maior medo de Harry era o de que um dia fizessem com ele o que fizera com seu pai. Por isso, Harry fez tudo o que podia para evitar que tal acontecesse. Mandou-os para colégios internos e acampamentos de verão diferentes, cuidou para que os filhos se encontrassem o mínimo possível. Não recebiam dinheiro dele. Viviam de um pequeno fundo de investimentos deixado pela mãe. Durante todo o tempo, Harry usou com os filhos o método da vara com a cenoura. Estendia sua fortuna como a cenoura, e depois a retirava, se o desagradavam.

— O que aconteceu com as crianças?

— Tyler é juiz em Chicago. Woodrow não faz nada. É um *playboy*. Vive em Hobe Sound, joga pólo e golfe. Há alguns anos, saiu com uma garçonete, engravidou-a, e acabou casando com ela, para surpresa de todos. Kendall é uma bem-sucedida estilista de moda, casada com um francês. Vivem em Nova York. — Fitzgerald levantou-se. — Já visitou a Córsega, Steve?

— Não.

— Eu gostaria que voasse até lá. Estão retendo o corpo de Harry Stanford, a polícia se recusa a liberá-lo. Quero que resolva tudo.

— Está bem.

— Se houver alguma possibilidade de partir ainda hoje...

— Não tem problema. Darei um jeito.

— Obrigado.

No vôo da Air France de Paris para a Córsega, Steve Sloane leu um folheto de turismo sobre a ilha. Soube que era em grande parte montanhosa, que sua principal cidade era o porto de Ajaccio, e que Napoleão Bonaparte nascera ali. O folheto tinha estatísticas interessantes, mas Steve estava totalmente despreparado para a beleza da ilha. Quando o avião se aproximou da Córsega, ele avistou lá embaixo um sólido paredão de rocha branca, que parecia com os penhascos de Dover. Uma cena espetacular.

O avião pousou no aeroporto de Ajaccio, e um táxi levou Steve à Cours Napoléon, a rua principal, que se estendia da Place General de Gaulle para o norte, até a estação ferroviária. Ele acertara que o avião ficaria de prontidão para levar o corpo de

Harry Stanford até Paris, onde o caixão seria transferido para outro avião, que o levaria a Boston. Tudo que precisava agora era obter a liberação do corpo.

Steve mandou que o táxi o deixasse no prédio da prefeitura, na Cours Napoléon. Ele subiu um lance de escada, entrou na recepção. Um sargento uniformizado estava sentado a uma mesa.

— *Bonjour. Puis-je vous aider?*

— Quem está no comando aqui?

— O capitão Durer.

— Eu gostaria de vê-lo, por favor.

— Para tratar de que assunto?

O sargento orgulhava-se de seu inglês. Steve tirou do bolso um cartão de visita.

— Sou advogado de Harry Stanford. Vim buscar o corpo para levá-lo de volta aos Estados Unidos.

O sargento franziu o rosto.

— Espere um momento, por favor.

Ele entrou na sala do capitão Durer e fechou a porta. A sala estava apinhada, com repórteres de redes de televisão e agências noticiosas do mundo inteiro. Todos pareciam falar ao mesmo tempo.

— Capitão, por que ele navegava numa tempestade quando...?

— Como pôde cair de um iate no meio...?

— Mandou fazer uma autópsia?

— Quem mais estava no iate com...?

— Por favor, senhores. — O capitão Durer ergueu a mão. — Por favor, senhores, por favor.

Ele correu os olhos pela sala, observando os repórteres, atentos a cada palavra sua, e ficou extasiado. Sempre sonhara com momentos assim. *Se eu cuidar disso direito, poderei obter uma grande promoção e...* O sargento interrompeu seus pensamentos.

— Capitão...

Ele sussurrou algumas palavras no ouvido de Durer, entregou-lhe o cartão de Steve. O capitão estudou o cartão, franziu o rosto.

— Não posso recebê-lo agora — disse ele, bruscamente. — Mande-o voltar amanhã, às dez horas.

— Pois não, senhor.

O capitão Durer ficou observando o sargento deixar a sala, pensativo. Não tinha a menor intenção de permitir que alguém o privasse de seu momento de glória. Tornou a se virar para os repórteres, sorrindo.

— Muito bem, o que vocês querem saber?

Na recepção, o sargento disse a Sloane:

— Sinto muito, mas o capitão Durer está ocupado neste momento. Gostaria que o senhor voltasse amanhã de manhã, às dez horas.

Steve Sloane ficou consternado.

— Amanhã de manhã? Isso é um absurdo... não quero esperar tanto tempo.

O sargento deu de ombros.

— Isso é problema seu, *monsieur*.

Steve franziu o rosto.

— Muito bem. Não tenho reserva de hotel. Pode me recomendar algum?

— *Mais oui.* É com prazer que recomendo o Colomba, na Avenue de Paris, oito.

Steve hesitou.

— Não há nenhuma possibilidade...?

— Amanhã de manhã, às dez horas.

Steve se retirou.

Na outra sala, Durer enfrentava feliz a barragem de perguntas dos repórteres. Um repórter de televisão perguntou:

— Como pode ter certeza de que foi um acidente?

Durer olhou para a lente da câmera.

— Ainda bem que houve uma testemunha desse lamentável incidente. O camarote de *Monsieur* Stanford tem uma varanda aberta. Ao que parece, alguns papéis importantes escaparam de sua mão para essa varanda, e ele saiu correndo para recuperá-los. Mas acabou perdendo o equilíbrio e caiu no mar. Seu segurança viu quando aconteceu, e pediu ajuda no mesmo instante. O iate parou, e eles conseguiram recuperar o corpo.

— O que a autópsia mostrou?

— A Córsega é uma ilha pequena, senhores. Não temos condições de efetuar aqui uma autópsia completa. Mas o relatório médico diz que a causa da morte foi afogamento. Encontramos água do mar nos pulmões. Não havia equimoses ou qualquer outro sinal de ação criminosa.

— Onde está o corpo agora?

— Estamos guardando-o sob refrigeração até que seja concedida autorização para levarem-no.

Um dos fotógrafos indagou:

— Importa-se que tiremos uma foto sua, capitão?

Durer hesitou, por um momento dramático.

— Não. Por favor, senhores, façam o que devem.

E as câmeras foram acionadas.

O Colomba era um hotel modesto, mas impecável e limpo, o quarto que lhe deram era satisfatório. A primeira providência de Steve foi telefonar para Simon Fitzgerald.

— Receio que vai demorar mais tempo do que eu pensava — anunciou ele.

— Qual é o problema?

— Burocracia. Mas falarei com o homem encarregado amanhã, e resolverei tudo. Devo partir para Boston à tarde.

— Ótimo, Steve. Tornaremos a nos falar amanhã.

Steve almoçou no La Fontana, na Rue Nôtre Dame. Sem nada para fazer pelo resto do dia, resolveu explorar a cidade.

Ajaccio era uma pitoresca cidade mediterrânea que ainda se deleitava por ter sido o lugar de nascimento de Napoleão Bonaparte. *Harry Stanford teria se identificado com Ajaccio*, pensou Steve.

Era a temporada turística na Córsega, as ruas estavam apinhadas de visitantes, falando em francês, italiano, alemão e japonês.

Naquela noite, Steve teve um jantar italiano no Le Boccaccio, e voltou para o hotel.

— Algum recado para mim? — perguntou ao recepcionista, otimista.

— Não, *monsieur*.

Steve foi se deitar, e recordou o que Simon Fitzgerald contara sobre Harry Stanford.

Ela abortou?

Não. Harry queria o aborto, mas ela se recusou. Tiveram uma briga terrível. Ele disse que a amava, que queria casar com ela. Já dissera isso a dezenas de mulheres, é claro. Mas Emily ouviu a conversa e nessa mesma noite cometeu suicídio. Steve se perguntou como ela se matara.

E finalmente adormeceu.

Às dez horas da manhã seguinte, Steve Sloane voltou ao prédio da prefeitura. O mesmo sargento estava de plantão.

— Bom dia — disse Steve.

— *Bonjour, monsieur.* Em que posso ajudá-lo?

Steve entregou outro cartão ao sargento.

— Estou aqui para falar com o capitão Durer.

— Um momento.

O sargento levantou-se, foi para a outra sala, fechou a porta. O capitão Durer, vestindo um imponente uniforme novo, estava sendo entrevistado por uma equipe da RAI, a rede de televisão da Itália. Olhava para a câmera ao dizer:

— Quando assumi o comando do caso, minha primeira providência foi verificar se não havia alguma ação criminosa envolvida na morte de *Monsieur* Stanford.

O entrevistador perguntou:

— E está convencido de que não houve nenhuma, capitão?

— Absolutamente convencido. Não resta a menor dúvida de que foi um lamentável acidente.

— *Bene* — disse o diretor. — Vamos cortar para outro ângulo e dar um *close*.

O sargento aproveitou a oportunidade para entregar o cartão de Steve ao capitão Durer.

— Ele está lá fora.

— O que há com você? — resmungou Durer. — Não percebe que estou ocupado? Mande-o voltar amanhã.

Ele acabara de receber o aviso de que havia mais uma dúzia de repórteres a caminho, inclusive de lugares tão distantes como Rússia e África do Sul.

— *Demain.*

— *Oui.*

— Está pronto, capitão? — perguntou o diretor.

Durer sorriu.

— Estou, sim.

O sargento voltou à sala externa.

— Sinto muito, *monsieur*, mas o capitão Durer está muito ocupado hoje.

— E eu também — disse Steve, ríspido. — Explique a ele que tudo que tem de fazer é assinar um papel autorizando a liberação do corpo do Sr. Stanford, e irei embora. Não é pedir muito, não é mesmo?

— Receio que seja. O capitão tem muitas responsabilidades e...

— Outra pessoa não pode me dar a autorização?

— Não, *monsieur*. Só o capitão tem essa autoridade.

Steve Sloane pensou por um instante, fervendo de raiva.

— Quando poderei falar com ele?

— Sugiro que tente de novo amanhã de manhã.

As palavras *tente de novo* ressoaram nos ouvidos de Steve.

— Farei isso. Soube que houve uma testemunha do acidente... o segurança do Sr. Stanford, Dmitri Kaminsky.

— Isso mesmo.

— Gostaria de conversar com ele. Pode me informar onde encontrá-lo?

— Austrália.

— É um hotel?

— Não, *monsieur*. — Havia uma certa compaixão na voz do sargento. — É um país.

A voz de Steve se elevou uma oitava.

— Está me dizendo que a única testemunha da morte de Stanford teve permissão da polícia para viajar antes que alguém pudesse interrogá-la?

— O capitão Durer interrogou o homem.

Steve respirou fundo.

— Obrigado.

— De nada, *monsieur*.

Steve voltou ao hotel e ligou de novo para Simon Fitzgerald.

— Parece que terei de passar outra noite aqui.

— O que está acontecendo, Steve?

— Ao que tudo indica, o homem no comando é muito ocupado. É a temporada turística. Provavelmente ele anda procurando por bolsas perdidas. Mas devo sair daqui amanhã.

— Mantenha contato.

Apesar de sua irritação, Steve achou que a ilha da Córsega era encantadora. Tinha quase 1.500 quilômetros de costa, com enormes montanhas de granito, que permaneciam cobertas de neve até julho. A ilha pertencia à Itália até ser conquistada pelos franceses, e a combinação das duas culturas era fascinante.

Durante o jantar, na Crêperie U San Carlu, ele recordou como Simon Fitzgerald descrevera Harry Stanford. *Foi o único homem que já conheci totalmente desprovido de compaixão. Era sádico e vingativo...*

E Steve pensou: *E Harry Stanford continua a causar os maiores problemas mesmo depois de morto.*

A caminho do hotel, Steve parou numa banca de jornal para comprar um exemplar do *International Herald Tribune*. A manchete dizia: O QUE ACONTECERÁ COM O IMPÉRIO STANFORD? Ele pagou, e no momento em que se virava para ir embora, avistou as manchetes de alguns outros jornais estrangeiros na banca. Tratou de examiná-los, aturdido. Cada jornal tinha uma reportagem na primeira página sobre a morte de Harry Stanford, sempre com uma fotografia de um radiante capitão Durer. *Então é isso que o mantém tão ocupado! Pois ele vai ver só!*

Steve voltou à sala de recepção do gabinete do chefe de polícia da ilha às 9:45 da manhã seguinte. O sargento não se encontrava atrás da mesa e a porta da outra sala estava entreaberta. Steve empurrou-a e entrou. O capitão vestia outro uniforme, à espera das entrevistas naquela manhã. Levantou os olhos quando Steve entrou.

— *Qu'est-ce que vous faites ici? C'est un bureau privé! Allez-vous-en!*

— Sou do *New York Times* — disse Steve.

Durer se animou no mesmo instante.

— Hã... entre, entre. Seu nome é...?

— Jones. John Jones.

— Posso lhe oferecer alguma coisa? Café? Conhaque?

— Nada, obrigado.

— Sente-se, por favor. — A voz de Durer tornou-se sombria. — Está aqui, sem dúvida, para tratar da terrível tragédia que ocorreu em nossa pequena ilha. Pobre *Monsieur* Stanford.

— Quando planeja liberar o corpo?

O capitão Durer suspirou.

— Receio que isso não será possível por muitos e muitos dias. Há muitos formulários a serem preenchidos, em se tratando de um homem tão importante quanto *Monsieur* Stanford. Há formalidades que não podem ser omitidas, entende?

— Acho que entendo — murmurou Steve.

— Talvez dentro de dez dias. Ou duas semanas.

A esta altura, o interesse da imprensa já terá acabado.

— Aqui está meu cartão.

Steve entregou um cartão ao capitão Durer, que o olhou, surpreso.

— Ei, é um advogado! Não é repórter?

— Não. Sou advogado de Harry Stanford. — Steve Sloane levantou-se. — Quero sua autorização para levar o corpo.

— Eu bem que gostaria de concedê-la logo — disse o capitão Durer, com ar pesaroso. — Infelizmente, estou com as mãos atadas. Não vejo como...

— Amanhã.

— Impossível! Não há condição...

— Sugiro que entre em contato com seus superiores em Paris. A Stanford Enterprises tem várias fábricas grandes na França. Seria uma pena se nosso conselho de administração decidisse fechar todas e transferir suas operações para outros países.

O capitão Durer fitava-o aturdido.

— Eu... eu não tenho controle sobre essas coisas, *monsieur*.

— Mas *eu* tenho — garantiu Steve. — Vai providenciar para que o corpo do Sr. Stanford seja liberado para mim amanhã, ou vai se descobrir metido numa encrenca muito maior do que pode imaginar.

Steve virou-se para sair.

— Espere um instante, *monsieur*! Talvez dentro de uns poucos dias eu possa...

— Amanhã.

E Steve se retirou.

Três horas mais tarde, Steve Sloane recebeu um telefonema no hotel.

— *Monsieur* Sloane? Tenho uma notícia maravilhosa para lhe dar! Consegui dar um jeito para que o corpo do Sr. Stanford seja liberado imediatamente. Espero que compreenda todas as dificuldades...

— Obrigado. Um avião particular vai decolar daqui às oito horas da manhã de amanhã, para nos levar de volta aos Estados Unidos. Espero que todos os documentos necessários já tenham sido providenciados até lá.

— Claro, *monsieur*. Não se preocupe. Cuidarei para que...

— Ótimo.

Steve desligou.

O capitão Durer continuou sentado em sua cadeira, imóvel, por um longo tempo. *Merda! Mas que azar! Eu poderia ter sido uma celebridade pelo menos por mais uma semana.*

Quando o avião levando o corpo de Harry Stanford pousou no Aeroporto Internacional Logan, em Boston, havia um carro fúnebre à espera. Os serviços fúnebres foram celebrados três dias depois.

Steve Sloane apresentou-se a Simon Fitzgerald.

— Então o velho finalmente está em casa — disse Fitzgerald. — Vai ser um reencontro e tanto.

— Reencontro?

— Isso mesmo. Deve ser interessante. Os filhos de Harry Stanford estarão aqui para celebrar a morte do pai. Tyler, Woody e Kendall.

Capítulo Oito

O juiz Tyler Stanford tomou conhecimento do fato pela emissora de TV de Chicago, a WBBM. Ficou mesmerizado, o coração disparado. Apareceu na tela uma foto do iate *Blue Skies*, e um locutor dizia:

— ... numa tempestade, em águas da Córsega, quando a tragédia ocorreu. Dmitri Kaminsky, o segurança de Harry Stanford, foi testemunha do acidente, mas não conseguiu salvar seu empregador. Harry Stanford era conhecido nos círculos financeiros como um dos mais astutos...

Tyler continuou sentado ali, olhando para as imagens sempre mudando, enquanto recordava...

Foram as vozes alteadas que o acordaram, no meio da noite. Ele tinha quatorze anos de idade. Escutou as vozes iradas por uns poucos minutos, e depois se esgueirou em silêncio pelo corredor lá de cima, até a escada. No saguão, lá embaixo, sua mãe e seu pai brigavam. A mãe gritava, e ele viu quando o pai desferiu um tapa no rosto dela.

A imagem na televisão mudou. Apareceu uma cena de Harry Stanford no Salão Oval da Casa Branca, apertando a mão do presidente Ronald Reagan.

— ... um dos esteios da nova assessoria financeira do presidente, Harry Stanford vem tendo um papel de destaque...

Estavam jogando futebol americano nos fundos da casa. Seu irmão, Woody, jogou a bola na direção da casa. Tyler saiu correndo para alcançá-la. No instante em que a pegou, ouviu o pai dizer, no outro lado da sebe:

— Estou apaixonado por você. Sabe disso.

Ele parou, emocionado por descobrir um momento em que o pai e a mãe não estavam brigando, mas logo ouviu a voz da governanta, Rosemary:

— É um homem casado. Quero que me deixe em paz.

E Tyler sentiu de repente um enjôo terrível. Amava a mãe e amava Rosemary. O pai era um estranho assustador.

Uma sucessão de fotos apareceu na tela, mostrando Harry Stanford com Margaret Thatcher... presidente Mitterand... Mikhail Gorbatchov... O locutor dizia:

— O lendário magnata se sentia à vontade tanto entre operários quanto entre os líderes mundiais.

Ele passava pela porta do escritório do pai quando ouviu a voz de Rosemary.

— Vou embora.

E, depois, a voz do pai.

— Não vou deixá-la partir. Tem de ser razoável, Rosemary. Esta é a única maneira pela qual você e eu podemos...

— Não vou mais escutá-lo. E terei a criança.

Rosemary desaparecera em seguida.

A imagem na televisão tornou a mudar. Apareceram cenas antigas da família Stanford diante de uma igreja, vendo um caixão ser levado para um carro fúnebre. O locutor dizia:

— ... Harry Stanford e os filhos ao lado do caixão... O suicídio da Sra. Stanford foi atribuído à sua saúde precária. Segundo investigadores da polícia, Harry Stanford...

No meio da noite, ele despertou de repente, sacudido pelo pai.

— Acorde, filho. Tenho uma notícia terrível para você.

O garoto de quatorze anos começou a tremer.

— Sua mãe sofreu um acidente, Tyler.

Era uma mentira. O pai a matara. Ela cometera suicídio por causa do pai e sua ligação com Rosemary.

Os jornais exploraram a tragédia. O escândalo abalou Boston, e os tablóides sensacionalistas procuraram tirar o máximo de proveito. Não havia como esconder as notícias das crianças Stanfords. Os colegas de escola tornaram suas vidas horríveis. Em apenas 24 horas, os três haviam perdido as duas pessoas que mais amavam. E o pai era o culpado.

— Não me importo que ele seja nosso pai — disse Kendall, soluçando. — Eu o odeio!

— Eu também!

— E eu também!

Pensaram em fugir de casa, mas não tinham para onde ir. Decidiram se rebelar. Tyler foi incumbido de ser o porta-voz.

— Queremos um pai diferente. Não queremos você.

Harry Stanford fitou-o nos olhos e declarou, com absoluta frieza:

— Acho que podemos resolver esse problema.

Três semanas depois, todos foram enviados para colégios internos diferentes.

À medida que os anos passavam, as crianças quase não viam o pai. Liam a seu respeito nos jornais, viam-no na televisão, escoltando lindas mulheres ou conversando com celebridades, mas só o encontravam no que ele chamava de "ocasiões", oportunidades para fotos no Natal e outros feriados, que serviam para demonstrar como Harry Stanford era um pai devotado. Depois, as crianças voltavam para suas escolas ou acampamentos de verão diferentes, até a próxima "ocasião".

Tyler estava quase que hipnotizado pelo que assistia. Na tela da televisão apareceram montagens de fábricas em várias partes do mundo com fotografias de seu pai.

— ... um dos maiores conglomerados de propriedade privada do mundo. Harry Stanford, que o criou, era uma lenda... A questão que aflora nas mentes dos homens de Wall Street é a seguinte: o que vai acontecer com essa empresa familiar agora que seu fundador morreu? Harry Stanford deixou três filhos, mas não se sabe quem vai herdar a fortuna de bilhões de dólares que deixou, ou quem vai controlar a corporação...

Ele tinha seis anos de idade. Adorava vaguear pela imensa casa, explorando todos os cômodos excitantes. O único lugar proibido era o escritório do pai. Tyler sabia que reuniões importantes se realizavam ali. Homens importantes, usando ternos escuros, entravam e saíam constantemente, encontrando-se com o pai. O fato de ser proibido tornava o escritório irresistível para ele.

Um dia, quando o pai não estava em casa, Tyler decidiu entrar no escritório. A sala imensa era assustadora. Tyler ficou imóvel, contemplando a enorme escrivaninha, a cadeira estofada em couro do pai. *Um dia ainda vou sentar nessa cadeira, e serei tão importante quanto papai.* Ele foi examinar a escrivaninha. Havia dezenas de papéis ali. Sentou-se na cadeira do pai. A sensação foi maravilhosa. *Agora também sou importante!*

— *O que está fazendo aí?*

Tyler levantou os olhos, aturdido. Deparou com o pai parado na porta, exibindo uma expressão furiosa.

— Quem lhe disse que podia se sentar a essa mesa?

O menino tremia.

— Eu... eu apenas queria saber como era...

O pai avançou para ele.

— Pois nunca saberá como é! Nunca mesmo! E agora saia, e nunca mais torne a entrar aqui!

Tyler subiu correndo, em lágrimas. A mãe foi a seu quarto, abraçou-o.

— Não chore, querido. Tudo vai acabar bem.

— Não... não vai, não! — soluçou Tyler. — Ele... ele me odeia!

— Não, querido, seu pai não odeia você.

— Tudo o que fiz foi sentar em sua cadeira.

— É a cadeira dele, querido. E seu pai não quer que ninguém sente nela.

Tyler não podia parar de chorar. A mãe aconchegou-o e murmurou:

— Quando seu pai e eu nos casamos, Tyler, ele disse que queria que eu fizesse parte da empresa. E me deu uma cota. Era uma espécie de piada de família. Vou lhe dar essa cota. Ficará num fundo em seu nome. A partir de agora, você também faz parte da empresa. Está bem assim?

A Stanford Enterprises tinha apenas cem cotas, e Tyler se tornou o orgulhoso proprietário de uma cota.

Quando soube o que a esposa fizera, Harry Stanford escarneceu:

— O que pensa que ele vai fazer com essa única cota? Assumir o controle da empresa?

Tyler desligou a televisão, mas continuou sentado ali, ajustando-se à notícia. Experimentava uma profunda sensação de alívio. Tradicionalmente, os filhos queriam ser bem-sucedidos para agradar os pais. Tyler Stanford ansiara em ser um sucesso para poder *destruir* o pai.

Quando jovem, tinha um sonho recorrente, de que o pai era acusado de assassinar a mãe, e Tyler era incumbido de dar a sentença. *Eu o condeno a morrer na cadeira elétrica!* Às vezes o sonho variava, e Tyler condenava o pai a ser enforcado, envenenado ou fuzilado. E os sonhos se tornaram quase reais.

A escola militar para o qual foi enviado era no Mississippi, e foram quatro anos de puro inferno. Tyler detestava a disciplina e o estilo de vida rígido. No primeiro ano, chegou a pensar sério em cometer suicídio e a única coisa que o impediu de fazer isso foi a determinação de não dar essa satisfação ao pai. *Ele matou minha mãe. Mas não vai me matar.*

Tyler tinha a impressão de que os instrutores eram particularmente severos com ele, e estava certo de que o pai era responsável por isso. Tyler recusou-se a permitir que a escola o dobrasse. Embora fosse obrigado a voltar para casa nos feriados, os encontros com o pai se tornaram mais e mais desagradáveis.

O irmão e a irmã também iam para casa nos feriados, mas não havia qualquer sentimento fraternal. O pai destruíra toda e qualquer afinidade. Eram estranhos um para o outro, esperando que os feriados terminassem para poderem escapar.

Tyler sabia que o pai era multibilionário, mas também sabia que os pequenos estipêndios que ele, Woody e Kendall recebiam saíam da herança da mãe. Ao se tornar mais velho, Tyler se pôs a especular se teria direito à fortuna da família. Estava convencido de que ele e os irmãos vinham sendo enganados. *Preciso de um advogado.* Isso, é claro, seria impossível, mas o pensamento subseqüente era inevitável: *Vou me tornar um advogado.* Ao saber dos planos de Tyler, o pai disse:

— Quer ser um advogado, hem? E suponho que pensa que lhe darei um emprego na Stanford Enterprises. Pois esqueça. Não o deixarei chegar nem a um quilômetro da companhia.

Ao se formar na faculdade de direito, Tyler poderia exercer a profissão em Boston, e por causa do nome de família, seria bem recebido em dezenas de empresas. Mas preferiu manter-se longe do pai.

Decidiu se iniciar na profissão em Chicago. Foi bastante difícil no começo. Recusava-se a explorar seu nome de família, e os clientes eram escassos. Os políticos de Chicago eram controlados pela máquina partidária, e ele logo percebeu que seria vantajoso para um jovem advogado se envolver com a poderosa Associação dos Advogados do Condado de Cook. Arrumou um emprego no escritório do promotor distrital. Possuía uma mente arguta e ágil, e não demorou muito para se tornar um elemento valioso na organização. Atuou em processos por todos os crimes possíveis, e seu registro de condenações era fenomenal.

Elevou-se depressa na hierarquia, e finalmente veio o dia em que recebeu sua recompensa. Foi eleito para juiz no condado de Cook. Pensou que o pai agora se orgulharia dele. Estava enganado.

— Você, um juiz? Pelo amor de Deus! Eu não o deixaria julgar um concurso de bolos!

O juiz Tyler Stanford era baixo, com algum excesso de peso, olhos penetrantes e calculistas, a boca sempre contraída numa expressão dura. Não possuía nem um pouco do carisma ou charme do pai. Sua característica mais eminente era uma voz profunda e sonora, perfeita para pronunciar uma sentença.

Tyler Stanford era um homem retraído, que mantinha seus pensamentos para si mesmo. Tinha quarenta anos, mas parecia muito mais velho. A vida era sombria demais para a jovialidade. Seu único *hobby* era o xadrez, e uma vez por semana jogava num clube local, e sempre ganhava.

Era um jurista brilhante, muito respeitado pelos outros juízes, que lhe pediam conselhos com freqüência. Bem poucas pessoas sabiam que era *daquela* família Stanford. Ele nunca mencionava o nome do pai.

Seu gabinete ficava no vasto prédio da justiça criminal do condado de Cook, na esquina das ruas 26 e California. Era um prédio de quatorze andares, com uma ampla escadaria na frente. O bairro era perigoso, e um cartaz na entrada anunciava: POR ORDEM JUDICIAL, TODAS AS PESSOAS QUE ENTRAREM NESTE PRÉDIO DEVEM SE SUBMETER A UMA REVISTA.

Era ali que Tyler passava seus dias, em audiências de assalto, arrombamento, estupro, tiroteios, drogas e homicídio. Implacável em suas decisões, tornou-se conhecido como o Juiz Draconiano. Durante o dia inteiro ouvia réus alegarem pobreza, maus-tratos na infância, lares desfeitos e uma centena de outras desculpas. Não aceitava nenhuma. Um crime era um crime, e tinha de ser punido. E no fundo de sua mente, sempre, pairava a figura do pai.

Os colegas de Tyler Stanford pouco conheciam de sua vida pessoal. Sabiam que ele tivera um casamento difícil, era agora divorciado, morava sozinho numa casa de três quartos, na Kimbark Avenue, em Hyde Park. A área era cercada por belas casas antigas, porque o grande incêndio de 1871, que destruíra Chicago, caprichosamente poupara o distrito de Hyde Park. Não tinha amigos no bairro, e os vizinhos nada sabiam a seu respeito. Tinha uma empregada que vinha três vezes por semana, mas o próprio Tyler fazia as compras. Era metódico, com uma rotina fixa. Aos sábados, ia a Harper Court, um pequeno centro comercial perto de sua casa, ou para o Mr. G's Fine Foods, ou o Medici's na rua 57.

De vez em quando, em funções oficiais, Tyler se encontrava com as esposas de colegas. Todas sentiam que ele era um homem solitário, e se ofereciam para apresentá-lo a amigas, ou convidavam-no para jantar. Tyler sempre recusava.

— Estarei ocupado nessa noite.

Suas noites pareciam movimentadas, mas ninguém tinha a menor idéia do que fazia.

— Tyler não se interessa por qualquer outra coisa que não seja o direito — explicou um dos juízes à esposa. — E não quer conhecer nenhuma mulher. Ouvi dizer que teve um péssimo casamento.

Era verdade.

Depois do divórcio, Tyler jurara para si mesmo que nunca mais teria outro envolvimento emocional. Até que conheceu Lee, e tudo mudou subitamente. Lee tinha beleza, sensibilidade e afeto... a pessoa com quem Tyler queria passar o resto de sua vida. Tyler amava Lee, mas por que Lee haveria de amá-lo? Um sucesso como modelo, Lee tinha dezenas de admiradores, muitos dos quais eram ricos. E Lee gostava de coisas caras.

Tyler sentiu que sua causa era perdida. Não tinha como competir com os outros pelo afeto de Lee. Da noite para o dia, porém, com a morte do pai, tudo podia mudar. Talvez se tornasse rico além de seus sonhos mais delirantes.

E poderia dar o mundo a Lee.

Tyler entrou na sala do presidente do tribunal.

— Keith, tenho de passar alguns dias em Boston. Problemas de família. Gostaria que arrumasse alguém para ficar no meu lugar.

— Claro. Darei um jeito.

— Obrigado.

O juiz Tyler Stanford partiu para Boston à tarde. No avião, pensou de novo nas palavras do pai naquele dia terrível: *Conheço o seu segredo sujo.*

Capítulo Nove

Chovia em Paris, um aguaceiro no quente mês de julho, que fazia os pedestres correrem pelas ruas à procura de um abrigo, ou de táxis inexistentes. No auditório de um prédio cinza enorme, numa esquina da Rue Faubourg St.-Honoré, havia pânico. Uma dúzia de modelos seminuas corriam de um lado para outro, numa espécie de histeria em massa, enquanto os atendentes arrumavam as cadeiras e os carpinteiros davam os retoques finais na passarela. Todos gritavam e gesticulavam, frenéticos, e o nível de barulho era angustiante.

No olho do furacão, tentando impor ordem ao caos, se encontrava a própria *maîtresse*, Kendall Stanford Renaud. Quatro horas antes do início do desfile, tudo parecia desmoronar.

Catástrofe: John Fairchild da *W* chegara a Paris inesperadamente, e não havia um lugar reservado para ele.

Tragédia: O sistema de alto-falantes não estava funcionando.

Desastre: Lili, uma das *top models*, caíra doente.

Emergência: Dois dos maquiladores haviam brigado nos bastidores, e seu trabalho ficara bastante atrasado.

Calamidade: Todas as costuras nas saias começavam a se desfazer.

Em outras palavras, pensou Kendall, irônica, *tudo está normal.*

Kendall Stanford Renaud poderia ser tomada por uma das modelos, e houvera um tempo em que essa fora a sua profissão. Irradiava uma elegância meticulosa, do *chignon* dourado aos escarpins de Chanel. Tudo nela — a curva do braço, a tonalidade do verniz nas unhas, o timbre de sua risada — demonstrava um apuro bem-cuidado. O rosto, se despojado da maquilagem esmerada, era na verdade sem atrativos, mas Kendall se empenhava para que ninguém jamais percebesse isso... e ninguém percebia.

Ela estava em toda parte ao mesmo tempo.

— Quem cuidou da iluminação da passarela? Ray Charles?

— Quero um fundo azul...

— O forro está aparecendo. Conserte!

— Não quero as modelos fazendo os cabelos e a maquilagem na área de espera. Mande Lulu arrumar um camarim para elas!

O gerente de desfile de Kendall se aproximou apressado.

— Meia hora é tempo demais, Kendall! O desfile não deve ter mais que vinte e cinco minutos...

Ela parou o que estava fazendo.

— O que você sugere, Scott?

— Pode cortar algumas roupas e...

— Não. Mandarei as modelos se apresentarem mais depressa.

Ela ouviu seu nome ser chamado de novo e virou-se.

— Kendall, não conseguimos localizar Pia. Quer que Tami troque para o casaco e calça cinza-carvão?

— Não. Dê esse traje a Dana. E passe a roupa de gata e a túnica para Tami.

— E o *jersey* cinza-escuro?

— Monique. E cuide para que ela use as meias cinza.

Kendall olhou para o quadro em que havia fotos Polaroid das modelos numa variedade de trajes. Quando tudo estivesse pronto, as fotos seriam dispostas numa ordem precisa. Ela correu os olhos experientes pelo quadro.

— Vamos trocar isto. Quero o cardigã bege primeiro, depois os separados, em seguida o *jersey* de seda sem alças, o longo de tafetá, os vestidos para a tarde com casacos combinando...

Dois de seus assistentes se aproximaram.

— Kendall, estamos acertando os lugares. Quer os varejistas juntos, ou prefere misturá-los com as celebridades?

O outro assistente acrescentou:

— Também podemos misturar as celebridades com o pessoal da imprensa.

Kendall mal prestava atenção. Há duas noites que se mantinha acordada, conferindo tudo, para ter certeza de que nada sairia errado.

— Resolvam vocês mesmos — murmurou ela.

Kendall correu os olhos por toda aquela atividade frenética, e pensou no desfile prestes a começar, nos nomes famosos no mundo inteiro que ali estariam para aplaudir o que ela criara. *Devo agradecer a meu pai por tudo isso. Ele me disse que eu nunca teria sucesso...*

Sempre soubera que queria ser uma estilista. Desde pequena que possuía um senso natural de elegância. Suas bonecas usavam as roupas mais elegantes da cidade. Submetia suas crianças à aprovação da mãe, que a abraçava e dizia:

— Você é muito talentosa, querida. E algum dia será uma estilista muito importante.

E Kendall tinha certeza disso.

Na escola, estudou *design* gráfico, desenho estrutural, concepções espaciais e coordenação de cores.

— O melhor caminho para começar é você mesma se tornar uma modelo — aconselhara um de seus professores. — Conhecerá assim os principais estilistas, e se mantiver os olhos bem abertos, poderá aprender com todos.

Quando Kendall falara de seus sonhos ao pai, ele dissera:

— *Você*, uma modelo? Deve estar brincando.

Ao terminar os estudos, Kendall voltou para Rose Hill. *O pai precisa de mim para dirigir a casa*, pensou ela. Havia uma dúzia de criados, mas ninguém que exercesse o comando. Como Harry Stanford passava a maior parte do tempo ausente, os criados faziam o que queriam. Kendall tentou organizar tudo. Programava as atividades domésticas, servia como anfitriã para as recepções que o pai oferecia e fazia todo o possível para que ele se sentisse mais confortável. Ansiava pela aprovação dele. Em vez disso, sofria uma saraivada de críticas.

— Quem contratou esse cozinheiro? Livre-se dele...

— Não gostei dos pratos que você comprou. Onde está seu bom gosto...?

— Quem lhe disse que podia redecorar meu quarto? Não se meta lá...

Por mais que Kendall se esforçasse, nunca era bastante bom.

E foi a crueldade autoritária do pai que acabou por levá-la a sair de casa. Sempre fora uma família sem amor, e o pai não dava a menor atenção aos filhos, a não ser para discipliná-los e controlá-los. Uma noite Kendall ouviu o pai comentar com um visitante:

— Minha filha tem uma cara de cavalo. Vai precisar de muito dinheiro para fisgar um pobre otário.

Foi a gota d'água. No dia seguinte, Kendall deixou Boston, seguindo para Nova York.

Sozinha em seu quarto no hotel, Kendall pensou: *Muito bem, aqui estou, em Nova York. Como posso me tornar uma estilista? Como posso entrar na indústria da moda? Como posso fazer para que alguém me note?* Ela se lembrou do conselho do professor. *Começarei como modelo. É o melhor caminho.*

Na manhã seguinte, Kendall consultou as páginas amarelas da lista telefônica, anotou os endereços e telefones de várias agências de modelos, e começou a fazer a ronda. *Tenho de ser franca*, decidiu ela. *Direi que só posso ficar em caráter temporário, até me tornar uma estilista.*

Ela entrou na primeira agência em sua lista. Uma mulher de meia-idade, por trás de uma mesa, perguntou:

— Em que posso ajudá-la?

— Quero ser modelo.

— Eu também, minha cara. Esqueça.

— Por quê?

— É alta demais.

Kendall respirou fundo.

— Gostaria de falar com a pessoa que manda aqui.

— Está olhando para ela. Sou a dona da agência.

Ela não teve mais sucesso na meia dúzia de agências seguintes.

— Você é muito baixa.

— Muito magra.

— Muito gorda.

— Muito jovem.

— Muito velha.

— Tipo errado.

Ao final da semana, Kendall já começava a se desesperar. Só restava mais um nome em sua lista.

A Paramount Models era a maior agência de modelos de Manhattan. Não havia ninguém na recepção. Uma voz dizia em uma das salas:

— Ela estará disponível na próxima segunda-feira. Mas só pode tê-la por uma dia. Ela já tem compromissos firmados para as próximas três semanas.

Kendall foi até a porta, deu uma espiada. Uma mulher usando um *tailleur* falava ao telefone.

— Está bem. Verei o que posso fazer. — Roxanne Marinack desligou e levantou os olhos. — Sinto muito, mas não estamos procurando o seu tipo.

Kendall disse, desesperada:

— Posso ser qualquer tipo que quiser que eu seja. Posso ser mais alta, ou posso ser mais baixa. Posso ser mais jovem ou mais velha, mais magra...

Roxanne ergueu a mão.

— Espere um instante.

— Tudo o que quero é uma oportunidade. Preciso realmente disso...

Roxanne hesitou. Havia uma ansiedade atraente na jovem, e ela tinha um corpo gracioso. Não era bonita, mas talvez, com a maquilagem certa...

— Tem alguma experiência?

— Claro que tenho. Venho usando roupas por toda a minha vida.

Roxanne riu.

— Muito bem, mostre-me seu portfólio.

Kendall ficou aturdida.

— Meu portfólio?

Roxanne suspirou.

— Ora, minha cara, nenhuma modelo que se preza anda sem seu portfólio. É a sua bíblia, o que seus clientes em potencial vão estudar. — Roxanne tornou a suspirar. — Quero que tire duas fotos de frente... uma sorrindo, outra séria. Vire-se.

— Está bem.

Kendall começou a se virar.

— Devagar. — Roxanne estudou-a. — Nada mau. Quero uma foto sua de maiô ou *lingerie*, o que seja mais favorável a seu corpo.

— Tirarei uma de cada — murmurou Kendall, ansiosa.

Roxanne não pôde deixar de sorrir.

— Ótimo. Você é... hã... diferente, mas pode ter uma oportunidade.

— Obrigada.

— Não me agradeça tão depressa. Ser modelo para revistas de moda não é tão simples quanto parece. É um trabalho árduo.

— Estou disposta a tudo.

— É o que veremos. Vou lhe dar uma oportunidade. Eu a levarei a alguns *go-sees.*

— Como?

— Um *go-see* é o lugar onde os clientes escolhem as novas modelos. Haverá também modelos de outras agências presentes. Parece um leilão de gado.

— Darei um jeito.

Esse foi o começo. Kendall foi a uma dúzia de *go-sees* antes que um estilista se interessasse em vê-la usando suas criações. Ela estava tão tensa que quase perdeu a oportunidade por falar demais.

— Adoro suas criações, e acho que ficariam ótimas em mim. Isto é, ficariam ótimas em *qualquer* mulher. São maravilhosas! Mas acho que ficarão especialmente boas em mim.

Kendall se sentia tão nervosa que gaguejava. O estilista balançou a cabeça, compreensivo.

— É o seu primeiro emprego, não é?

— É, sim, senhor.

Ele sorriu.

— Muito bem, vou experimentá-la. Como é mesmo seu nome?

— Kendall Stanford.

Ela especulou se o estilista faria a ligação de seu nome com a família Stanford famosa... mas é claro que não havia nenhuma razão para que isso acontecesse.

Roxanne estava certa. O trabalho de modelo não era fácil. Kendall teve de aprender a aceitar a constante rejeição, a comparecer a *go-sees* que não davam em nada, a passar semanas sem ter o que fazer. Quando arrumava algum trabalho, ia para a maquilagem às seis horas da manhã, terminava uma sessão fotográfica, começava outra, e muitas vezes não acabava antes de meia-noite.

Uma noite, depois de passar o dia inteiro numa sessão com meia dúzia de outras modelos, Kendall contemplou-se no espelho e soltou um gemido.

— Não poderei trabalhar amanhã. Vejam só como meus olhos estão inchados!

Uma das modelos sugeriu:

— Ponha fatias de pepino sobre os olhos. Ou pode pôr

alguns saquinhos de chá de camomila em água quente, deixe esfriar e ajeite sobre os olhos por quinze minutos.

O inchaço desaparecera pela manhã.

Kendall invejava as modelos em permanente demanda. Ouvia Roxanne combinando seus compromissos.

— Dei a Scaasi uma opção secundária sobre Michelle. Ligue para avisar que ela estará disponível e poderemos fechar o contrato...

Kendall logo aprendeu a não criticar as roupas que apresentava. Conheceu alguns dos fotógrafos mais importantes no mercado, e preparou seu portfólio. Carregava uma bolsa de modelo com os artigos básicos necessários — roupas, maquilagem, estojo para as unhas, jóias. Aprendeu a secar os cabelos de baixo para cima, a fim de torná-los mais encorpados, e a acrescentar mais cachos com rolos aquecidos.

Havia muito mais a aprender. Kendall se tornou uma das prediletas dos fotógrafos, e um deles lhe ofereceu alguns conselhos.

— Kendall, sempre deixe as fotos sorrindo para o final da sessão. Assim sua boca terá menos pregas.

Ela se tornava cada vez mais popular. Não era a beldade convencional, como a maioria das modelos, mas possuía algo mais, uma elegância graciosa.

— Ela tem classe — comentou um agente de publicidade.

E isso a resumia.

Kendall também se sentia solitária. Saía com um ou outro de vez em quando, mas nenhum daqueles homens tinha maior importância para ela. Trabalhava sem parar, mas sentia que não se encontrava mais próxima de seu objetivo do que no momento em que chegara a Nova York. *Tenho de encontrar um meio de fazer contato com os maiores estilistas*, decidiu.

— Tenho compromissos para você nas próximas quatro semanas — anunciou Roxanne. — Todos a adoram.

— Roxanne...

— O que é, Kendall?

— Não quero mais fazer isso.

Roxanne se mostrou incrédula.

— O quê?

— Quero ser modelo de passarela.

Era a atividade a que a maioria das modelos aspirava, por ser a mais emocionante e lucrativa.

Roxanne parecia hesitante.

— É quase impossível entrar nesse círculo e...

— Vou conseguir.

Roxanne estudou-a em silêncio por um momento.

— Está mesmo decidida, não é?

— Estou.

Roxanne acenou com a cabeça.

— Muito bem. Se é isso mesmo o que você quer, a primeira coisa que tem de fazer é aprender a andar na viga.

— Como assim?

Roxanne explicou.

Naquela mesma tarde, Kendall comprou uma viga estreita de dois metros de comprimento, lixou-a para remover as lascas, estendeu-a no chão do apartamento. Caiu nas primeiras vezes em que tentou andar sobre a viga. *Não vai ser fácil,* concluiu Kendall, *mas vou conseguir.*

Todas as manhãs ela se levantava cedo, e praticava andar na viga, nas pontas dos pés. *Equilibre com a pelve. Sinta com os dedos. Baixe o calcanhar.* Dia a dia seu equilíbrio melhorou.

Andava de um lado para o outro na frente de um espelho grande, com música tocando. Aprendeu a andar com um livro na cabeça. Treinou trocar num instante de sapatos de tênis e *short* para saltos altos e longo.

Quando achou que estava preparada, voltou a procurar Roxanne.

— Vou me expor por sua causa — disse Roxanne. — Ungaro está procurando uma modelo de passarela. Recomendei você. Ele vai lhe dar uma chance.

Kendall ficou emocionada. Ungaro era um dos mais brilhantes estilistas do mundo.

Kendall foi participar do desfile na semana seguinte. Tentou parecer tão descontraída quanto as outras modelos.

Ungaro entregou-lhe o primeiro traje que ela apresentaria e sorriu.

— Boa sorte.

— Obrigada.

Quando Kendall saiu para a passarela, foi como se tivesse feito aquilo por toda a sua vida. Até mesmo as outras modelos ficaram impressionadas. O desfile foi um sucesso, e daquele momento em diante Kendall passou a pertencer à elite. Começou a trabalhar com os gigantes da indústria da moda, Yves Saint Laurent, Halston, Christian Dior, Donna Karan, Calvin Klein, Ralph Lauren, St. John. Era constantemente requisitada e viajava para desfiles no mundo inteiro. Em Paris, os desfiles da *haute couture* ocorriam em janeiro e julho. Em Milão, os meses de auge eram março, abril, maio e junho, enquanto em Tóquio os principais desfiles eram realizados em abril e outubro. Kendall levava uma vida frenética e movimentada, mas adorava cada minuto.

Ela continuou a trabalhar e a aprender. Apresentava as roupas de estilistas famosos e pensava nas mudanças que faria se fosse *ela* a estilista. Aprendeu como as roupas deveriam se ajustar, como os tecidos deveriam fluir em torno do corpo. Aprendeu sobre cortes e ajustamentos, que partes do corpo as mulheres queriam ocultar e que partes queriam mostrar. Fazia desenhos em casa e as idéias pareciam aflorar com facilidade. Até que um dia levou um portfólio com seus desenhos para a diretora de compras da I. Magnin's. A diretora ficou impressionada e perguntou:

— Quem criou estes modelos?

— Fui eu.

— São bons. Muito bons.

Duas semanas depois, Kendall começou a trabalhar como assistente de Donna Karan e aprendeu o lado empresarial da indústria da moda. Em casa, continuava a criar seus modelos. Realizou o primeiro desfile com suas criações um ano depois. Foi um desastre.

Os modelos eram corriqueiros, e ninguém se interessou. Ela promoveu um segundo desfile, e ninguém compareceu.

Estou na profissão errada, pensou Kendall.

Um dia você vai se tornar uma estilista famosa.

O que estou fazendo de errado?, especulou ela.

A epifania veio no meio da noite. Kendall acordou de repente, ficou deitada na cama, pensando. *Estou criando vestidos para modelos usarem. Deveria criá-los para mulheres reais, com empregos reais, famílias reais. Atraentes, mas confortáveis. Elegantes, mas práticos.*

Kendall levou cerca de um ano para promover seu próximo desfile, mas foi um sucesso imediato.

Kendall poucas vezes voltou a Rose Hill e as visitas foram terríveis nessas raras ocasiões. O pai não mudara. Se alguma coisa, piorara.

— Ainda não fisgou ninguém, hem? Provavelmente nunca vai conseguir.

Foi num baile de caridade que Kendall conheceu Marc Renaud. Ele trabalhava na seção internacional de uma corretora de Nova York, operando com câmbio. Cinco anos mais moço do que Kendall, era um francês atraente, alto e esguio, charmoso e simpático. Kendall sentiu-se imediatamente atraída. Ele convidou-a para jantar no dia seguinte, e encerraram a noite na cama. Depois disso, passavam todas as noites juntos, até que Marc disse:

— Kendall, estou perdidamente apaixonado por você, e sabe disso.

— Procurei você por toda a minha vida, Marc — murmurou ela.

— Há um problema sério. Você é um grande sucesso. Nem de longe ganho tanto dinheiro quanto você. Talvez um dia...

Kendall encostou um dedo nos lábios dele.

— Pare com isso, Marc. Você me deu muito mais do que eu jamais sonhei.

No dia de Natal, Kendall levou Marc a Rose Hill para apresentá-lo ao pai.

— Vai casar com *ele*? — explodiu Harry Stanford. — Ele não é ninguém! Só está querendo casar pelo dinheiro que pensa que você vai receber!

Se Kendall precisasse de algum motivo adicional para casar com Marc, a reação do pai seria o suficiente. Casaram em Connecticut no dia seguinte. E o casamento com Marc proporcionou a Kendall uma felicidade que ela jamais conhecera antes.

— Não deve permitir que seu pai a atormente — disse ele

a Kendall. — Durante toda a vida, ele sempre usou o dinheiro que possui como uma arma. Não precisamos do dinheiro dele.

E Kendall o amou ainda mais por isso.

Marc era um marido maravilhoso, gentil, atencioso e carinhoso. *Tenho tudo*, pensou Kendall, feliz. *O passado está morto e enterrado.* Ela alcançara o sucesso, apesar do pai. Dentro de poucas horas, o mundo da moda estaria focalizando seu talento.

A chuva parou. Era um bom presságio.

O desfile foi espetacular. Ao final, com música tocando e *flashes* espocando, Kendall saiu para a passarela, fez uma reverência e recebeu uma ovação. Kendall desejou que Marc pudesse estar em Paris para partilhar seu triunfo, mas a corretora recusara-se a lhe dar uma folga.

Depois que a multidão se retirou, Kendall voltou a seu escritório, eufórica. Seu assistente informou:

— Chegou uma carta para você. Foi entregue por um mensageiro especial.

Kendall olhou para o envelope pardo, e sentiu um súbito calafrio. Sabia do que se tratava antes mesmo de abrir. A carta dizia:

Prezada Sra. Renaud:

Lamento informá-la que a Associação de Proteção da Vida Selvagem passa outra vez por um período de dificuldades financeiras. Precisamos de cem mil dólares imediatamente para cobrir nossas despesas. O dinheiro deve ser transferido para a conta numerada 804072-A, no banco Crédit Suisse, em Zurique.

Não havia assinatura.

Kendall ficou sentada por um longo momento, imóvel, olhando para a carta, desanimada. *Nunca mais vai parar.* A chantagem continuaria para sempre. Outro assistente entrou apressado na sala.

— Oh, Kendall, sinto muito! Acabo de ouvir a notícia terrível!

Não posso suportar mais nenhuma notícia terrível, pensou Kendall.

— O que... o que aconteceu?

— A Radio-Télé Luxembourg acaba de dar a notícia. Seu pai... está morto. Morreu afogado.

Kendall demorou um instante para absorver a notícia. E seu primeiro pensamento foi: *O que será que o deixaria mais orgulhoso? Meu sucesso, ou o fato de que sou uma assassina?*

Capítulo Dez

Peggy Malkovich era casada com Woodrow "Woody" Stanford há dois anos, mas os residentes de Hobe Sound ainda se referiam a ela como "aquela garçonete".

Ela servia às mesas na Rain Forest Grille quando Woody a conhecera. Woody Stanford era o jovem dourado de Hobe Sound. Morava na propriedade da família, tinha uma beleza clássica, era encantador e gregário, um alvo para todas as debutantes ansiosas de Hobe Sound, Filadélfia e Long Island. Por isso, houve um abalo sísmico quando ele casou de repente com uma garçonete de 25 anos, que nada tinha de bonita, nem concluíra o curso secundário, e era filha de um operário e uma dona de casa.

Foi um choque ainda maior porque todos esperavam que Woody casasse com Mimi Carson, uma jovem linda e inteligente, herdeira de uma fortuna em madeira, apaixonada por ele.

Como regra geral, os residentes de Hobe Sound preferiam comentar os problemas de seus criados em vez de falar sobre seus iguais, mas no caso de Woody aquele casamento era tão afrontoso que eles abriram uma exceção. Logo se espalhou a informação de que ele engravidara Peggy Malkovich e casara com ela. Todos tinham certeza de qual era o pecado maior.

— Pelo amor de Deus, posso entender o rapaz engravidando a mulher, mas não se casando com uma garçonete!

Era um caso clássico de *déjà vu*. Vinte e quatro anos antes, Hobe Sound fora abalada por um escândalo similar envolvendo os Stanfords. Emily Temple, filha de uma das famílias mais tradicionais da cidade, cometera suicídio porque seu marido engravidara a governanta dos filhos.

Woody Stanford não escondia que odiava o pai e a impressão geral era a de que ele casara com a garçonete por rancor, para mostrar que era mais honrado do que Harry Stanford.

A única pessoa convidada para o casamento foi o irmão de Peggy, Hoop, que veio de avião de Nova York. Hoop era dois anos mais velho do que Peggy e trabalhava numa padaria no Bronx. Era alto e magro, com um rosto bexiguento e um forte sotaque do Brooklyn.

— Está levando uma grande garota — disse ele a Woody, depois da cerimônia.

— Sei disso — respondeu Woody, apático.

— Vai cuidar direito da minha irmã, hem?

— Farei o melhor que puder.

— Isso é bom.

Uma conversa sem nada de memorável, entre um padeiro e o filho de um dos homens mais ricos do mundo.

Peggy perdeu o bebê quatro semanas depois do casamento.

Hobe Sound é uma comunidade das mais exclusivas, e Jupiter Island é a parte mais exclusiva de Hobe Sound. A ilha é limitada a oeste pela Intracostal Waterway, e a leste pelo oceano Atlântico. É um refúgio de privacidade — rico, reservado e protetor, com mais policiais *per capita* que quase qualquer outro lugar no mundo. Seus residentes se orgulham de serem discretos. Guiam Taurus ou uma caminhonete, possuem pequenos barcos a vela, uma Lightning de dezoito pés ou uma Quickstep de 24 pés.

Se uma pessoa não nascia ali, tinha de conquistar o direito de pertencer à comunidade de Hobe Sound. Depois do casamento de Woodrow Stanford com "aquela garçonete", surgiu uma dúvida intensa: os residentes aceitariam a esposa em sua sociedade?

A Sra. Anthony Pelletier, a decana de Hobe Sound, era árbitro de todas as divergências sociais, e a missão devota que assumira na vida era a de proteger sua comunidade contra os arrivistas e novos-ricos. Quando os recém-chegados a Hobe Sound desagradavam a Sra. Pelletier, ela tinha o costume de mandar seu motorista lhes entregar uma valise de couro de viagem. Era o seu meio de informá-los que não eram bem-vindos na comunidade.

Seus amigos tinham o maior prazer em contar a história do mecânico e sua esposa que compraram uma casa em Hobe Sound. A Sra. Pelletier lhes enviara a valise de couro ritual. Ao saber do significado, a esposa rira e garantira:

— Se aquela velha megera pensa que pode me expulsar daqui, está completamente louca.

Mas estranhas coisas começaram a acontecer. Operários de

todos os tipos subitamente se tornaram indisponíveis, o dono do armazém nunca tinha as coisas que ela pedia, e foi impossível entrarem para sócios do Jupiter Island Club, ou mesmo conseguirem reservas em qualquer dos bons restaurantes locais. E ninguém falava com eles. Três meses depois de receber a valise, o casal vendeu a casa e foi embora.

Assim, quando se espalhou a notícia do casamento de Woody a comunidade prendeu a respiração. A excomunhão de Peggy Malkovich implicaria a excomunhão de seu marido, um homem bastante popular. Fizeram-se apostas discretas.

Durante as primeiras semanas, não houve convites para jantares ou qualquer das funções habituais da comunidade. Mas os residentes gostavam de Woody, e não podiam esquecer que sua avó por parte de mãe fora uma das fundadores de Hobe Sound. Pouco a pouco, as pessoas passaram a convidá-lo e a Peggy para suas casas. Estavam ansiosos em descobrir como era sua esposa.

— A mulher deve ter algo especial ou Woody não casaria com ela.

Mas todos tiveram um grande desapontamento. Peggy era meio obtusa, sem a menor graça, não tinha personalidade e vestia-se muito mal. *Cafona* foi a palavra que aflorou na mente de todos. Os amigos de Woody ficaram aturdidos.

— O que ele vê naquela mulher? Podia ter casado com qualquer uma!

Um dos primeiros convites foi de Mimi Carson. Ficara arrasada com a notícia do casamento de Woody, mas era orgulhosa demais para deixar transparecer. Sua maior amiga tentou consolá-la, dizendo:

— Não fique tão desesperada, Mimi. Vai acabar esquecendo-o.

Ao que Mimi respondeu:

— Continuarei a viver, mas nunca vou esquecê-lo.

Woody empenhou-se ao máximo para converter seu casamento num sucesso. Sabia que cometera um erro, e não queria punir Peggy por isso. Tentou desesperadamente ser um bom marido. O problema era que Peggy nada tinha em comum com ele ou qualquer de seus amigos.

A única pessoa com quem Peggy parecia à vontade era seu irmão, e todos os dias falava com Hoop pelo telefone.

— Sinto saudade dele — comentou Peggy para Woody.

— Gostaria que Hoop viesse passar alguns dias conosco aqui?

— Ele não pode. — Peggy fitou o marido e acrescentou, despeitada: — Ele tem um emprego.

Nas festas, Woody tentava incluir Peggy nas conversas, mas logo se tornou evidente que ela nada tinha para contribuir. Sentava num canto, muda, passando a língua pelos lábios, nervosa, visivelmente contrafeita.

Os amigos de Woody sabiam que ele, embora morasse na propriedade da família, era brigado com o pai, e vivia da pequena pensão que a mãe lhe deixara. Sua paixão era o pólo, e montava os pôneis de seus amigos. No mundo do pólo, os jogadores são classificados por pontos, e o máximo é dez pontos. Woody tinha nove, e já jogara com Mariano Aguerre, de Buenos Aires, Wicky el Effendi, do Texas, André Diniz, do Brasil, e dezenas de outros jogadores destacados. Só havia doze polistas nota dez no mundo, e a grande ambição de Woody era se juntar ao grupo.

— Sabem por que, não é? — comentou um de seus amigos. — O pai era um jogador de dez pontos.

Como sabia que Woody não tinha condições de comprar seus

pôneis para o pólo, Mimi Carson adquiriu vários para ele montar. Quando os amigos indagaram por que, ela explicou:

— Quero fazê-lo feliz por qualquer meio ao meu alcance.

Quando recém-chegados perguntavam o que Woody fazia para viver, as pessoas se limitavam a dar de ombros. Na verdade, ele levava uma vida de segunda mão, ganhando dinheiro no golfe, apostando em partidas de pólo, tomando emprestados os pôneis e lanchas dos outros, e de vez em quando as esposas também.

O casamento com Peggy se deteriorava rapidamente, mas Woody se recusava a admiti-lo.

— Peggy — pediu ele —, quando formos a festas, tente participar da conversa, por favor.

— Por que deveria? Todos os seus amigos pensam que são bons demais para mim.

— Mas não são — assegurou Woody.

Uma vez por semana, o Círculo Literário de Hobe Sound se reunia no *country club* para uma conversa sobre os últimos livros publicados, seguida por um almoço.

Naquele dia em particular, enquanto as mulheres comiam, o *maître* aproximou-se da Sra. Pelletier.

— A Sra. Woodrow Stanford está lá fora. Gostaria de participar do almoço.

Um silêncio total se abateu sobre a mesa.

— Mande-a entrar — murmurou a Sra. Pelletier.

Peggy entrou no restaurante um momento depois. Lavara os cabelos, passara seu melhor vestido. Parou, nervosa, olhando para o grupo. A Sra. Pelletier acenou-lhe com a cabeça e disse, cordial:

— Sra. Stanford.

Peggy sorriu, ansiosa.

— Pois não, madame.

— Não precisamos de seus serviços. Já temos uma garçonete.

E a Sra. Pelletier voltou a se concentrar em seu almoço. Ao saber o que acontecera, Woody ficou furioso.

— Como ela ousa fazer isso com você? — Abraçou a esposa. — Na próxima vez, Peggy, fale comigo antes de fazer uma coisa assim. Você tem de ser *convidada* para aquele almoço.

— Eu não sabia — disse ela, taciturna.

— Não se preocupe mais. Esta noite vamos jantar nos Blakes e quero...

— Eu não vou!

— Mas aceitamos o convite.

— Vá você.

— Não quero ir sem...

— Eu não vou.

Woody foi sozinho, e depois disso passou a ir a todas as festas sem Peggy.

Chegava em casa tarde da noite, e Peggy tinha certeza de que o marido andava com outras mulheres.

O acidente mudou tudo.

Aconteceu durante uma partida de pólo. Woody atuava na posição Número Três. Um jogador da equipe adversária, ao tentar acertar na bola, bateu acidentalmente nas pernas do pônei de Woody. O pônei caiu, rolou por cima dele. Na confusão que se seguiu, um segundo pônei deu um coice em Woody. No pronto-socorro do hospital, os médicos diagnosticaram uma perna quebrada, três costelas fraturadas e um pulmão perfurado.

Durante as duas semanas seguintes, Woody foi submetido a três operações, e sentia uma dor terrível. Os médicos lhe davam morfina para abrandar a dor. Peggy o visitava todos os dias. Hoop voou de Nova York para consolar a irmã.

A dor física era insuportável, e Woody só encontrava alívio nas drogas que os médicos lhe prescreviam. Foi pouco depois de voltar para casa que Woody pareceu mudar. Começou a ter violentas oscilações de ânimo. Num momento se mostrava exuberante como sempre, no instante seguinte se lançava a um súbito acesso de raiva ou mergulhava numa depressão profunda. Ao jantar, rindo e contando piadas, Woody de repente se tornava irado, insultava Peggy, saía furioso da sala. No meio de uma frase vagueava para um devaneio total. Esquecia as coisas. Marcava encontros, mas não comparecia; convidava pessoas para sua casa, mas não estava lá quando elas chegavam. Todos ficaram preocupados.

Não demorou muito para que ele começasse a insultar Peggy em público. Ao levar café para um amigo uma manhã, Peggy derramou um pouco no pires. Woody escarneceu:

— Uma vez garçonete, sempre garçonete.

Peggy também começou a exibir sinais de maus-tratos físicos e dava desculpas quando as pessoas lhe perguntavam o que acontecera.

"Esbarrei numa porta" ou "Levei um tombo", dizia ela, e fazia pouco-caso da situação. A comunidade se indignava. Agora, era de Peggy que todos sentiam pena. Mas quando o comportamento extravagante do marido ofendia alguém, Peggy sempre o defendia.

— Woody está sob estresse — dizia ela. — Não é ele próprio.

E Peggy nunca permitia que ninguém dissesse qualquer coisa contra Woody.

Foi o Dr. Tichner quem finalmente expôs o problema. Pediu a Peggy que fosse a seu consultório. Ela estava nervosa.

— Algum problema, doutor?

Ele estudou-a por um momento. Peggy tinha uma equimose no rosto, um olho inchado.

— Peggy, você sabia que Woody anda tomando drogas?

Os olhos dela faiscaram em indignação.

— Não! Não acredito nisso! — Peggy levantou-se. — Não vou escutar mais nada!

— Sente-se, Peggy. Está na hora de você enfrentar a verdade. Está se tornando óbvio para todos. Já deve ter notado o comportamento dele. Num instante ele está no topo do mundo, dizendo que tudo é maravilhoso, e no momento seguinte se torna suicida.

Ela não disse nada, apenas observava-o, muito pálida.

— Woody é viciado.

Peggy contraiu os lábios.

— Não é, não — insistiu ela, obstinada.

— É, sim. Você tem de ser realista. Não quer ajudá-lo?

— Claro que quero! — Peggy retorcia as mãos. — Faria tudo para ajudá-lo. Qualquer coisa!

— Pois muito bem, vamos começar. Quero que me ajude a internar Woody num centro de reabilitação. Pedi a ele que me procurasse.

Peggy fitou o médico em silêncio por um longo momento, antes de acenar com a cabeça.

— Falarei com ele.

Naquela tarde, ao entrar no consultório do Dr. Tichner, Woody estava eufórico.

— Queria me falar, doutor? É sobre Peggy, não é?

— Não, Woody. É sobre você.

Woody se mostrou surpreso.

— E qual é o meu problema?

— Acho que você sabe qual é o seu problema.

— Mas do que está falando?

— Se continuar assim, vai destruir sua vida e a vida de Peggy. O que anda tomando, Woody?

— Tomando?

— Você me ouviu.

Houve um longo silêncio.

— Quero ajudá-lo.

Woody olhava para o chão. Ao falar, sua voz saiu rouca.

— Tem razão. Eu... tenho tentado me iludir, mas não posso mais continuar.

— O que está tomando?

— Heroína.

— Oh, Deus!

— Acredite em mim, tentei parar, mas... não consigo.

— Você precisa de ajuda e há lugares em que pode obtê-la.

Woody murmurou, cansado:

— Peço a Deus que você esteja certo.

— Quero que você se interne na Clínica Harbor Group, em Jupiter. Vai tentar?

Houve uma breve hesitação.

— Vou.

— Quem está lhe fornecendo a heroína?

Woody balançou a cabeça.

— Não posso dizer.

— Está certo. Tomarei as providências para sua internação na clínica.

Na manhã seguinte, o Dr. Tichner foi ao gabinete do chefe de polícia.

— Alguém está fornecendo a heroína, mas ele não quer me dizer quem é.

O chefe de polícia, Murphy, balançou a cabeça.

— Acho que sei quem é.

Havia vários suspeitos possíveis. Hobe Sound era um pequeno enclave e todos conheciam as atividades de todos.

Uma loja de bebidas fora aberta recentemente na Bridge Road e fazia entregas a fregueses em Hobe Sound a qualquer hora do dia ou da noite.

Um médico numa clínica local fora multado por receitar drogas em excesso.

Uma academia de ginástica fora inaugurada um ano antes no outro lado do canal e circulava o rumor de que o professor tomava esteróides e tinha outras drogas disponíveis para os seus bons clientes.

Mas Murphy tinha outro suspeito em mente.

Tony Benedotti servira como jardineiro de várias casas em Hobe Sound por anos. Estudara horticultura e adorava passar os dias a criar lindos jardins. Os jardins e gramados de que cuidava eram os mais adoráveis de Hobe Sound. Era um homem reservado e as pessoas para quem trabalhava pouco sabiam a seu respeito. Parecia instruído demais para ser um jardineiro e todos eram curiosos sobre seu passado.

Murphy mandou chamá-lo.

— Se é sobre a minha carteira de motorista, já a renovei — disse Benedotti.

— Sente-se.

— Algum problema?

— Há, sim. Você é um homem instruído, certo?

— Certo.

O chefe de polícia recostou-se em sua cadeira.

— Então por que se tornou um jardineiro?

— Acontece que amo a natureza.

— O que mais você ama?

— Não estou entendendo.

— Há quanto tempo é jardineiro?

Benedotti estava perplexo.

— Há alguém se queixando dos meus serviços?

— Apenas responda à pergunta.

— Cerca de quinze anos.

— Tem uma boa casa e um barco?

— Isso mesmo.

— Como pode ter essas coisas com o que ganha como jardineiro?

— Não é uma casa grande e não é um barco grande.

— Talvez ganhe algum dinheiro por fora.

— Mas o que...?

— Trabalha para algumas pessoas em Miami, não é?

— É, sim.

— Há muitos italianos por lá. Costuma lhes prestar pequenos favores?

— Que tipo de favores?

— Como traficar drogas.

Benedotti ficou horrorizado.

— Mas claro que não!

Murphy inclinou-se para a frente.

— Deixe-me lhe dizer uma coisa, Benedotti. Ando de olho em você. Conversei com algumas das pessoas para quem trabalha. Não querem mais você ou seus amigos da Máfia aqui. Entendido?

Benedotti fechou os olhos por um segundo, tornou a abri-los.

— Entendido.

— Ainda bem. Espero que saia daqui amanhã. Nunca mais quero ver sua cara.

Woody Stanford passou três semanas na Clínica Harbor Group. Ao sair, era de novo o velho Woody, charmoso, gracioso, a companhia mais agradável. Voltou a jogar pólo, montando os pôneis de Mimi Carson.

Domingo era o 18º aniversário do Palm Beach Polo & Country Club, e o tráfego no South Shore Boulevard era intenso, com três mil pessoas convergindo para o campo de pólo. Ocuparam os camarotes no lado oeste do campo e as arquibancadas no lado oposto. Alguns dos melhores jogadores do mundo participariam da partida naquele dia.

Peggy sentou num camarote ao lado de Mimi Carson. Era convidada de Mimi.

— Woody me disse que esta é a sua primeira partida de pólo, Peggy. Por que nunca assistiu a nenhuma antes?

Peggy passou a língua pelos lábios.

— Eu... acho que sempre me senti muito nervosa para ver Woody jogar. Não quero que ele se machuque de novo. Não é um esporte muito perigoso?

Mimi disse, pensativa:

— Quando se tem oito jogadores, cada um pesando cerca de oitenta quilos, e seus pôneis de quatrocentos quilos correndo uns contra os outros num espaço de trezentos metros, a uma velocidade de sessenta e cinco quilômetros horários... não resta a menor dúvida de que acidentes podem acontecer.

Peggy estremeceu.

— Eu não suportaria se alguma coisa acontecesse de novo com Woody. Juro que não agüentaria. Enlouqueceria de preocupação.

Mimi Carson disse, gentilmente:

— Não se preocupe. Ele é um dos melhores. Aprendeu com Hector Barrantas.

Peggy não registrou qualquer reação.

— Quem?

— É um jogador de dez pontos. Uma das lendas do pólo.

— Ah...

Houve um murmúrio dos espectadores quando os pôneis avançaram pelo campo.

— O que está acontecendo? — perguntou Peggy.

— Eles acabaram a sessão de treinamento, antes da partida. Estão prontos para começar agora.

No campo, as duas equipes começaram a se alinhar, sob o sol quente da Flórida, preparando-se para o início da partida.

Woody parecia maravilhoso, bronzeado, em grande forma, gracioso... pronto para a batalha. Peggy acenou, soprou um beijo em sua direção.

As duas equipes estavam alinhadas agora, lado a lado. Os jogadores tinham os tacos abaixados, à espera do lançamento da bola.

— A partida em geral tem seis períodos, chamados *chukkers* — explicou Mimi Carson a Peggy. — Cada *chukker* dura sete minutos. O *chukker* termina quando a campainha toca. Depois, há um curto descanso. Eles trocam de pôneis a cada período. A equipe que marca mais pontos é a vencedora.

— Certo.

Mimi se perguntou o quanto Peggy de fato entendera.

No campo, os olhos dos jogadores fixavam-se no árbitro, aguardando o lançamento da bola. O árbitro correu os olhos pela multidão, e subitamente jogou a bola de plástico branca entre as duas fileiras de jogadores. O jogo começara.

A ação era rápida. Woody fez a primeira jogada, acertando a bola no lado inverso. A bola voou na direção de um jogador adversário, que galopou pelo campo em seu encalço. Woody foi atrás, e enganchou seu taco no dele para prejudicar a tacada.

— Por que Woody fez isso? — perguntou Peggy.

Mimi Carson explicou:

— Quando o adversário alcança a bola, é lícito enganchar o taco dele, para impedi-lo de marcar ou passar a bola. Woody usará em seguida uma batida de lado para controlar a bola.

A ação acontecia tão depressa que era quase impossível acompanhá-la.

Soaram gritos.

— Centre...

— Arremesse...

— Deixe...

E os jogadores galopavam pelo campo a toda velocidade. Os pôneis — em geral puros-sangues ou três-quartos — eram responsáveis por 75 por cento dos sucessos de seus cavaleiros. Os pôneis tinham de ser velozes e possuir o que os jogadores chamam de senso do pólo, sendo capazes de antecipar cada movimento de seus cavaleiros.

Woody foi brilhante durante os três primeiros períodos, marcando dois pontos em cada um, e sendo aclamado pelos espectadores. Seu taco parecia estar em toda parte. Era o velho Woody Stanford, cavalgando como o vento, destemido. Ao final do quinto *chukker*, sua equipe estava com uma grande vantagem. Os jogadores deixaram o campo para o intervalo.

Ao passar por Peggy e Mimi, sentadas na primeira fila do camarote, Woody sorriu para ambas. Peggy virou-se para Mimi Carson, excitada.

— Ele não é maravilhoso?

Mimi avaliou Peggy por um momento, antes de responder:

— É, sim. Sob todos os aspectos.

Os companheiros de Woody lhe deram os parabéns.

— Está em grande forma, meu caro! Foi fabuloso!

— Fez jogadas sensacionais!

— Obrigado.

— Vamos liquidá-los agora. Eles não têm a menor chance.

Woody sorriu.

— Não vai ser problema.

Ele observou os companheiros voltarem ao campo e subitamente sentiu-se exausto. *Fiz um esforço demasiado*, pensou. *Não deveria voltar a jogar tão cedo. Não conseguirei manter o mesmo ritmo. Se for para o campo agora, bancarei o idiota.* Ele começou a entrar em pânico, o coração disparou. *O que preciso é de uma coisa para me reanimar. Não! Não farei isso. Não posso. Prometi. Mas a equipe está me esperando. Farei isso, só esta vez, e depois nunca mais. Juro por Deus que será a última vez.* Ele foi para seu carro, abriu o porta-luvas.

Ao voltar ao campo, Woody cantarolava para si mesmo e havia um brilho anormal em seus olhos. Acenou para a multidão, e juntou-se à sua equipe. *Nem preciso de uma equipe*, pensou ele. *Poderia derrotar esses filhos da puta sozinho. Sou o melhor jogador do mundo.* Ele riu para si mesmo.

O acidente ocorreu durante o sexto *chukker*. Mais tarde, alguns jogadores insistiram que não fora um acidente.

Os pôneis corriam juntos na direção do gol e Woody tinha o controle da bola. Pelo canto do olho, ele viu um adversário se aproximando. Usando uma tacada para trás, ele jogou a bola para a traseira do pônei. Foi apanhada por Rick Hamilton, o melhor jogador da equipe adversária, que disparou na direção do gol. Woody foi atrás dele, a toda velocidade. Tentou enganchar o taco de Hamilton, mas não conseguiu. Os pôneis aproximavam-se do gol. Woody ainda tentava desesperadamente se apoderar da bola, falhando a cada vez.

Enquanto Hamilton se acercava do gol, Woody virou seu pônei, numa atitude deliberada, para esbarrar no de Hamilton, desviando-o da bola. Hamilton e seu pônei caíram. Os espectadores se levantaram, gritando. O árbitro, furioso, apitou e ergueu a mão.

A primeira regra no pólo é a de que quando um jogador tem a posse da bola e se encaminha para o gol, é ilegal atravessar seu curso. Qualquer jogador que cruza essa linha cria uma situação perigosa e comete uma falta.

O jogo parou.

O árbitro aproximou-se de Woody, e gritou, irado:

— Foi uma falta deliberada, Sr. Stanford!

Woody sorriu.

— Não foi culpa minha! O pônei dele...

— Os adversários têm direito a uma penalidade máxima.

O *chukker* se transformou num desastre. Woody cometeu mais duas faltas, a intervalos de três minutos, que resultaram em mais dois pontos para a outra equipe. Em cada caso, os adversários tiveram direito a uma penalidade contra o gol desguarnecido. Nos últimos trinta segundos da partida, a equipe adversária marcou o ponto da vitória. O que antes era uma vitória inevitável, virou uma derrota fragorosa.

No camarote, Mimi Carson estava atordoada com a repentina reviravolta no jogo. Peggy murmurou, tímida:

— Não acabou nada bem, não é?

Mimi virou-se para ela.

— Não, Peggy, infelizmente.

Um atendente entrou no camarote.

— Posso lhe falar por um momento, Srta. Carson?

Mimi Carson olhou para Peggy.

— Com licença.

Peggy observou-os se afastarem.

Depois da partida, os companheiros de equipe de Woody se mantiveram calados. Ele sentia-se envergonhado demais para fitar os outros. Mimi Carson se encaminhou para ele, apressada.

— Woody, receio ter uma notícia terrível para você... —Ela pôs a mão no ombro dele. — Seu pai morreu.

Woody levantou os olhos para ela, sacudiu a cabeça de um lado para outro, e começou a soluçar.

— Eu... sou o responsável... foi minha... minha culpa.

— Não, Woody, não deve se culpar. Não foi o responsável.

— Fui, sim — balbuciou Woody. — Será que não compreende? Se não fosse por minhas faltas, nós teríamos vencido o jogo.

Capítulo Onze

Julia Stanford nunca conhecera o pai e agora ele estava morto, reduzido a uma manchete em preto no *Kansas City Star*: MAGNATA HARRY STANFORD MORRE AFOGADO NO MAR! Ela continuou sentada, olhando para a foto dele na primeira página do jornal, dominada por emoções conflitantes. *Eu o odeio por causa da maneira como ele tratou minha mãe, ou o amo porque é meu pai? Sinto-me culpada porque nunca tentei entrar em contato com ele, ou sinto-me furiosa porque ele nunca tentou me encontrar? Não importa mais*, pensou Julia. *Ele morreu.*

O pai estivera morto para ela durante toda a sua vida e agora morrera de novo, privando-a de alguma coisa para a qual não tinha palavras. Inexplicavelmente, ela experimentava um profundo sentimento de perda. *Que estupidez!*, pensou Julia. *Como posso sentir a falta de alguém que jamais encontrei?* Ela tornou a olhar para a foto no jornal. *Tenho alguma coisa dele em mim?* Julia contemplou-se no espelho na parede. *Os olhos. Tenho os mesmos olhos cinzentos profundos.*

Julia foi até o armário do quarto, tirou uma velha caixa de papelão, pegou um álbum de retratos com capa de couro. Sentou na beira da cama. Durante as duas horas seguintes, examinou o conteúdo familiar. Havia incontáveis fotos de sua mãe no uniforme de governanta, com Harry Stanford, a Sra. Stanford e seus três filhos. A maioria fora tirada no iate, em Rose Hill e na propriedade em Hobe Sound.

Julia pegou os recortes de jornais amarelados, relatando o escândalo que ocorrera tantos anos antes, em Boston. As manchetes desbotadas eram terríveis:

NINHO DE AMOR EM BEACON HILL
BILIONÁRIO HARRY STANFORD ENVOLVIDO EM ESCÂNDALO
ESPOSA DE MAGNATA COMETE SUICÍDIO
GOVERNANTA ROSEMARY NELSON DESAPARECE

Havia dezenas de recortes de colunas com insinuações.

Julia permaneceu ali por um longo tempo, perdida no passado.

Nascera no Hospital St. Joseph, em Milwaukee. Suas lembranças mais antigas eram as de viver em horríveis apartamentos em prédios sem elevador, constantemente se mudando de uma cidade para outra. Havia ocasiões em que não tinham nenhum dinheiro, quase nada para comer. A mãe vivia doente e tinha dificuldades para arrumar um emprego fixo. A menina logo aprendeu a nunca pedir brinquedos ou vestidos novos.

Julia entrou na escola aos cinco anos e os colegas zombavam dela porque usava o mesmo vestido e os mesmos sapatos velhos todos os dias. E quando as outras crianças a provocavam, Julia reagia. Era uma rebelde, e a todo instante tinha de comparecer à sala da diretora. Os professores não sabiam o que fazer com ela. Vivia metida em encrencas. Poderia ser expulsa, se não fosse por uma coisa: Era a aluna mais inteligente de sua turma.

A mãe lhe dissera que seu pai estava morto e Julia aceitara isso. Mas quando tinha doze anos, encontrou um álbum cheio de fotos da mãe com um grupo de estranhos.

— Quem são essas pessoas? — perguntou Julia.

E a mãe de Julia decidiu que chegara o momento.

— Sente-se, minha querida.

Pegou a mão da filha, apertou com força. Não havia como dar a notícia com tato.

— Este é seu pai, esta é sua meia-irmã e estes seus meio-irmãos.

Julia fitou a mãe, perplexa.

— Não estou entendendo.

A verdade finalmente aflorara, destruindo a paz de espírito de Julia. Seu pai estava vivo! E tinha uma meia-irmã, dois meio-irmãos. Era demais para compreender.

— Por que... por que mentiu para mim?

— Você era pequena demais para entender. Seu pai e eu... tivemos um caso. Ele era casado e eu... precisei ir embora, para ter você.

— Eu o odeio! — exclamou Julia.

— Não deve odiá-lo.

— Como ele pôde fazer uma coisa dessas com você?

— O que aconteceu foi culpa minha tanto quanto dele. — Cada palavra era uma agonia. — Seu pai era um homem muito atraente, e eu jovem e tola. Sabia que nada poderia jamais resultar de nossa ligação. Ele disse que me amava... mas era casado e tinha uma família. E... e depois fiquei grávida.

Era-lhe difícil continuar.

— Um repórter soube da história e saiu em todos os jornais. Fugi. Tencionava voltar para ele junto com você, mas a esposa se matou e eu... nunca poderia encará-lo ou às crianças outra vez. Foi culpa minha. Por isso, não o culpe.

Mas havia uma parte da história que Rosemary nunca revelou à filha. Quando a menina nascera, o funcionário do hospital encarregado do registro disse:

— Estamos preenchendo a certidão de nascimento. O nome da criança é Julia Nelson?

Rosemary já ia dizer que sim, mas pensara: *Não! Ela é filha de Harry Stanford. Tem direito ao nome dele, a seu apoio.*

— O nome de minha filha é Julia Stanford.

Ela escrevera para Harry Stanford, contando sobre Julia, mas nunca recebera uma resposta.

Julia ficou fascinada pela idéia de possuir uma família que não conhecia e também pelo fato de que eram bastante famosos para aparecerem na imprensa. Foi à biblioteca pública e leu tudo o que encontrou sobre Harry Stanford. Havia dezenas de reportagens sobre ele. Era um bilionário, vivia em outro mundo, um mundo do qual Julia e sua mãe estavam totalmente excluídas.

Um dia, quando um colega zombou por ela ser pobre, Julia declarou, em tom de desafio:

— Não sou pobre! Meu pai é um dos homens mais ricos do mundo. Temos um iate e um avião e uma dúzia de lindas casas.

A professora ouviu.

— Julia, venha até aqui.

Julia aproximou-se da mesa da professora.

— Não deve contar uma mentira assim.

— Não é uma mentira — protestou Julia. — Meu pai é mesmo um bilionário. Conhece reis e presidentes.

A professora contemplou a menina de pé à sua frente, num vestido de algodão surrado.

— Isso não é verdade, Julia.

— É, sim! — insistiu a menina, obstinada.

Ela foi despachada para a sala do diretor. Nunca mais tornou a mencionar o pai na escola.

Julia descobriu o motivo pelo qual ela e a mãe viviam se mudando de uma cidade para outra: era por causa da mídia. Harry Stanford era uma presença constante na imprensa, e jornais e revistas sensacionalistas viviam desencavando o escândalo antigo. Repórteres investigadores descobriam quem era Rosemary Nelson, onde ela morava, o que a levava a fugir com Julia.

Julia lia todas as matérias que apareciam nos jornais sobre Harry Stanford e cada vez sentia-se tentada a lhe telefonar. Queria acreditar que durante todos aqueles anos ele procurara desesperadamente por sua mãe. *Vou ligar e dizer: Aqui é sua filha. Se quiser nos ver...*

E ele viria encontrá-las, o amor renasceria, o pai casaria com sua mãe e viveriam juntos e felizes para sempre.

Julia Stanford tornou-se uma linda jovem. Tinha cabelos escuros lustrosos, uma boca risonha e generosa, os olhos cinza luminosos do pai, um corpo de curvas suaves. Mas quando sorria, as pessoas esqueciam todo o resto, fascinadas por aquele sorriso.

Como eram forçadas a se mudar com tanta freqüência, Julia estudou em escolas em cinco estados diferentes. Durante os verões, trabalhava como vendedora numa loja de departamentos, por trás do balcão numa *drugstore*, e como recepcionista. Sempre foi muito independente.

Viviam em Kansas City quando Julia concluiu o colégio, com uma bolsa de estudo. Não tinha certeza do que queria fazer com sua vida. Amigos, impressionados com sua beleza, sugeriram que se tornasse uma atriz de cinema.

— Você seria uma estrela da noite para o dia!

Julia descartou a idéia com uma resposta indiferente:

— Quem quer levantar tão cedo todas as manhãs?

Mas o verdadeiro motivo do desinteresse era o fato de que ela queria, acima de tudo, manter sua privacidade. Parecia a Julia que por toda a sua vida ela e a mãe haviam sido assediadas pela imprensa, por causa de uma coisa que acontecera há tantos anos.

O sonho de Julia de reunir a mãe e o pai terminou no dia em que Rosemary Nelson morreu. Julia experimentou profunda sensação de perda. *Meu pai precisa saber*, pensou ela. *Afinal, mamãe foi parte da vida dele.* Ela procurou a sede da firma em Boston na lista telefônica. Uma telefonista atendeu.

— Stanford Enterprises, bom dia.

Julia hesitou.

— Stanford Enterprises. Alô? O que deseja?

Lentamente, Julia desligou. *Mamãe não ia querer que eu desse esse telefonema.*

Estava sozinha agora. Não tinha ninguém.

Julia enterrou a mãe no Cemitério Parque Memorial, em Kansas City. Não havia mais ninguém presente. Parada à beira da sepultura, Julia pensou: *Não é justo, mamãe. Você cometeu um erro e pagou pelo resto de sua vida. Gostaria de poder diminuir um pouco a sua dor. Eu a amo muito, mamãe. Sempre a amarei.*

Tudo o que lhe restava dos anos da mãe neste mundo era uma coleção de antigas fotos e recortes de jornal.

Com a morte da mãe, os pensamentos de Julia se voltaram para a família Stanford. Eles eram ricos. Poderia procurá-los, pedir ajuda. *Nunca*, decidiu ela. *Não depois da maneira como Harry Stanford tratou minha mãe.*

Mas ela tinha de ganhar a vida. E defrontou-se com a escolha da carreira. Pensou, irônica: *Talvez eu me torne uma neurocirurgiã.*

Ou uma pintora?

Cantora de ópera?

Física?

Astronauta?

Contentou-se com um curso noturno de secretariado no Colégio Comunitário de Kansas City.

Um dia depois de terminar o curso, Julia procurou uma agência de empregos. Havia uma dúzia de pessoas na sala de espera. Julia sentou-se ao lado de uma moça atraente, de sua idade.

— Oi. Sou Sally Connors.

— Julia Stanford.

— Tenho de arrumar um emprego hoje — murmurou Sally. — Fui despejada do meu apartamento.

Julia ouviu seu nome ser chamado.

— Boa sorte — disse Sally.

— Obrigada.

Julia entrou na sala da conselheira de emprego.

— Sente-se, por favor.

— Obrigada.

— Vejo por seu currículo que tem o curso colegial e alguma experiência de trabalho no verão. E ainda conta com uma boa recomendação do curso de secretariado. — A mulher olhou para o dossiê na mesa. — Faz taquigrafia a noventa palavras por minuto e datilografia a sessenta palavras por minuto?

— Isso mesmo, madame.

— Talvez eu tenha o emprego certo para você. Há uma pequena firma de arquitetos procurando uma secretária. O salário não é muito grande...

— Não tem problema.

— Está certo. Vou enviá-la para lá. — Ela entregou um papel a Julia, com o nome e endereço da firma datilografados. — Será entrevistada amanhã, ao meio-dia.

Julia sorriu, feliz.

— Obrigada.

Ela sentia uma expectativa agradável. Quando saiu da sala, o nome de Sally foi chamado.

— Espero que consiga alguma coisa — disse Julia.

— Obrigada.

Num súbito impulso, Julia decidiu esperar. Dez minutos depois, ao sair da sala interna, Sally estava sorrindo.

— Consegui uma entrevista! Ela telefonou e vou me apresentar amanhã na American Mutual Insurance para um emprego de recepcionista! Como se saiu?

— Também saberei amanhã.

— Tenho certeza que vai dar tudo certo. Por que não almoçamos juntas para comemorar?

— Boa idéia.

Conversaram durante o almoço e a amizade foi instantânea.

— Fui ver um apartamento em Overland Park — disse Sally. — Tem dois quartos e um banheiro, cozinha e sala. É muito simpático. Não tenho condições de pagar o aluguel sozinha, mas se nós duas...

Julia sorriu.

— Eu adoraria. — Ela cruzou os dedos. — Se obtiver o emprego.

— Vai conseguir! — garantiu Sally.

A caminho do escritório de Peters, Eastman & Tolkin, Julia pensou: *Esta pode ser minha grande oportunidade, capaz de me levar a qualquer lugar. Afinal, não é um mero emprego. Vou trabalhar para arquitetos, sonhadores que constroem e moldam a paisagem urbana, que criam beleza e magia de pedra, aço e vidro. Talvez eu também estude arquitetura, a fim de poder ajudá-los, ser parte do sonho.*

O escritório era num velho prédio comercial no Amour Boulevard. Julia pegou o elevador para o terceiro andar, saltou, parou diante de uma porta toda escalavrada, com uma placa que dizia PETERS, EASTMAN & TOLKIN, ARQUITETOS. Respirou fundo para se acalmar e entrou.

Três homens esperavam na sala de recepção, examinando-a quando passou pela porta.

— Veio pelo emprego de secretária?

— Isso mesmo.

— Sou Al Peters.

O careca.

— Bob Eastman.

De rabo-de-cavalo.

— Max Tolkin.

O barrigudo.

Todos pareciam estar na casa dos quarenta anos.

— Fomos informados de que é o seu primeiro emprego como secretária — disse Al Peters.

— É verdade. — Julia apressou-se em acrescentar: — Mas aprendo depressa. E trabalharei com o maior afinco.

Ela decidiu não mencionar por enquanto a idéia de estudar arquitetura. Esperaria até que a conhecessem melhor.

— Muito bem, vamos experimentá-la e ver o que acontece — disse Bob Eastman.

Julia ficou exultante.

— Oh, obrigada! Não vão...

— Sobre o salário — interrompeu Max Tolkin. — Infelizmente, não podemos pagar muito no início...

— Não tem problema — declarou Julia. — Eu...

— Trezentos por semana — propôs Al Peters.

Eles estavam certos. Não era muita coisa. Julia tomou uma decisão rápida.

— Aceito.

Os três se fitaram, sorrindo.

— Ótimo! — exclamou Al Peters. — Vamos lhe mostrar o escritório.

A excursão demorou apenas alguns segundos. Havia a sala de recepção e mais três salas pequenas, que pareciam ter sido mobiliadas pelo Exército da Salvação. O banheiro ficava no corredor. Eram todos arquitetos, mas Al Peters era o administrador, Bob Eastman o vendedor e Max Tolkin cuidava da construção.

— Vai trabalhar para nós três — avisou Peters.

— Está certo.

Julia sabia que se tornaria indispensável para eles. Al Peters olhou para seu relógio.

— Meio-dia e meia. Vamos almoçar?

Julia ficou emocionada. Era parte da equipe agora. *Eles estão me convidando para almoçar.* Peters virou-se para ela.

— Há uma *delicatessen* na esquina. Vou querer um sanduíche de *corned beef* em pão de centeio, com mostarda, salada de batata e uma torta dinamarquesa.

— Ah...

É esse o convite para almoçar.

— Eu quero um *pastrami* e canja de galinha — acrescentou Tolkin.

— Certo, senhor.

— E eu vou querer o prato de ensopadinho com um refrigerante — arrematou Bob Eastman.

— Peça o *corned beef* magro — ressaltou Peters.

— *Corned beef* magro.

— Verifique se a canja está quente — recomendou Max Tolkin.

— Certo. Canja quente.

— E o refrigerante deve ser dietético — ressaltou Bob Eastman.

— Refrigerante dietético.

— Aqui está o dinheiro.

Al Peters entregou-lhe uma nota de vinte dólares. Dez minutos depois Julia estava na *delicatessen*, falando com o homem por trás do balcão:

— Quero um sanduíche de *corned beef* magro em pão de centeio, com mostarda, salada de batata e uma torta dinamarquesa. Um sanduíche de *pastrami* com uma canja de galinha bem quente. E um prato de ensopadinho com um refrigerante dietético.

O homem acenou com a cabeça.

— Trabalha para Peters, Eastman e Tolkin, não é?

Julia e Sally se mudaram para o apartamento em Overland Park na semana seguinte. O apartamento consistia em dois quartos pequenos, uma sala com móveis que já haviam testemunhado a passagem de muitos inquilinos, cozinha e banheiro. *Nunca vão confundir este apartamento com o Ritz*, pensou Julia.

— Vamos nos revezar na cozinha — sugeriu Sally.

— Combinado.

Sally preparou a primeira refeição, e foi deliciosa.

Na noite seguinte era a vez de Julia. Sally provou o prato feito por ela e disse no mesmo instante:

— Não tenho seguro de vida, Julia. Não é melhor eu cozinhar, enquanto você cuida da limpeza?

As duas se davam muito bem. Nos fins de semana saíam juntas para ir ao cinema, na Glenwood, 4, e para fazer compras no Bannister Mall. Compravam suas roupas numa loja de segunda mão. Uma vez por semana saíam para jantar num restaurante barato — o Stephenson's Old Apple Farm ou o Café Max, de especialidades mediterrâneas. Quando sobrava algum dinheiro, iam ao Charlie Charlies para ouvir *jazz*.

Julia gostava de trabalhar para Peters, Eastman & Tolkin. Dizer que a firma não ia muito bem seria aquém da realidade. Os clientes eram escassos. Julia refletiu que não estava fazendo muita coisa para ajudar a construir a paisagem urbana, mas gostava da companhia dos três chefes. Eram como uma família substituta e cada um confidenciava seus problemas a Julia. Ela era competente e eficiente e logo reorganizou o escritório.

Julia decidiu fazer algo em relação à falta de clientes. Mas o quê? Logo teve a resposta. Saiu uma notícia no *Kansas City Star* sobre um almoço de uma nova organização de executivas, presidida por Susan Bandy.

No dia seguinte, ao meio-dia, Julia disse a Al Peters:

— Vou demorar mais um pouco a voltar do almoço.

Ele sorriu.

— Não tem problema, Julia.

Peters pensava no quanto eram afortunados por tê-la como secretária.

Julia chegou ao Plaza Inn e foi para o salão em que era realizado o almoço. A mulher sentada a uma mesa perto da porta perguntou-lhe:

— Em que posso ajudá-la?

— Estou aqui para o almoço das secretárias executivas.

— Nome?

— Julia Stanford.

A mulher procurou na lista à sua frente.

— Seu nome não consta...

Julia sorriu.

— Não é típico de Susan? Terei uma conversinha com ela. Sou secretária executiva da Peters, Eastman e Tolkin.

A mulher parecia indecisa.

— Bem...

— Não precisa se preocupar. Eu mesma falarei com Susan.

Havia um grupo de mulheres bem-vestidas conversando no salão. Julia abordou uma delas.

— Quem é Susan Bandy?

— Aquela ali.

Ela indicou uma mulher alta e atraente, na casa dos quarenta anos. Julia foi ao seu encontro.

— Oi. Sou Julia Stanford.

— Olá.

— Trabalho na Peters, Eastman e Tolkin. Tenho certeza que já ouviu falar.

— Hã...

— É a firma de arquitetura que mais cresce em Kansas City.

— Ah, sim.

— Não tenho muito tempo de folga, mas gostaria de contribuir com o que for possível para a organização.

— É muita gentileza sua, Srta...?

— Stanford.

Esse foi o começo.

A organização das secretárias executivas representava a maioria das grandes firmas de Kansas City e não demorou muito para que Julia estabelecesse um contato estreito com todas. Almoçava com uma ou mais das secretárias pelo menos uma vez por semana.

— Nossa companhia vai construir um novo prédio em Olathe.

E Julia imediatamente comunicava a seus patrões.

— O Sr. Hanley quer construir uma casa de veraneio em Tonganoxie.

E antes que outros arquitetos soubessem, Peters, Eastman & Tolkin já haviam sido contratados.

Bob Eastman chamou Julia um dia e lhe disse:

— Você merece um aumento, Julia. Está fazendo um excelente trabalho. É uma secretária sensacional.

— Pode me fazer um favor?

— Claro!

— Chame-me de secretária executiva. Ajudará em minha credibilidade.

De vez em quando Julia lia matérias nos jornais sobre seu pai ou assistia a entrevistas suas na televisão. Nunca o mencionou a Sally nem a seus empregadores.

Quando era menor, um dos sonhos de Julia era um dia ser arrebatada do Kansas, como Dorothy, e transportada para algum lugar belo e mágico. Seria um lugar repleto de iates, aviões particulares e palácios. Mas agora, com a notícia da morte do pai, esse sonho terminava para sempre. *Mas a parte do Kansas pelo menos está certa*, pensou ela, irônica.

Não me restou nenhuma família. Não, estou enganada, corrigiu-se Julia. *Ainda tenho dois meio-irmãos e uma meia-irmã. São a minha família. Devo procurá-los? Boa idéia? Má idéia? Como nos sentiríamos?*

Sua decisão tornou-se uma questão de vida ou morte.

Capítulo Doze

Foi a reunião de um clã de estranhos. Há anos que eles não se viam nem se comunicavam.

O juiz Tyler Stanford chegou a Boston de avião.

Kendall Stanford Renaud voou de Paris. Marc Renaud viajou de trem de Nova York.

Woody Stanford e Peggy vieram de carro de Hobe Sound.

Os herdeiros haviam sido avisados de que o serviço fúnebre seria realizado na King's Chapel. Havia barreiras na rua diante da igreja e guardas continham a multidão que se reunira para assistir à chegada das autoridades. O vice-presidente dos Estados Unidos compareceu, assim como senadores, embaixadores e estadistas de lugares tão distantes quanto Turquia e Arábia Saudita. Ao longo de sua vida, Harry Stanford projetara uma sombra enorme, e todos os setecentos lugares na igreja estariam ocupados.

Tyler, Woody e Kendall, com seus cônjuges, encontraram-se na sacristia. Foi uma reunião constrangedora. Eram estranhos uns para os outros, e a única coisa que tinham em comum era o corpo do homem no carro fúnebre diante da igreja.

— Este é meu marido, Marc — disse Kendall.

— Esta é minha esposa, Peggy. Peggy, minha irmã, Kendall, e meu irmão, Tyler.

Foram apenas cumprimentos polidos. Ficaram parados ali, contrafeitos, estudando aos outros, até que um funcionário se aproximou do grupo.

— Com licença — disse ele, em voz abafada. — O serviço está prestes a começar. Podem me acompanhar, por favor?

Ele conduziu-os a um banco reservado na frente da igreja. Todos se sentaram e esperaram, cada qual absorvido em seus pensamentos.

Para Tyler, era estranho voltar a Boston. Suas únicas boas recordações da cidade eram do tempo em que a mãe e Rosemary ainda eram vivas. Quando tinha onze anos, Tyler vira um quadro do famoso Goya, *Saturno Devorando Seu Filho*, e sempre o identificara com o pai.

E agora, olhando para o caixão do pai, ao ser carregado pela igreja, Tyler pensou: *Saturno está morto.*

Conheço o seu segredinho sujo.

O ministro subiu para o histórico púlpito em forma de copo de vinho da capela.

— Jesus disse a ela, sou a ressurreição e a vida; aquele que crê em mim, embora morto, ainda assim viverá; e aquele que vive e crê mim jamais morrerá.

Woody sentia-se exultante. Tomara uma dose de heroína antes de vir para a igreja e o efeito ainda não passara. Olhou para o irmão e a irmã. *Tyler engordou. Está parecendo mesmo um juiz. Kendall transformou-se numa bela mulher, mas parece sob tensão. Será por que o pai morreu? Não. Ela o odiava tanto quanto eu.* Woody olhou para a esposa, sentada ao seu lado. *Lamento agora não tê-la apresentado ao velho. Ele morreria de infarto.*

O ministro estava dizendo:

— Como um pai se compadece de seus filhos, que o Senhor tenha piedade daqueles que o temem. Pois Ele conhece nossa estrutura e sabe que somos pó.

Kendall não prestava atenção. Pensava no vestido vermelho. O pai telefonara para ela em Nova York uma tarde.

— *Agora se tornou uma estilista importante, hem? Pois vamos ver se é mesmo boa. Vou levar minha nova namorada a um baile de caridade na noite de sábado. Ela é do seu tamanho. Quero que lhe faça um vestido.*

— Até sábado? Não posso, pai. Eu...

— Vai fazer, sim.

E ela fizera o vestido mais feio que pudera conceber. Tinha um enorme laço preto na frente, e metros e metros de fitas e rendas. Mandara-o para o pai, que tornara a lhe telefonar.

— *Recebi o vestido. Por falar nisso, minha namorada não poderá ir ao baile no sábado, e por isso você vai me acompanhar. E terá de usar o vestido.*

— Não!

E depois a frase terrível:

— *Não vai querer me desapontar, não é?*

Kendall fora, não ousando mudar o vestido, e passara a noite mais humilhante de sua vida.

— Pois nada trouxemos para este mundo e é certo que nada levaremos ao partirmos. O Senhor nos deu e o Senhor nos tira; abençoado seja o nome do Senhor.

Peggy Stanford sentia-se contrafeita, intimidada pelo esplendor da enorme igreja e pelas pessoas de aparência elegante. Nunca estivera antes em Boston, que para ela significava o mundo dos Stanfords, com toda pompa e glória. Aquelas pessoas eram muito melhores do que ela. E Peggy segurou a mão do marido.

— Toda carne é relva e toda a graça é como a flor do campo... A relva secou, a flor murchou, mas a palavra de nosso Deus resistirá para sempre.

Marc pensava na carta de chantagem que sua esposa recebera. Fora escrita com todo cuidado, com extrema habilidade. Seria impossível descobrir quem se encontrava por trás. Ele olhou para Kendall, sentada ao seu lado, pálida e tensa. *Quanto mais ela pode agüentar?*, especulou Marc. E chegou mais perto dela.

— ... À misericórdia e proteção de Deus nos entregamos. Que o Senhor os abençoe e os guarde. O Senhor fez seu rosto se iluminar para todos e foi generoso com todos. O Senhor nos projetou a luz de seu semblante e nos deu paz, agora e para sempre. Amém.

Com o serviço religioso concluído, o ministro anunciou:

— O sepultamento será particular... só para a família.

Tyler olhou para o caixão e pensou no corpo lá dentro. Na noite passada, antes do caixão ser fechado, ele fora direto do Aeroporto Internacional Logan, em Boston, para a agência funerária.

Queria ver o pai morto.

Woody observou o caixão ser carregado para fora da igreja e sorriu: *Dê às pessoas o que elas querem.*

A cerimônia à beira da sepultura no Cemitério Mont Auburn, em Cambridge, foi breve. A família observou o corpo de Harry Stanford ser baixado para o lugar do repouso final. Enquanto a terra era lançada sobre o caixão, o ministro disse:

— Não há necessidade de vocês permanecerem aqui por mais tempo, se não desejarem.

Woody balançou a cabeça.

— Certo. — O efeito da heroína começava a passar e ele se sentia nervoso. — Vamos sair logo daqui.

— Para onde iremos? — perguntou Marc.

Tyler virou-se para o grupo.

— Ficaremos em Rose Hill. Já está tudo acertado. Permaneceremos lá até a leitura do testamento.

Poucos minutos depois, estavam na limusine a caminho da casa.

Boston tinha uma estrita hierarquia social. Os novos-ricos residiam na Commonwealth Avenue e os arrivistas sociais na Newbury Street. As famílias antigas menos prósperas moravam na Marlborough Street. Back Bay era o endereço mais novo e de maior prestígio na cidade, mas Beacon Hill ainda era a cidadela das famílias mais ricas e mais antigas de Boston. Era uma rica mistura de mansões vitorianas e casas com fachadas de arenito pardo, igrejas antigas e elegantes áreas comerciais.

Rose Hill, a propriedade da família Stanford, era uma linda casa vitoriana, no meio de vários hectares de árvores, em Beacon Hill. A casa em que as crianças Stanfords haviam sido criadas estava repleta de recordações desagradáveis. Quando as limusines pararam diante da mansão antiga, os passageiros saltaram e a contemplaram.

— Não posso acreditar que o pai não esteja lá dentro, à nossa espera — comentou Kendall.

Woody sorriu.

— Ele está ocupado demais tentando controlar as coisas no inferno.

Tyler respirou fundo.

— Vamos entrar.

Ao se adiantarem, a porta da frente foi aberta e eles depararam com Clark, o mordomo. Era um servidor distinto e competente, já na casa dos setenta anos. Trabalhava em Rose Hill há mais de trinta anos. Observara as crianças crescerem e testemunhara todos os escândalos. O rosto de Clark se iluminou ao ver o grupo.

— Boa tarde!

Kendall deu-lhe um abraço afetuoso.

— É tão bom vê-lo de novo, Clark!

— Já faz muito tempo, Srta. Kendall.

— Sou agora a Sra. Renaud. Este é meu marido, Marc.

— Como vai, senhor?

— Minha esposa fala muito a seu respeito.

— Espero que não seja nada de horrível, senhor.

— Ao contrário. Ela só tem boas lembranças de você.

— Obrigado, senhor. — Clark virou-se para Tyler. — Boa tarde, juiz Stanford.

— Olá, Clark.

— É um prazer tornar a vê-lo, senhor.

— Obrigado. Está com uma ótima aparência.

— O senhor também. Lamento muito o que aconteceu.

— Obrigado. Está aqui para cuidar de todos nós?

— Isso mesmo, senhor. Creio que podemos manter a todos confortáveis.

— Ficarei no meu antigo quarto?

Clark sorriu.

— Isso mesmo. — Ele virou-se para Woody. — Fico muito satisfeito em vê-lo, Sr. Woodrow. Gostaria...

Woody pegou o braço de Peggy.

— Vamos embora — disse ele, ríspido. — Preciso descansar.

Os outros observaram Woody subir a escada com Peggy.

O resto do grupo foi para a vasta sala de estar. Era dominada por dois imensos *armoires* Luís XIV. Havia também um aparador dourado com tampo de mármore, várias cadeiras e sofás antigos. Um enorme lustre *ormolu* pendia do teto alto. As paredes eram ocupadas por quadros medievais. Clark virou-se para Tyler.

— Tenho um recado para lhe transmitir, juiz Stanford. O Sr. Simon Fitzgerald pediu que lhe telefonasse, para combinar quando seria conveniente uma reunião com a família.

— Quem é Simon Fitzgerald? — perguntou Marc.

Foi Kendall quem respondeu:

— É o advogado da família. O pai sempre trabalhou com ele, mas nunca o conhecemos pessoalmente.

— Presumo que ele quer conversar sobre a disposição da herança. — Tyler virou-se para os outros. — Se vocês concordarem, marcarei uma reunião conosco aqui, amanhã de manhã.

— Para mim, está ótimo — respondeu Kendall.

— O *chef* está preparando o jantar — disse Clark. — Oito horas é satisfatório?

— É, sim — confirmou Tyler. — Obrigado.

— Eva e Millie vão levá-los a seus aposentos.

Tyler olhou para a irmã e o cunhado.

— Vamos nos encontrar aqui às oito horas?

Tão logo entraram no quarto lá em cima, Peggy perguntou a Woody:

— Você está bem?

— Claro que estou! — resmungou Woody. — Só quero que me deixe em paz.

Ela observou-o entrar no banheiro e bater a porta. Ficou parada ali, esperando. Woody saiu dez minutos depois, sorrindo.

— Oi, meu bem.

— Oi.

— Gostou da velha casa?

— É... é enorme.

— É uma monstruosidade. — Ele se aproximou da cama, enlaçou Peggy. — Este é o meu antigo quarto. As paredes eram cobertas por cartazes esportivos... Bruins, Celtics, Red Sox. Eu queria ser um atleta. Tinha grandes sonhos. No último ano no colégio interno fui capitão do time de futebol americano. Recebi ofertas de meia dúzia de treinadores de equipes universitárias.

— Qual delas aceitou?

Ele sacudiu a cabeça.

— Nenhuma. Meu pai alegou que só estavam interessados no nome Stanford, que só queriam arrancar seu dinheiro. Mandou-me para uma faculdade de engenharia, onde não havia um time de futebol.

Woody permaneceu em silêncio por um longo momento, antes de murmurar:

— Eu poderia ser um competidor...

Ela ficou perplexa.

— Como?

Woody fitou-a.

— Nunca assistiu a *Sindicato de Ladrões*?

— Não.

— Marlon Brando dizia essa frase. Significa que ambos nos estrepamos.

— Seu pai devia ser muito rigoroso.

Woody soltou uma risada curta e desdenhosa.

— Esse é o comentário mais ameno que alguém já fez sobre ele. Lembro de uma ocasião em que, ainda garoto, caí do cavalo. Queria montar de novo, mas meu pai não deixou e disse: "Você nunca será um bom cavaleiro. É desajeitado demais." Foi por isso que me tornei um jogador de pólo de nove pontos.

Eles se encontraram à mesa de jantar, estranhos uns para os outros, sentados num silêncio contrafeito. Os traumas da infância eram o único ponto em comum.

Kendall correu os olhos pela sala. Terríveis recordações se misturavam com uma apreciação sincera pela beleza do lugar. A mesa de jantar era francesa, clássica, do início do período Luís XV, cercada por cadeiras de nogueira do período diretório. Num canto havia um *armoire* provincial francês, pintado em creme e azul. Quadros de Watteau e Fragonard ornamentavam as paredes. Kendall virou-se para Tyler.

— Li sobre sua decisão no caso *Fiorello*. Ele merecia o que você lhe deu.

— Ser juiz deve ser emocionante — comentou Peggy.

— Às vezes é.

— Que tipo de casos você costumar julgar? — indagou Marc.

— Casos criminais... estupros, drogas, homicídios.

Kendall empalideceu, fez menção de dizer alguma coisa.

Marc pegou a mão dela, apertou-a com firmeza, como uma advertência. Tyler disse a Kendall, polido:

— Você se tornou uma estilista de sucesso.

Kendall sentia dificuldade para respirar.

— É verdade.

— Ela é fantástica — declarou Marc.

— E o que você faz, Marc?

— Trabalho numa corretora de valores.

— Ah, sim, é um daqueles jovens milionários de Wall Street.

— Não é bem assim, juiz. Estou apenas começando.

Tyler lançou um olhar condescendente para Marc.

— Acho que tem sorte por contar com uma esposa bem-sucedida.

Kendall corou e sussurrou no ouvido de Marc:

— Não dê atenção. Lembre-se de que eu amo você.

Woody começava a sentir o efeito da droga. Virou-se para fitar a esposa.

— Peggy bem que podia usar algumas roupas decentes — disse ele. — Mas ela não se importa com sua aparência... não é mesmo, meu anjo?

Peggy ficou embaraçada, sem saber o que dizer.

— Que tal um traje de garçonete? — sugeriu Woody.

— Com licença — balbuciou Peggy.

Ela se levantou, subiu correndo. Todos olharam para Woody, aturdidos. Ele sorriu.

— Peggy é sensível demais. Quer dizer que vamos ouvir o testamento amanhã, hem?

— Isso mesmo — confirmou Tyler.

— Aposto que o velho não nos deixou um único centavo.

— Mas há tanto dinheiro no espólio... — disse Marc.

Woody interrompeu-o com uma risada desdenhosa.

— Não conheceu nosso pai. É bem provável que ele tenha nos deixado seus paletós velhos e uma caixa de charutos. Gostava de usar seu dinheiro para nos controlar. Sua frase predileta era "Você não vai querer me desapontar, não é?" E todos nos comportávamos como boas crianças, porque havia tanto dinheiro, como você disse. Mas aposto que o velho encontrou um meio de levar todo dinheiro com ele.

— Saberemos amanhã — comentou Tyler.

Na manhã seguinte, bem cedo, Simon Fitzgerald e Steve Sloane chegaram a Rose Hill. Clark conduziu-os à biblioteca.

— Informarei à família que estão aqui — disse ele.

— Obrigado.

A biblioteca era grande e se abria para um jardim através de duas enormes portas de vidro. A sala era revestida por um carvalho escuro e por estantes com livros encadernados em couro. Havia ali várias poltronas confortáveis, junto de abajures italianos. Num canto havia um armário de mogno e vidro bisotê, fabricado sob medida, em que era exibida a invejável coleção de armas de Harry Stanford. Tinha gavetas especiais sob o mostruário para guardar a munição.

— Será uma manhã interessante — comentou Steve. — Eu me pergunto como eles vão reagir.

— Descobriremos daqui a pouco.

Kendall e Marc foram os primeiros a entrar na sala.

— Bom dia. Sou Simon Fitzgerald. Este é meu sócio, Steve Sloane — disse.

— Sou Kendall Renaud e este é meu marido, Marc.

Os homens trocaram apertos de mão.

Woody e Peggy entraram. Kendall disse:

— Woody, estes são o Sr. Fitzgerald e o Sr. Sloane.

Woody acenou com a cabeça.

— Oi. Trouxeram o dinheiro?

— Bem, nós...

— Só estou brincando. Esta é minha esposa, Peggy. — Woody olhou para Steve. — O velho me deixou alguma coisa, ou...?

Tyler entrou na biblioteca.

— Bom dia.

— Juiz Stanford?

— Isso mesmo.

— Sou Simon Fitzgerald e este é Steve Sloane, meu sócio. Foi Steve quem providenciou o translado do corpo de seu pai da Córsega.

Tyler virou-se para Steve.

— Agradeço por isso. Ainda não sabemos exatamente o que aconteceu. A imprensa apresentou muitas versões diferentes. Houve alguma ação criminosa?

— Não. Tudo indica que foi mesmo um acidente. O iate de seu pai foi apanhado por uma terrível tempestade ao largo da costa da Córsega. Segundo o depoimento de Dmitri Kaminsky, o segurança dele, seu pai estava de pé numa varanda junto do camarote, o vento soprou alguns papéis de sua mão. Ele tentou alcançá-los, perdeu o equilíbrio e caiu no mar. Já era tarde demais quando encontraram o corpo.

— Uma maneira horrível de morrer... — murmurou Kendall, estremecendo.

— Falou com esse Kaminsky? — perguntou Tyler.

— Infelizmente, não. Ele já tinha ido embora quando cheguei à Córsega.

— O comandante do iate aconselhara seu pai a se manter longe da tempestade — acrescentou Fitzgerald —, mas por algum motivo ele tinha pressa em voltar. Já tinha contratado um helicóptero para levá-lo da Córsega. Parece que havia algum problema urgente.

— Sabe que problema era esse? — indagou Tyler.

— Não. Interrompi minhas férias porque ele me pediu que viesse encontrá-lo aqui, mas não sei o que...

Woody interveio:

— Tudo isso é muito interessante, mas não passa de história antiga, não é mesmo? Vamos falar sobre o testamento. Ele nos deixou alguma coisa ou não?

As mãos dele tremiam.

— Por que não nos sentamos? — sugeriu Tyler.

Foi o que fizeram. Simon Fitzgerald sentou-se à escrivaninha, de frente para todos. Abriu uma pasta, começou a tirar alguns papéis. Woody parecia prestes a explodir.

— E então? Pelo amor de Deus, ele deixou ou não deixou?

Kendall murmurou:

— Woody...

— Já sei a resposta! — exclamou Woody, furioso. — Ele não nos deixou nada!

Fitzgerald contemplou os rostos dos filhos de Harry Stanford e disse:

— Para ser franco, vocês terão partes iguais no espólio.

Steve pôde sentir a súbita euforia na sala. Woody olhava boquiaberto para Fitzgerald.

— *O quê?* Fala sério? — Ele se levantou de um pulo. — Mas isso é fantástico!

Woody virou-se para os outros.

— Ouviram isso? O velho miserável finalmente reconheceu sua culpa! — Ele tornou a olhar para Simon Fitzgerald. — De quanto dinheiro estamos falando?

— Não tenho a cifra exata. Segundo o último número da

revista *Forbes*, a Stanford Enterprises vale seis bilhões de dólares. A maior parte está investida em várias empresas, mas há cerca de quatrocentos milhões de dólares disponíveis em patrimônio líquido.

Kendall estava atordoada.

— Isso é mais de cem milhões para cada um de nós! Não posso acreditar!

Estou livre, pensou ela. *Posso pagar a eles e ficar livre para sempre.* Ela fitou Marc, os olhos brilhando, apertou a mão dele.

— Meus parabéns — murmurou Marc.

Ele sabia mais do que os outros o que o dinheiro significaria. Simon Fitzgerald continuou:

— Como sabem, noventa e nove por cento das cotas da Simon Enterprises pertenciam a seu pai. Essas cotas serão divididas entre vocês em partes iguais. Além disso, agora que Harry Stanford morreu, o juiz Stanford entra na posse do outro um por cento, que lhe foi deixado num fundo. Haverá certas formalidades, é claro. E devo também informá-los de que há uma possibilidade de surgir outra herdeira.

— Outra herdeira? — repetiu Tyler.

— O testamento de seu pai estipula expressamente que a herança deve ser dividida em partes iguais entre sua prole.

Peggy parecia perplexa.

— O que... o que está querendo dizer com *prole*?

Tyler explicou:

— Os descendentes naturais e os descendentes legalmente adotados.

Fitzgerald balançou a cabeça.

— Isso mesmo. Qualquer descendente nascido fora do casamento é considerado um descendente da mãe e do pai, e conta com a proteção determinada pela lei.

— Aonde está querendo chegar? — indagou Woody, impaciente.

— Que pode haver mais uma pessoa com direito à herança.

Kendall fitava-o atentamente.

— Quem?

Simon Fitzgerald hesitou. Não havia como ter tato agora.

— Tenho certeza que todos sabem que o pai de vocês, há muitos anos, teve uma criança com uma governanta que trabalhou aqui.

— Rosemary Nelson — murmurou Tyler.

— Isso mesmo. A filha dela nasceu no Hospital St. Joseph, em Milwaukee, e recebeu o nome de Julia.

Reinava um silêncio opressivo na sala.

— Mas isso aconteceu há vinte e cinco anos! — exclamou Woody.

— Vinte e seis, para ser mais exato.

— Alguém sabe onde ela está? — perguntou Kendall.

Simon Fitzgerald podia ouvir a voz de Harry Stanford: *Ela me escreveu para dizer que era uma menina. Pois se pensa que assim vai me arrancar algum dinheiro, pode ir para o inferno.*

— Não — respondeu ele, devagar. — Ninguém sabe onde ela se encontra.

— Então por que estamos falando nisso? — insistiu Woody.

— Queria apenas que vocês soubessem que, se ela aparecer, terá direito a uma parte igual no espólio.

— Não creio que teremos de nos preocupar com isso — declarou Woody, confiante. — É provável que ela nunca tenha sabido quem foi seu pai.

Tyler virou-se para Simon Fitzgerald.

— Diz que não sabe o valor exato do espólio. Posso perguntar por que não?

— Porque nossa firma cuida apenas dos assuntos pessoais

de seu pai. Os assuntos empresariais são representados por duas outras firmas de advocacia. Já entrei em contato com elas e pedi que preparassem os relatórios financeiros o mais depressa possível.

— E qual seria o prazo? — indagou Kendall, ansiosa. — *Precisaremos de cem mil dólares imediatamente, para cobrir nossas despesas.*

— Provavelmente dois a três meses.

Marc percebeu a consternação no rosto da esposa. Virou-se para Fitzgerald.

— Não há algum meio de apressar o processo?

Foi Steve Sloane quem respondeu:

— Lamento, mas não é possível. O testamento deve ser homologado pelo tribunal de sucessões, que neste momento está com uma agenda bastante carregada.

— O que é um tribunal de sucessões? — perguntou Peggy.

— Sucessões vem do latim *successione*...

— Ela não pediu uma porra de uma aula! — explodiu Woody. — Por que não podemos resolver tudo num instante?

Tyler olhou para o irmão.

— A justiça não funciona assim. Quando ocorre uma morte, o testamento deve ser submetido ao tribunal de sucessões. Tem de haver uma avaliação de todo o espólio... bens imobiliários, participações em empresas, dinheiro, jóias... e depois um inventário deve ser preparado e apresentado ao tribunal. Os impostos são deduzidos e pagos os legados específicos. Ao final, há uma petição para permitir a distribuição do saldo do espólio aos beneficiários.

Woody sorriu.

— Ora, não tem problema. Esperei quase quarenta anos para me tornar um milionário. Acho que posso esperar mais um ou dois meses.

Simon Fitzgerald levantou-se.

— Além do que seu pai deixou para vocês, há alguns pequenos legados, mas não chegam a afetar o grosso do espólio. — Fitzgerald correu os olhos pelos presentes. — E agora, se não há mais nada...

Tyler também se levantou.

— Creio que não. Obrigado, Sr. Fitzgerald, Sr. Sloane. Se surgir algum problema, entraremos em contato.

Fitzgerald acenou com a cabeça para o grupo.

— Senhoras, senhores...

Encaminhou-se para a porta, seguido por Steve Sloane. Lá fora, Simon Fitzgerald virou-se para Steve.

— Agora, já conhece a família. O que achou?

— Foi mais como uma comemoração do que como um momento de luto. Se o pai os odiava tanto quanto eles parecem odiá-lo, por que lhes deixou todo o dinheiro?

Simon Fitzgerald deu de ombros.

— É uma coisa que nunca saberemos. Talvez fosse sobre isso que ele queria me falar, deixar o dinheiro para outra pessoa.

Ninguém do grupo conseguiu dormir naquela noite, cada qual perdido em seus pensamentos.

Tyler pensou: *Aconteceu. Realmente aconteceu! Posso oferecer o mundo a Lee. Qualquer coisa! Tudo!*

Kendall pensou: *Assim que obtiver o dinheiro, encontrarei uma maneira de pagar a eles para sempre e cuidarei para que nunca mais me incomodem.*

Woody pensou: *Terei os melhores pôneis de pólo do mundo. Não precisarei mais tomar emprestados os pôneis de outra pessoa. E me tornarei um jogador de dez pontos!* Ele olhou para Peggy, dormindo ao seu lado. *E minha primeira providência será me livrar desta filha da puta estúpida.* Mas ele logo concluiu: *Não, não posso fazer isso...* E Woody saiu da cama, foi para o banheiro. Ao voltar, sentia-se maravilhoso.

O clima ao desjejum, na manhã seguinte, era de exultação.

— Imagino que todos vocês também ficaram fazendo planos — comentou Woody, feliz.

Marc deu de ombros.

— Como se pode planejar para uma coisa assim? É uma quantia inacreditável.

Tyler levantou os olhos.

— Com toda certeza, vai mudar nossas vidas por completo.

Woody balançou a cabeça.

— O miserável deveria ter nos dado o dinheiro enquanto ainda era vivo, para podermos aproveitar antes. Se não é impolido odiar um morto, devo lhes dizer uma coisa...

Kendall interrompeu-o, em tom de censura:

— Woody...

— Ora, não vamos ser hipócritas. Todos nós o desprezávamos, e ele bem que merecia. Pensem no que ele tentou...

Clark entrou na sala. Parou e ficou imóvel por um instante, contrafeito, antes de murmurar:

— Com licença. Há uma certa Srta. Julia Stanford na porta.

Tarde

Capítulo Treze

— Julia Stanford?

Eles se entreolharam, aturdidos.

— Não é possível! — explodiu Woody.

Tyler apressou-se em dizer:

— Sugiro que passemos para a biblioteca. — Ele virou-se para Clark. — Poderia levá-la até lá, por favor?

— Pois não, senhor.

Ela parou na porta, fitando cada um, obviamente constrangida.

— Eu... talvez não devesse ter vindo — murmurou ela.

— Tem toda razão! — exclamou Woody. — Afinal, quem é você?

— Sou Julia Stanford.

Ela quase gaguejava em seu nervosismo.

— Não é isso. Quem é você *realmente*?

Ela ia dizer alguma coisa, mas depois sacudiu a cabeça.

— Eu... Minha mãe era Rosemary Nelson. Harry Stanford foi meu pai.

Os outros se entreolharam.

— Tem alguma prova disso? — perguntou Tyler.

Ela engoliu em seco.

— Acho que não tenho nenhuma prova concreta.

— Claro que não tem! — disse Woody, ríspido. — Como tem a desfaçatez...

Kendall interrompeu-o:

— É um choque e tanto para todos nós, como pode imaginar. Se o que diz é verdade, então você é... você é nossa meia-irmã.

Ela acenou com a cabeça.

— Você é Kendall.

Ela virou-se para Tyler.

— Você é Tyler.

Ela virou-se para Woody.

— E você é Woodrow. Todos o chamam de Woody.

— Como a revista *People* poderia ter lhe informado — comentou Woody, sarcástico.

Tyler interveio:

— Tenho certeza que pode compreender nossa situação, Srta. ... hã... Sem alguma prova positiva, não há possibilidade de aceitarmos...

— Compreendo. — Ela olhou ao redor, bastante nervosa. — Não sei por que vim aqui.

— Acho que sabe — disse Woody. — Pelo dinheiro.

— Não estou interessada no dinheiro — protestou ela, indignada. — A verdade é que... vim aqui na esperança de conhecer minha família.

Kendall estudava-a.

— Onde está sua mãe?

— Ela morreu. Quando soube que nosso pai havia morrido...

— Decidiu nos procurar — arrematou Woody, zombeteiro.

Tyler tornou a interferir:

— Você diz que não tem prova legal de quem é.

— Legal? Eu... acho que não. Nem pensei nisso. Mas há coisas que eu não poderia saber se não as tivesse ouvido de minha mãe.

— Por exemplo? — indagou Marc.

Ela pensou por um instante.

— Lembro que minha mãe costumava falar sobre uma estufa nos fundos da casa. Ela adorava plantas e flores, passava horas ali...

Woody ressaltou:

— Fotos dessa estufa apareceram em inúmeras revistas.

— O que mais sua mãe lhe contou? — perguntou Tyler.

— Ah, foram tantas coisas! Ela adorava falar sobre todos vocês e os bons tempos que passaram juntos. — Ela tornou a pensar por um momento. — Houve o dia em que ela os levou a passear em pedalinhos, quando eram bem pequenos. Um de vocês quase caiu na água. Não me lembro quem.

Woody e Kendall olharam para Tyler.

— Fui eu — murmurou ele.

— Ela os levou para fazer compras no Filene's. Um de vocês se perdeu e todos ficaram em pânico.

Kendall disse:

— Fui eu que me perdi naquele dia.

— E que mais? — indagou Tyler.

— Ela levou-o ao Union Oyster House, você provou sua primeira ostra e passou mal.

— Lembro disso.

Todos se entreolharam, sem falar. Ela olhou para Woody e acrescentou:

— Você e mamãe foram ao estaleiro naval em Charlestown para visitarem o *Constitution*. Você não queria ir embora e ela teve de arrastá-lo. — Ela olhou para Kendall. — E um dia, no Jardim Botânico, você colheu algumas flores e quase foi presa.

Kendall engoliu em seco.

— É verdade.

Todos escutavam com plena atenção agora, fascinados.

— Mamãe os levou um dia ao Museu de História Natural e ficaram apavorados com os esqueletos do mastodonte e da serpente marinha.

— Nenhum de nós dormiu naquela noite — recordou Kendall.

Ela virou-se para Woody.

— Houve um Natal em que mamãe o levou para patinar. Você levou um tombo e quebrou um dente. Quando tinha sete anos, caiu de uma árvore e teve de dar vários pontos na perna. Ficou com uma cicatriz.

— Ainda a tenho — admitiu Woody, relutante.

Ela virou-se para os outros.

— Um de vocês foi mordido por um cachorro. Esqueci qual. Minha mãe teve de levá-lo às pressas para o pronto-socorro do Hospital Geral de Massachusetts.

Tyler balançou a cabeça.

— Tive de tomar as vacinas anti-rábicas.

As palavras da moça saíam agora numa torrente.

— Woody, você fugiu de casa quando tinha oito anos. Ia para Hollywood, se tornar um ator. Seu pai ficou furioso. Obrigou-o a ir para o quarto sem jantar. Mamãe foi até lá às escondidas, levando comida.

Woody confirmou com um aceno de cabeça, sem dizer nada.

— Eu... não sei o que mais lhes contar... — E de repente ela se lembrou de uma coisa. — Tenho uma foto na bolsa.

Ela abriu a bolsa, tirou a foto, estendeu para Kendall. Todos se agruparam para olhar. Era um retrato dos três quando crianças. ao lado de uma jovem atraente, num uniforme de governanta.

— Mamãe me deu isso.

— Ela lhe deixou mais alguma coisa? — indagou Tyler.

Ela sacudiu a cabeça.

— Não. Sinto muito. Ela não queria qualquer coisa que a lembrasse de Harry Stanford.

— Exceto você, é claro — disse Woody.

Ela virou-se para ele, numa atitude desafiadora.

— Não me importo se você acredita ou não em mim. Não está estendendo... eu... esperava...

Ela não pôde continuar. Tyler interveio:

— Como minha irmã explicou, seu súbito aparecimento foi um choque e tanto para nós. Afinal... alguém surgir do nada e alegar que é da família... pode perceber o nosso problema. Acho que precisamos de um pouco de tempo para conversar a respeito.

— Eu compreendo.

— Onde está hospedada?

— Tremont House.

— Por que não volta para lá? Mandaremos um carro levá-la. E entraremos em contato com você em breve.

Ela acenou com a cabeça.

— Está certo. — Ela fitou cada um por momento, e depois

acrescentou: — Não importa o que pensem, vocês são a minha família.

— Eu a acompanharei até a porta — propôs Kendall.

Ela sorriu.

— Não há necessidade. Posso encontrar o caminho. Sinto como se conhecesse cada palmo desta casa.

Eles observaram-na se virar e deixar a biblioteca. Kendall murmurou:

— Parece que temos uma irmã.

— Ainda não acredito — insistiu Woody.

— Pois eu acho... — disse Marc.

Todos se puseram a falar ao mesmo tempo. Tyler ergueu a mão.

— Isso não vai nos levar a nenhuma conclusão. Vamos examinar a questão de uma maneira lógica. Num certo sentido, essa moça está em julgamento aqui, e nós somos os jurados. Cabe-nos determinar sua inocência ou culpa. Num julgamento por júri, a decisão deve ser unânime. Todos devemos concordar.

— Tem razão — disse Woody.

— Neste caso, gostaria de propor a primeira votação — acrescentou Tyler. — Acho que a moça é uma fraude.

— Uma fraude? Como é possível? — indagou Kendall. — Ela não poderia conhecer todos aqueles detalhes íntimos sobre nós se não fosse autêntica.

Tyler virou-se para ela.

— Kendall, quantos criados trabalharam nesta casa quando éramos crianças?

Kendall fitou-o, perplexa.

— Por quê?

— Dezenas, não é mesmo? E alguns poderiam saber de tudo o que essa moça nos contou. Ao longo dos anos, houve arrumadeiras, motoristas, mordomos, cozinheiros. E qualquer um poderia também ter dado aquela foto a ela.

— Está querendo dizer... que talvez ela esteja em conluio com alguém?

— Ou mais de uma pessoa — ressaltou Tyler. — Não vamos esquecer que há muito dinheiro envolvido.

— Ela diz que não quer o dinheiro — lembrou Marc.

Woody balançou a cabeça.

— Isso é o que ela *diz*. — Ele olhou para Tyler. — Mas como podemos provar que se trata de uma impostora? Não há condição...

— Há uma maneira — interrompeu-o Tyler, pensativo.

Todos se viraram para ele.

— Como? — perguntou Marc.

— Terei a resposta para vocês amanhã.

Simon Fitzgerald perguntou, em voz pausada:

— Está me dizendo que Julia Stanford apareceu, depois de todos esses anos?

— Uma mulher que *alega* ser Julia Stanford — corrigiu Tyler.

— E não acreditam nela? — indagou Steve.

— Claro que não. As únicas supostas provas de sua identidade que ela ofereceu foram alguns incidentes de nossa infância que pelo menos uma dúzia de ex-empregados poderiam conhecer, além de uma foto antiga, que não prova coisa alguma. Ela pode estar em conluio com qualquer deles. Tenciono provar que é uma impostora.

Steve franziu o rosto.

— E como pretende fazer isso?

— Muito simples. Quero que seja realizado um teste de DNA.

Steve Sloane se mostrou surpreso.

— Isso exigiria a exumação do corpo de seu pai.

— Sei disso. — Tyler olhou para Simon Fitzgerald. — Haveria algum problema?

— Nas circunstâncias, creio que eu conseguiria obter uma ordem judicial para a exumação. Ela concordou com o teste?

— Ainda não falei com ela. Se recusar, é uma confirmação de que receia o resultado. — Tyler hesitou. — Devo confessar que não me agrada fazer isso. Mas acho que é o único meio de determinarmos a verdade.

Fitzgerald pensou por um momento.

— Muito bem. — Ele olhou para Steve. — Pode cuidar disso?

— Claro. — Steve virou-se para Tyler. — Provavelmente conhece o procedimento. O parente mais próximo... neste caso, qualquer dos filhos do falecido... tem de solicitar a autorização para a exumação ao juiz de instrução. Deverão apresentar os motivos para o pedido. Se for aprovado, o juiz de instrução entrará em contato com o pessoal do cemitério. Um representante seu deverá estar presente no momento da exumação.

— Quanto tempo tudo isso vai demorar? — perguntou Tyler.

— Eu diria que três ou quatro dias para se obter autorização. Hoje é quarta-feira. Deveremos ter condições de exumar o corpo na segunda-feira.

— Ótimo. — Tyler hesitou. — Vamos precisar de um perito em DNA, alguém que seja convincente num tribunal, se chegarmos a esse ponto. Espero que conheçam alguém.

— Conheço o homem certo — disse Steve. — Seu nome é Perry Winger. Ele está em Boston neste momento. Presta depoimentos como perito em tribunais de todo o país. Falarei com ele.

— Obrigado. Quanto mais cedo acabarmos com isso, melhor será para todos.

Às dez horas da manhã seguinte, Tyler entrou na biblioteca de Rose Hill, onde Woody, Peggy, Kendall e Marc esperavam. Era acompanhado por um estranho.

— Quero apresentá-los a Perry Winger — disse Tyler.

— Quem é ele? — perguntou Woody.

— É nosso perito em DNA.

Kendall fitou Tyler.

— E para que precisamos de um perito em DNA?

— Para provar que aquela estranha, que surgiu do nada de uma forma tão conveniente, é uma impostora — respondeu Tyler. — Não tenho a menor intenção de permitir que ela escape impune com sua farsa.

— Vai desenterrar o velho? — indagou Woody.

— Isso mesmo. Pedi a nossos advogados para providenciarem a ordem de exumação. Se a mulher for nossa meia-irmã, o teste de DNA o provará. Se não for, isso também ficará provado.

— Não entendo muito esse negócio de DNA — murmurou Marc.

Perry Winger limpou a garganta.

— Nos termos mais simples, o ácido desoxirribonucléico... ou DNA... é a molécula da hereditariedade. Contém o código genético singular de cada pessoa. Pode ser extraído de vestígios de sangue, sêmen, saliva, raízes de cabelos e até dos ossos. Seus vestígios podem ser encontrados num cadáver por mais de cinqüenta anos.

— Entendo — disse Marc. — Parece mesmo muito simples.

Perry Winger franziu o rosto.

— Acredite em mim, não é, não. Há dois tipos de teste de DNA. O teste PCR, cujos resultados demoram três dias e o RFLP, mais complexo, que leva de seis a oito semanas. Para nossos propósitos, o teste mais simples será suficiente.

— Como se faz o teste? — perguntou Kendall.

— Há várias etapas. Primeiro, a amostra é colhida e o DNA cortado em fragmentos. Os fragmentos são separados por extensão, colocando-os numa camada de gel, pela qual se passa uma corrente elétrica. O DNA, que tem carga negativa, desloca-se para o positivo e algumas horas depois os fragmentos estão dispostos pelo comprimento. — Winger começava a se mostrar entusiasmado na descrição. — Substâncias químicas alcalinas são usadas para separar os fragmentos, transferidos em seguida para uma camada de *nylon*, que é imersa num banho, e sondas radiativas...

Os olhos dos ouvintes já se tornavam vidrados.

— Qual a precisão do teste? — interrompeu Woody.

— É cem por cento acurado para determinar se o homem *não* é o pai. Se o teste for positivo, é noventa e nove vírgula nove por cento acurado.

Woody virou-se para o irmão.

— Tyler, você é juiz. Vamos supor que ela seja mesmo filha de Harry Stanford. A mãe dela e o nosso pai nunca foram casados. Por que ela teria direito a qualquer coisa?

— Por lei — explicou Tyler —, se a paternidade de nosso pai for determinada, ela teria direito a uma parte igual à nossa.

— Neste caso, vamos logo fazer esse teste de DNA e desmascará-la!

Tyler, Woody, Kendall, Marc e Julia ocupavam uma mesa no restaurante do Tremont House. Peggy ficara em Rose Hill.

— Toda essa conversa de desenterrar um cadáver me deixa arrepiada — comentou ela.

O grupo estava de frente para a mulher que alegava ser Julia Stanford.

— Não consigo entender o que estão me pedindo para fazer.

— É muito simples — disse Tyler. — Um médico vai tirar

uma amostra de sua pele para compará-la com a de nosso pai. Se as moléculas de DNA combinarem, é a prova positiva de que você é mesmo filha dele. Por outro lado, se não estiver disposta a fazer o teste...

— Eu... isso não me agrada.

Woody pressionou-a:

— Por que não?

— Não sei... — Ela estremeceu. — A idéia de desenterrar o corpo de meu pai para... para...

— Para provar quem você é.

Ela fitou o rosto de cada um.

— Eu gostaria que todos vocês...

— O quê?

— Não há possibilidade de eu poder convencê-los, não é?

— Há, sim — respondeu Tyler. — Basta fazer o teste.

Houve um silêncio prolongado.

— Está bem, farei o teste.

Foi mais difícil do que se esperava obter a ordem de exumação. Simon Fitzgerald teve de conversar pessoalmente com o juiz de instrução.

— Não, Simon, não posso fazer isso! Já pensou na repercussão que haveria? Afinal, não se trata de um homem qualquer, mas de Harry Stanford. Se a notícia vazasse, seria um escândalo na mídia.

— É muito importante, Marvin. Há milhões de dólares em jogo. Basta cuidar para que não vaze.

— Não há nenhuma outra maneira pela qual você possa...?

— Infelizmente, não. A mulher é bastante convincente.

— Mas a família não está convencida.

— Isso mesmo.

— Você acha que ela é uma impostora, Simon?

— Para ser franco, não sei. Mas minha opinião não importa. Na verdade, a opinião de qualquer um de nós não importa. Um tribunal vai exigir uma prova e o teste de DNA a fornecerá.

O juiz sacudiu a cabeça.

— Conheci o velho Harry Stanford. Ele teria detestado isso. Eu não deveria permitir...

— Mas vai permitir.

O juiz suspirou.

— Acho que sim. Poderia me fazer um favor?

— Claro.

— Mantenha tudo na maior discrição. Não vamos permitir que a mídia crie um circo.

— Tem minha palavra. Será um caso ultra-secreto. Só a família estará presente.

— Quando quer fazer a exumação?

— Eu gostaria que fosse na segunda-feira.

O juiz tornou a suspirar.

— Muito bem, falarei com a direção do cemitério. Fica me devendo uma, Simon.

— Não esquecerei.

Às nove horas da manhã de segunda-feira, a entrada para a parte do Cemitério Mount Auburn em que fora sepultado o corpo de Harry Stanford foi fechada temporariamente para "serviços de manutenção". Ninguém tinha permissão para entrar ali. Woody, Peggy, Tyler, Kendall, Marc, Julia, Simon Fitzgerald, Steve Sloane e o Dr. Collins, representante do juiz de instrução, postaram-se ao lado da sepultura de Harry Stanford, observando quatro empregados do cemitério levantarem o caixão. Perry Winger esperava ao lado.

Depois que o caixão foi baixado para o solo, um dos coveiros virou-se para o grupo.

— O que querem que a gente faça agora?

— Abram o caixão, por favor — pediu Fitzgerald, virando-se em seguida para Perry Winger. — Quando tempo vai demorar?

— Não mais que um minuto. Só vou remover uma pequena amostra da pele.

— Está certo. — Fitzgerald acenou com a cabeça para o coveiro. — Podem abrir.

Os coveiros começaram a desatarraxar os pinos da tampa do caixão.

— Não quero ver — murmurou Kendall. — É mesmo necessário?

— É, sim! — declarou Woody. — Temos de ver!

Todos observavam, fascinados, enquanto a tampa do caixão era retirada, posta de lado. E todos ficaram aturdidos, olhando para o interior do caixão.

— Oh, Deus! — exclamou Kendall.

O caixão estava vazio.

Capítulo Quatorze

De volta a Rose Hill, Tyler acabara de desligar o telefone.

— Fitzgerald garante que não haverá vazamentos para a imprensa. O cemitério certamente não quer esse tipo de publicidade negativa. O juiz de instrução determinou que o Dr. Collins ficasse de boca fechada e podemos confiar que Perry Winger não dirá nada.

Woody não estava prestando atenção.

— Não sei como a desgraçada conseguiu! Mas ela não vai escapar impune! — Ele lançou um olhar furioso para os outros. — Vocês também não imaginam como ela pôde fazer isso, não é?

Foi Tyler quem respondeu, em voz pausada:

— Não posso deixar de concordar com você, Woody. Ninguém mais poderia ter um motivo para fazer isso. A mulher é esperta e engenhosa, e parece óbvio que não trabalha sozinha. Não sei exatamente o que temos de enfrentar.

— O que faremos agora? — indagou Kendall.

Tyler deu de ombros.

— Para ser franco, não sei. Bem que gostaria de saber. De qualquer forma, tenho certeza de que ela vai contestar o testamento no tribunal.

— Ela tem alguma possibilidade de ganhar? — perguntou Peggy, timidamente.

— Receio que sim. Ela é muito persuasiva. Até convenceu alguns de nós.

— Mas tem de haver alguma coisa que possamos fazer! — exclamou Marc. — Que tal chamar a polícia?

— Fitzgerald informa que eles já estão investigando o desaparecimento, mas chegaram a um beco sem saída — respondeu Tyler. — A polícia também quer manter toda discrição no caso, ou terá todos os malucos da cidade apresentando um cadáver.

— Podemos pedir à polícia que investigue essa impostora!

Tyler sacudiu a cabeça.

— Não é um caso para a polícia. É um problema particular... — Ele fez uma pausa e acrescentou, pensativo: — Sabem de uma coisa...

— O quê?

— Podemos contratar um detetive particular para tentar desmascará-la.

— Não é má idéia. Conhece algum?

— Não, não aqui. Mas podemos pedir a Fitzgerald que arrume alguém. Ou... — Tyler hesitou. — Nunca o conheci pessoalmente, mas já ouvi falar muito de um detetive particular que o promotor distrital de Chicago costuma usar. Ele tem uma excelente reputação.

— Por que não descobrimos se podemos contratá-lo? — sugeriu Marc.

Tyler fitou os outros.

— Vai depender de vocês.

— O que temos a perder? — indagou Kendall.

— Ele pode cobrar alto — advertiu Tyler.

Woody soltou uma risada desdenhosa.

— Cobrar caro? Ora, estamos falando de milhões de dólares!

Tyler acenou com a cabeça.

— Tem razão.

— Qual é o nome dele?

Tyler franziu o rosto.

— Não me lembro... Simpson... Simmons... Algo parecido. Posso ligar para o gabinete do promotor distrital em Chicago.

Os outros observaram Tyler pegar o telefone e discar. Dois minutos depois, ele estava falando com um assistente do promotor distrital.

— Aqui é o juiz Tyler Stanford. Soube que vocês contratam de vez em quando um detetive particular que costuma realizar um excelente trabalho. O nome dele é Simmons ou...

A voz no outro lado disse:

— Deve estar se referindo a Frank *Timmons*.

— É isso mesmo, Timmons! — Tyler olhou para os outros, sorrindo. — Poderia me dar o telefone dele, para eu entrar em contato diretamente?

Depois de anotar o telefone, Tyler desligou e virou-se para os outros.

— Se todos estão de acordo, falarei com ele.

Todos assentiram.

Na tarde seguinte, Clark entrou na sala de estar, onde todos esperavam.

— O Sr. Timmons está aqui.

Era um homem na casa dos quarenta anos, com a pele clara e o corpo largo de um pugilista. Tinha o nariz quebrado e olhos brilhantes e inquisitivos. Olhou para Tyler, Marc e Woody.

— Juiz Stanford?

Tyler balançou a cabeça.

— Sou o juiz Stanford.

— Frank Timmons.

— Sente-se, por favor, Sr. Timmons.

— Obrigado. — O detetive sentou-se. — Foi o senhor quem me telefonou, certo?

— Certo.

— Para ser franco, não sei como poderia ajudá-lo. Não tenho contatos oficiais aqui.

— É uma questão extra-oficial — explicou Tyler. — Queremos apenas que descubra os antecedentes de uma moça.

— Disse pelo telefone que ela alega ser sua meia-irmã, mas não há como realizar um teste de DNA.

— Isso mesmo — confirmou Woody.

Timmons correu os olhos pelo grupo.

— E não acreditam que ela seja a meia-irmã de vocês?

Houve um momento de hesitação.

— Não, não acreditamos — respondeu Tyler. — Por outro lado, também é possível que ela esteja dizendo a verdade. Queremos contratá-lo para nos fornecer uma prova irrefutável de que ela é genuína ou uma impostora.

— Muito justo. Vai custar mil dólares por dia, mais as despesas.

— *Mil dólares?* — repetiu Tyler.

— Nós pagaremos — interveio Woody

— Precisarei de todas as informações que tiverem sobre essa mulher.

— Parece não haver muita coisa — disse Kendall.

Tyler acrescentou:

— Ela não tem qualquer prova. Veio com várias histórias que supostamente a mãe lhe contou sobre a nossa infância e...

Timmons ergueu a mão.

— Espere um instante. Quem era a mãe dela?

— Sua *suposta* mãe era uma governanta que tivemos quando crianças, chamada Rosemary Nelson.

— O que aconteceu com ela?

Eles trocaram olhares, contrafeitos. Foi Woody quem respondeu:

— Ela teve um caso com nosso pai e engravidou. Fugiu e teve uma filha. — Woody deu de ombros. — Ela desapareceu.

— Entendo. E essa mulher alega ser a filha dela?

— Isso mesmo.

— Não é muita coisa. — Ele pensou por um instante. — Muito bem, verei o que posso fazer.

— Isso é tudo o que pedimos — murmurou Tyler.

A primeira providência de Timmons foi ir à biblioteca pública de Boston e ler todos os arquivos sobre o escândalo, ocorrido 26 anos antes, envolvendo Harry Stanford, a governanta e o suicídio da Sra. Stanford. Havia material suficiente para um romance.

A providência seguinte foi visitar Simon Fitzgerald.

— Meu nome é Frank Timmons. Sou...

— Sei quem é, Sr. Timmons. O juiz Stanford me pediu para cooperar. Em que posso ajudá-lo?

— Quero descobrir a filha ilegítima de Harry Stanford. Ela estaria com vinte e seis anos agora, não é mesmo?

— É, sim. Ela nasceu a 9 de agosto de 1969, no Hospital St. Joseph, em Milwaukee, Wisconsin. A mãe deu-lhe o nome de Julia. — Fitzgerald deu de ombros. — As duas desapareceram. Lamento, mas isso é tudo o que sei.

— É um começo — murmurou Timmons. — É um começo.

A Sra. Dougherty, superintendente do Hospital St. Joseph, em Milwaukee, era uma mulher de cabelos grisalhos, na casa dos setenta anos.

— Claro que me lembro — disse ela. — Como poderia um dia esquecer? Foi um tremendo escândalo. Saíram notícias em todos os jornais. Os repórteres daqui descobriram quem era ela e não deixavam a pobre coitada em paz.

— Para onde ela foi depois que saiu daqui com a criança?

— Não sei. Ela não deixou nenhum endereço.

— Ela pagou toda a conta antes de ir embora, Sra. Dougherty?

— Para ser franca... não.

— Como se lembra disso?

— Porque foi muito triste. Lembro que ela sentou nessa mesma cadeira, e me disse que só poderia pagar parte da conta, mas prometeu me enviar mais tarde o resto do dinheiro. Era contra as normas do hospital, é claro, mas eu sentia tanta pena, porque ela passava mal na ocasião, que acabei concordando.

— E ela mandou o resto do dinheiro?

— Claro que sim. Cerca de dois meses depois. Lembro agora. Ela arrumou um emprego num serviço de datilografia.

— Por acaso se lembra onde ficava esse serviço?

— Não, Sr. Timmons. Afinal, já se passaram 25 anos.

— Mantêm todos os registros dos pacientes arquivados, Sra. Dougherty?

— Claro. — Ela fitou-o nos olhos. — Quer que eu verifique nos arquivos?

Ele sorriu, jovial.

— Se não se importar.

— Isso vai ajudar Rosemary?

— Pode significar muito para ela.

— Com licença.

A Sra. Dougherty saiu da sala. Voltou cinco minutos mais tarde, com um papel na mão.

— Aqui está. Rosemary Nelson. O endereço é Serviço de Datilografia Elite, Omaha, Nebraska.

O Serviço de Datilografia Elite era dirigido pelo Sr. Otto Broderick, um homem na casa dos sessenta anos.

— Contratamos muitas pessoas em caráter temporário — protestou ele. — Como espera que eu me lembre de alguém que trabalhou aqui há tanto tempo?

— Trata-se de um caso especial. Era uma mulher sozinha, com vinte e tantos anos, a saúde precária. Acabara de ter uma criança e...

— Rosemary!

— Isso mesmo. Por que se lembra dela?

— Gosto de associar as coisas, Sr. Timmons. Sabe o que é mnemônica?

— Sei, sim.

— Pois é o que uso. Associo as palavras. Houve um filme chamado *O Bebê de Rosemary*. Por isso, quando Rosemary chegou aqui e me disse que tinha uma filha, juntei as duas coisas e...

— Por quanto tempo Rosemary Nelson trabalhou aqui?

— Acho que um ano. E depois a imprensa descobriu quem ela era, de alguma forma, e não a deixavam em paz. Ela deixou a cidade de madrugada para escapar dos repórteres.

— Sr. Broderick, sabe para onde Rosemary Nelson foi ao sair daqui?

— Creio que foi para a Flórida. Queria um clima mais quente. Recomendei-a a uma agência que conhecia lá.

— Pode me dar o nome dessa agência?

— Claro. É a Agência Vendaval. Posso lembrar porque a associei às grandes tempestades que assolam a Flórida todos os anos.

Dez dias depois da reunião com a família Stanford, Frank Timmons voltou a Boston. Telefonara antes, e a família o esperava. Sentavam num semicírculo, de frente para ele, quando entrou na sala de estar em Rose Hill.

— Avisou que tinha notícias para nós, Sr. Timmons — disse Tyler.

— Isso mesmo. — Ele abriu a pasta, tirou alguns papéis. — Foi um caso muito interessante. Quando comecei...

— Corte a conversa — interrompeu Woody, impaciente. — Ela é ou não uma impostora?

Timmons fitou-o.

— Se não se importa, Sr. Stanford, eu gostaria de apresentar o caso à minha maneira.

Tyler lançou um olhar de advertência a Woody.

— Nada mais justo. Continue, por favor.

Eles observaram-no consultar suas anotações.

— A governanta da família Stanford, Rosemary Nelson, teve uma filha, de Harry Stanford. Ela foi com a criança para Omaha, Nebraska, onde trabalhou para o Serviço de Datilografia Elite. Seu patrão me disse que ela tinha problemas com o clima.

Timmons fez uma pausa.

— Segui a pista até a Flórida, onde ela trabalhou na Agência Vendaval. As duas se mudaram várias vezes. Acompanhei a pista a San Francisco, onde elas residiram até dez anos atrás. Esse foi o fim da trilha. Depois disso, elas desapareceram.

Ele levantou os olhos.

— Então é isso, Timmons? — indagou Woody. — Perdeu a pista há dez anos?

— Não é bem assim. — Ele tirou outro papel da pasta. — A filha, Julia, solicitou uma carteira de motorista quando tinha dezessete anos.

— De que isso nos adianta? — perguntou Marc.

— No estado da Califórnia, as fichas de motorista incluem as impressões digitais. — Timmons suspendeu um cartão. — Estas são as impressões digitais da verdadeira Julia Stanford.

Tyler interveio, excitado:

— Já entendi! Se combinarem...

Woody interrompeu-o:

— Então ela seria mesmo nossa irmã!

Timmons balançou a cabeça.

— Exatamente. Trouxe um equipamento de tirar impressões digitais portátil, caso queiram verificar agora. Ela está aqui?

— Está num hotel — disse Tyler. — Temos falado com ela todas as manhãs, persuadindo-a a ficar até que tudo seja esclarecido.

— Nós a pegamos! — exclamou Woody. — Vamos até lá!

Meia hora depois, o grupo entrou num quarto no Tremont House. Ela arrumava uma mala.

— Para onde você vai? — perguntou Kendall.

Ela virou-se para encará-lo.

— Vou voltar para casa. Foi um erro ter vindo para cá.

Tyler protestou:

— Não pode nos culpar por...?

Ela virou-se para ele, furiosa.

— Desde que cheguei não tive outra coisa além de suspeita. Acham que vim aqui para arrancar algum dinheiro de vocês. Pois não é nada disso. Vim porque queria encontrar minha família. Eu... Ora, não importa!

Ela voltou a arrumar suas coisas. Tyler acrescentou:

— Este é Frank Timmons, um detetive particular.

Ela virou-se.

— O que é agora? Vão me prender?

— Não, madame. Julia Stanford tirou uma carteira de motorista em San Francisco quando tinha dezessete anos.

Ela parou.

— Isso mesmo, foi o que fiz. É contra a lei?

— Não, madame. A questão é que...

Tyler interveio:

— A questão é que as impressões digitais de Julia Stanford constam do prontuário.

Ela fitou-os.

— Não estou entendendo. O que...?

Woody explicou:

— Queremos conferi-las com as suas impressões digitais.

Ela contraiu os lábios.

— Não! Não vou permitir!

— Está dizendo que não vai nos deixar tirar suas impressões digitais?

— Isso mesmo.

— Por que não? — perguntou Marc.

O corpo dela estava rígido.

— Porque vocês me fazem sentir como se eu fosse alguma criminosa. Já chega! Quero que me deixem em paz!

Kendall interveio, gentilmente:

— Esta é a sua oportunidade de provar quem é. Estamos tão transtornados quanto você por tudo isso. Gostaríamos de esclarecer a questão de uma vez por todas.

Ela ficou parada ali, fitando-os nos olhos, um a um. Acabou murmurando, cansada:

— Está bem, vamos acabar logo com isso.

— Sr. Timmons... — disse Tyler.

— Pois não. — Ele tirou da pasta um pequeno equipamento de impressões digitais, pôs em cima da mesa. Abriu a almofada com tinta. — Agora, se vier até aqui, por favor...

Os outros observaram enquanto ela se encaminhava para a mesa. Timmons pegou a mão dela e comprimiu os dedos na almofada, um a um. Em seguida, comprimiu-os contra uma folha de papel em branco.

— Pronto. Não foi tão ruim assim, não é?

Ele ajustou as impressões no prontuário ao lado das que acabara de tirar. O grupo foi até a mesa, examinou os dois conjuntos de impressões digitais.

Eram idênticos.

Woody foi o primeiro a falar:

— São... iguais.

Kendall olhava para as impressões com uma mistura de sentimentos.

— É mesmo nossa irmã, não é?

Ela sorria através das lágrimas.

— É o que estou tentando lhes dizer desde o início.

Todos desataram de repente a falar ao mesmo tempo.

— Incrível!

— Depois de tantos anos...

— Por que sua mãe nunca voltou...?

— Lamento que a tenhamos feito passar por momentos tão difíceis...

O sorriso dela iluminou o quarto.

— Está tudo bem agora. Não haverá mais problemas.

Woody pegou o cartão com as impressões digitais, reverente.

— Por Deus, este é um cartão de um bilhão de dólares! — Ele guardou-o no bolso. — Vou mandar dourá-lo.

Tyler virou-se para os outros.

— Isto exige uma comemoração para valer! Sugiro que voltemos todos a Rose Hill. — Ele virou-se para ela, sorrindo. — Vamos lhe oferecer uma festa de boas-vindas.

Ela contemplou-os, os olhos brilhando.

— É como um sonho que se transforma em realidade. Finalmente tenho uma família!

Meia hora depois estavam de volta a Rose Hill, e ela foi se instalar em seu novo quarto. Os outros ficaram lá embaixo, conversando.

— Ela deve ter experimentado a sensação de passar pela Inquisição — comentou Tyler.

— E passou mesmo — disse Peggy. — Não sei como pôde agüentar.

— Eu me pergunto como vai se ajustar à sua nova vida — acrescentou Kendall.

— Da mesma maneira como todos nós vamos nos ajustar — assegurou Woody, secamente. — Com muito champanhe e caviar.

Tyler levantou-se.

— Confesso que me sinto contente por tudo estar resolvido. Vou subir para perguntar se ela precisa de alguma ajuda.

Ele subiu, atravessou o corredor até o quarto dela, bateu na porta e chamou:

— Julia?

— Está aberta. Pode entrar.

Tyler ficou parado na porta, e os dois se fitaram em silêncio. Depois, ele fechou a porta, estendeu as mãos e se desmanchou num sorriso, enquanto murmurava:

— Nós conseguimos, Margo! Conseguimos!

Noite

Capítulo Quinze

Ele conspirara com a extrema habilidade de um mestre no xadrez. Só que esta fora a partida de xadrez mais lucrativa da história, com apostas de bilhões de dólares... e ele vencera! Experimentava um senso de poder invencível. *É assim que você se sentia quando fechava um grande negócio, pai? Pois este é um negócio maior do que todos os que você fez. Planejei o crime do século, e tudo deu certo.*

Num certo sentido, tudo começara com Lee. *E Lee era uma pessoa linda e maravilhosa.* A pessoa que ele mais amava no mundo. Haviam se conhecido no Berlin, o bar dos *gays* na West Belmont Avenue. Lee era alto, musculoso e louro, o homem mais bonito que Tyler já vira em toda a sua vida.

O encontro começou com uma proposta:

— Posso lhe pagar um drinque?

Lee o fitou e acenou com a cabeça em concordância.

— Seria ótimo.

Depois do segundo drinque, Tyler sugeriu:

— Por que não vamos tomar o próximo drinque em minha casa?

Lee sorriu.

— Eu sou caro.

— Caro até que ponto?

— Quinhentos dólares por uma noite.

Tyler não hesitou.

— Vamos embora.

Passaram a noite na casa de Tyler.

Lee era carinhoso, sensível e interessado, e Tyler sentiu com ele uma intimidade que jamais experimentara com qualquer outro ser humano. Foi dominado por emoções que jamais imaginara que existissem. Pela manhã, Tyler estava perdidamente apaixonado.

No passado, ele pegara rapazes no Cairo e no Bijou Theater, em vários outros pontos de encontro dos *gays* em Chicago, mas compreendeu agora que tudo isso mudaria. Dali por diante, só queria Lee.

Enquanto preparava o desjejum, Tyler perguntou:

— O que gostaria de fazer esta noite?

Lee fitou-o com alguma surpresa.

— Desculpe, mas tenho um compromisso esta noite.

Tyler teve a sensação de ter sido golpeado na barriga.

— Mas, Lee, pensei que você e eu...

— Tyler, meu querido, sou uma mercadoria cara. Vou para quem oferece mais. Gosto de você, mas receio que não tenha condições de me sustentar.

— Posso lhe dar qualquer coisa que quiser.

Lee sorriu, indolente.

— É mesmo? Pois quero uma viagem a St. Tropez, num lindo iate branco. Pode me oferecer isso?

— Sou mais rico do que todos os seus amigos juntos, Lee.

— É mesmo? Pensei que tinha dito que era juiz.

— E sou, mas vou ser rico... muito rico.

Lee enlaçou-o.

— Não se angustie, Tyler. Tenho uma semana livre, a partir da próxima quinta-feira. Hum, esses ovos parecem deliciosos...

Isso foi o início. O dinheiro já era importante para Tyler antes, mas a partir daquele momento se tornou uma obsessão. Precisava de dinheiro para Lee. Não conseguia tirá-lo dos seus pensamentos. A perspectiva de fazer amor com outros homens era insuportável. *Preciso ter Lee só para mim.*

Desde os doze anos de idade que Tyler sabia que era homossexual. Um dia o pai o surpreendeu acariciando e beijando um colega da escola, e Tyler teve de suportar todo o impacto da ira de Harry Stanford.

— Não posso acreditar que tenho um filho bicha! Agora que conheço seu segredinho sujo, ficarei de olho em você.

O casamento de Tyler foi uma piada cósmica, perpetrada por um deus com um macabro senso de humor.

— Há alguém que quero que você conheça — disse Harry Stanford.

Era Natal e Tyler estava em Rose Hill para os feriados. Kendall e Woody já haviam partido, e Tyler planejava ir embora também quando a bomba foi lançada.

— Você vai casar.

— Casar? De jeito nenhum! Eu não...

— Escute aqui, seu maricas. As pessoas já começam a falar de você, e não posso admitir. É prejudicial para a minha reputação. Se você casar, todos vão se calar.

Tyler assumiu uma atitude de desafio.

— Não me importo com o que as pessoas dizem. A vida é minha.

— E quero que seja uma vida rica, Tyler. Estou envelhecendo. Muito em breve...

E Harry Stanford deu de ombros.

A vara e a cenoura.

Naomi Schuyler era uma mulher feia, de uma família de classe média, cujo maior desejo na vida era "melhorar". Ficou tão impressionada com o nome de Harry Stanford que teria casado com o filho dele mesmo que fosse um atendente de posto de gasolina, em vez de um juiz.

Harry Stanford levou Naomi para a cama uma vez. Quando alguém lhe perguntou por que, Stanford respondeu:

— Porque ela estava ali.

Mas ela logo o entediou, e Harry Stanford decidiu que seria a esposa perfeita para Tyler.

E o que Harry Stanford queria, Harry Stanford conseguia.

O casamento foi celebrado dois meses depois. Foi um casamento pequeno — apenas 150 convidados — e os recém-casados foram para a Jamaica em lua-de-mel. Que foi um fracasso. Na noite de núpcias, Naomi disse:

— Pelo amor de Deus, com que tipo de homem me casei? Para que você tem um pau?

Tyler tentou argumentar com ela.

— Não precisamos de sexo. Podemos levar vidas separadas. Ficaremos juntos, mas cada um terá seus próprios... amigos.

— Tem toda razão! É isso mesmo que vou fazer!

Naomi vingou-se dele tornando-se uma compradora faixa-preta. Comprava tudo nas lojas mais caras da cidade e realizava excursões de compras a Nova York.

— Não posso pagar suas extravagâncias com o meu salário — protestou Tyler.

— Então peça um aumento. Sou sua esposa. Tenho direito a ser sustentada.

Tyler procurou o pai, explicou a situação. Harry Stanford sorriu.

— As mulheres podem ser bastante dispendiosas, hem? Você terá de dar um jeito.

— Mas preciso de algum...

— Um dia você terá todo o dinheiro do mundo.

Tyler tentou explicar a Naomi, mas ela não tinha intenção de esperar até "um dia". Sentia que esse "um dia" talvez nunca chegasse. Depois de arrancar tudo o que podia de Tyler, Naomi pediu o divórcio, contentou-se com o que restava na conta bancária dele e desapareceu. Ao ouvir a notícia, Harry Stanford comentou:

— Uma vez veado, sempre veado.

E assim terminou o casamento.

O pai fazia tudo o que podia para humilhar Tyler. Um dia, quando Tyler estava no tribunal, no meio de um julgamento, o escrivão se aproximou para sussurrar:

— Com licença, meritíssimo...

Tyler virou-se para ele, impaciente.

— O que é?

— Está sendo chamado ao telefone.

— Mas o que há com você? Sabe que estou no meio de...

— É seu pai, meritíssimo. Ele diz que é muito urgente, precisa lhe falar imediatamente.

Tyler ficou furioso. O pai não tinha o direito de interrompê-lo. Sentiu-se tentado a ignorar o telefonema. Mas, por outro lado, se era tão urgente... Tyler levantou-se.

— O tribunal entra em recesso por quinze minutos

Tyler voltou apressado para sua sala, pegou o fone.

— Pai?

— Espero não estar incomodando-o, Tyler.

Havia malícia na voz de Harry Stanford.

— Para ser franco, está, sim. Estou no meio de um julgamento e...

— Ora, aplique logo a multa de trânsito e esqueça.

— Pai...

— Preciso de sua ajuda com um problema sério.

— Que tipo de problema?

— Meu cozinheiro está me roubando.

Tyler não podia acreditar no que ouvia. Ficou tão furioso que mal conseguia falar.

— Tirou-me do meio de um julgamento porque...

— Você não representa a lei? Pois ele está violando a lei. Quero que volte a Boston para investigar todos os meus empregados. Eles estão me roubando.

Tyler teve de fazer um grande esforço para não explodir.

— Pai...

— Não se pode confiar nessas agências de empregos.

— Estou no meio de um julgamento. Não posso voltar a Boston agora.

Houve um silêncio sinistro.

— O que você disse?

— Eu disse...

— Não vai me desapontar de novo, não é, Tyler? Talvez eu deva conversar com Fitzgerald sobre algumas mudanças em meu testamento.

E lá estava a cenoura outra vez. O dinheiro. Sua parte nos bilhões de dólares esperando-o quando o pai morresse. Tyler limpou a garganta.

— Se puder mandar seu avião me buscar...

— Claro que não! Se jogar suas cartas direito, juiz, o avião lhe pertencerá algum dia. Pense nisso. Enquanto espera, venha para cá num vôo comercial, como todo mundo. Mas quero que venha para cá sem demora!

A linha ficou muda. Tyler continuou sentado ali, tremendo em humilhação. *Meu pai fez isso comigo por toda a minha vida. Ele que se dane! Não irei. Isso mesmo, não irei.*

Tyler voou para Boston naquela mesma noite.

Harry Stanford tinha 22 empregados em sua casa. Era uma falange de secretárias, mordomos, arrumadeiras, cozinheiros, motoristas, jardineiros e um segurança.

— Ladrões, todos eles! — queixou-se Harry Stanford a Tyler.

— Se está tão preocupado, por que não contrata um detetive particular ou procura a polícia?

— Porque tenho você — respondeu o pai. — Não é juiz? Pois então julgue-os para mim.

Era pura maldade.

Tyler correu os olhos pela vasta casa, com seus valiosos móveis e obras de arte, e pensou na melancólica casinha em que morava. *É isto o que eu mereço ter*, concluiu ele. *E um dia é o que terei.*

Tyler conversou com o mordomo, Clark, e os outros empregados mais antigos. Entrevistou todos os que trabalhavam na casa, um a um, e verificou seus currículos. Quase todos eram relativamente novos, porque Harry Stanford era um patrão insuportável. A rotatividade de empregados na casa era extraordinária. Alguns duravam apenas um ou dois dias. Uns poucos novos empregados eram culpados de pequenos furtos, havia um alcoólatra; afora isso, porém, Tyler não encontrou nenhum problema.

Exceto por Dmitri Kaminsky.

Dmitri Kaminsky fora contratado por seu pai como segurança e massagista. A magistratura transformara Tyler num bom juiz de caráter, e havia alguma coisa em Dmitri de que ele desconfiou no mesmo instante. Era o mais novo empregado. O antigo segurança de Harry Stanford pedira demissão — Tyler podia imaginar por que — e recomendara Kaminsky para substituí-lo.

O homem era enorme, peito estufado, braços grandes e musculosos. Falava inglês com forte sotaque russo.

— Quer falar comigo?

— Quero, sim. — Tyler indicou uma cadeira. — Sente-se.

Ele examinara a ficha de emprego do homem, que pouco revelava, exceto que não havia muito tempo que Dmitri viera da Rússia.

— Nasceu na Rússia?

— Nasci.

Ele observava Tyler, cauteloso.

— Em que lugar?

— Smolensk.

— Por que deixou a Rússia e veio para os Estados Unidos?

Kaminsky deu de ombros.

— Há mais oportunidades aqui.

Oportunidades para quê?, especulou Tyler. Havia alguma coisa evasiva na atitude do homem. Conversaram por vinte minutos, e ao final Tyler estava convencido de que Dmitri Kaminsky escondia alguma coisa.

Tyler telefonou para Fred Masterson, um conhecido no FBI.

— Fred, preciso que me preste um favor.

— Claro. Se algum dia eu for a Chicago, você vai relevar minhas multas de trânsito?

— Falo sério.

— Pode dizer.

— Quero que verifique um russo que veio para cá há seis meses.

— Espere um instante. Não deveria falar com a CIA?

— Talvez, mas acontece que não conheço ninguém na CIA.

— Nem eu.

— Se puder fazer isso por mim, Fred, ficarei profundamente agradecido.

Tyler ouviu um suspiro.

— Muito bem. Qual é o nome dele?

— Dmitri Kaminsky.

— Vou lhe dizer o que farei. Conheço alguém na embaixada russa em Washington. Verei se ele tem alguma informação sobre Kaminsky. Se não tiver, acho que não poderei ajudá-lo.

— Obrigado.

Tyler jantou com o pai naquela noite. Subconscientemente, Tyler sempre torcera para que o pai envelhecesse depressa, se tornasse mais frágil e vulnerável com o passar do tempo. Em vez disso, Harry Stanford parecia em excelente forma, no vigor da vida. *Ele viverá para sempre*, pensou Tyler, desesperado. *Vai sobreviver a todos nós.*

A conversa ao jantar foi totalmente unilateral.

— Acabei de fechar um negócio para comprar a companhia de eletricidade do Havaí...

— Voarei para Amsterdam na próxima semana, a fim de resolver algumas complicações no GATT...

— O secretário de Estado me convidou para acompanhá-lo em sua visita oficial à China...

Tyler mal ouvia o que o pai dizia. Ao final do jantar, o pai se levantou.

— Como vai o problema dos criados?

— Ainda estou investigando-os, pai.

— Não demore toda uma vida — resmungou o pai, antes de sair da sala.

Na manhã seguinte, Tyler recebeu um telefonema de Fred Masterson, do FBI.

— Tyler?

— Sou eu.

— Você pegou um cara sensacional.

— Como assim?

— Dmitri Kaminsky era um executor do *polgoprudnenskaya*.

— O que significa isso?

— Vou explicar. Há oito grupos criminosos que assumiram o poder em Moscou. Todos lutam entre si, mas os dois grupos mais poderosos são os *chechens* e o *polgoprudnenskaya*. Seu amigo Kaminsky trabalhava para o segundo grupo. Há três meses eles o incumbiram de executar um contrato contra um dos líderes dos *chechens*. Em vez disso, Kaminsky procurou o homem para fazer um negócio melhor. O pessoal do *polgoprudnenskaya* descobriu e emitiu um contrato contra Kaminsky. As quadrilhas têm um estranho costume por lá. Primeiro cortam os seus dedos e deixam o cara sangrar por algum tempo, antes de fuzilá-lo.

— Oh, Deus!

— Kaminsky conseguiu fugir da Rússia, mas ainda está sendo procurado. E procurado com a maior intensidade.

— Isso é incrível! — murmurou Tyler.

— E não é tudo. Kaminsky também é procurado pela polícia por alguns assassinatos. Se você souber de seu paradeiro, eles adorariam ter essa informação.

Tyler pensou por um momento. Não podia se envolver num caso assim. *Implicaria prestar depoimento, o que consumiria muito tempo.*

— Não tenho a menor idéia. Apenas fiz a indagação a pedido de um amigo russo. Obrigado, Fred.

Tyler encontrou Dmitri Kaminsky em seu quarto, lendo uma revista pornográfica. Dmitri levantou-se quando ele entrou.

— Quero que arrume suas coisas e saia daqui.

Dmitri fitou-o nos olhos.

— Qual é o problema?

— Estou lhe dando uma opção. Ou você sai daqui até o final da tarde ou avisarei à polícia russa onde pode encontrá-lo.

Dmitri empalideceu.

— Está me entendendo?

— *Da.* Eu compreendo.

Tyler foi falar com o pai. *Ele vai ficar satisfeito. Prestei-lhe um grande favor.* Encontrou-o em seu escritório.

— Pai, investiguei todos os empregados e...

— Estou impressionado. Encontrou algum garoto bonito para levar para sua cama?

O rosto de Tyler ficou vermelho.

— Pai...

— Você é bicha, Tyler, e sempre será bicha. Não sei como uma coisa que nem você pôde sair de mim. Volte para Chicago e seus amigos da sarjeta.

Tyler ficou imóvel, fazendo um tremendo esforço para se controlar.

— Está bem.

Ele começou a se retirar.

— Há qualquer coisa sobre os empregados que eu deva saber?

Tyler virou-se, estudou o pai.

— Não — respondeu ele, falando bem devagar. — Absolutamente nada.

Quando voltou ao quarto de Kaminsky, Tyler encontrou-o fazendo as malas.

— Vou embora — murmurou Kaminsky, soturno.

— Não precisa. Mudei de idéia.

Dmitri fitou-o, perplexo.

— Como?

— Não quero que vá embora. Quero que continue aqui, como segurança de meu pai.

— Mas... e aquela outra coisa?

— Vamos esquecê-la.

Dmitri mostrou-se cauteloso.

— Por quê? O que quer de mim?

— Quero que seja meus olhos e meus ouvidos aqui. Preciso de alguém para vigiar meu pai, me informar de tudo o que acontecer.

— Por que eu?

— Porque se fizer o que estou dizendo, não vou entregá-lo aos russos. E porque vou torná-lo rico.

Dmitri Kaminsky estudou-o em silêncio por um momento. Um lento sorriso iluminou seu rosto.

— Eu ficarei.

Foi o gambito de abertura. O primeiro peão fora deslocado.

Isso acontecera dois anos antes. De vez em quando Dmitri passava informações a Tyler. Em grande parte, eram notícias sem importância sobre o último romance de Harry Stanford ou dados fragmentados sobre negócios que Dmitri ouvia. Tyler já começava a pensar que cometera um erro, que deveria ter entregado Dmitri à polícia. Até que viera o telefonema decisivo da Sardenha, e o jogo dera seus frutos.

Estou com seu pai no iate. Ele acaba de ligar para o advogado. Vai se encontrar com ele em Boston, na segunda-feira, para mudar o testamento.

Tyler pensou em todas as humilhações que o pai lhe infligira e sentiu uma raiva terrível. *Se ele mudar o testamento, terei suportado todos esses anos de insultos por nada. Não permitirei que ele escape impune a tudo o que me fez! E só há uma maneira de detê-lo.*

— Dmitri, quero que volte a me telefonar no sábado.

— Certo.

Tyler desligou, continuou sentado, pensando.

Era tempo de acionar o cavalo.

Capítulo Dezesseis

No tribunal criminal do condado de Cook havia um fluxo constante de réus acusados de incêndio criminoso, estupro, tráfico de drogas, homicídio e uma ampla variedade de outras atividades ilegais e repulsivas. No curso de um mês, o juiz Tyler Stanford lidava com pelo menos meia dúzia de casos de homicídio. A maioria nunca ia a julgamento, já que os advogados do réu propunham um acordo e o estado, por causa da agenda sempre cheia dos tribunais e da superlotação dos presídios, em geral concordava. As duas partes definiam o acordo e submetiam à aprovação do juiz Stanford.

O caso de Hal Baker foi uma exceção.

Hal Baker era um homem com boas intenções e muito azar. Quando tinha quinze anos, o irmão mais velho o persuadira a ajudar no assalto a uma mercearia. Hal ainda tentou dissuadi-lo; como não conseguiu, resolveu acompanhá-lo. Ele foi preso, enquanto o irmão escapava. Dois anos mais tarde, ao deixar o reformatório, Hal estava determinado a nunca mais se meter em encrencas com a polícia. Um mês depois, foi com um amigo a uma joalheria.

— Quero comprar um anel para minha namorada — disse o amigo.

Mas assim que entrou na joalheria, o amigo tirou um revólver do bolso e gritou:

— É um assalto!

Na confusão subseqüente, um empregado levou um tiro fatal. Hal Baker foi preso por assalto a mão armada. O amigo escapou.

Quando Baker estava na prisão, Helen Gowan, uma assistente social que estudara o seu caso e ficara com pena dele, foi visitá-lo. Foi amor à primeira vista, e Baker casou com Helen assim que saiu da prisão. Durante os oito anos seguintes eles tiveram quatro filhos adoráveis.

Hal Baker adorava sua família. Por causa dos antecedentes criminais, tinha dificuldade em arrumar empregos, e para sustentar a família acabou aceitando, embora relutante, trabalhar para o irmão, executando vários atos de incêndio criminoso, assalto e agressão. Infelizmente para Baker, ele foi preso em flagrante ao cometer um assalto. O julgamento coube ao tribunal do juiz Tyler Stanford.

Era tempo para a sentença. Baker não era primário, tinha antecedentes de delinqüência juvenil, e o caso era tão patente que os assistentes do promotor distrital começaram a fazer apostas sobre quantos anos o juiz Stanford lhe daria.

— Ele vai condená-lo por todas as acusações — comentou um dos assistentes. — Aposto que lhe dará pelo menos vinte anos. Não é por nada que chamam Stanford de Juiz Draconiano.

Hal Baker, que sentia no fundo do coração que era inocente, atuou como seu próprio advogado. Apresentou-se em seu melhor terno e declarou:

— Meritíssimo, sei que cometi um erro, mas somos todos humanos, não é? Tenho uma esposa maravilhosa e quatro filhos. Gostaria que pudesse conhecê-los, meritíssimo... são maravilhosos. O que eu fiz, foi por eles.

Tyler Stanford escutava com o rosto impassível. Esperava que Hal Baker terminasse para passar a sentença. *Esse idiota pensa realmente que vai conseguir escapar com uma história sentimental?* Hal Baker estava concluindo:

— ... e assim, meritíssimo, embora eu tenha feito a coisa errada, agi pelo motivo certo: a família. Não preciso lhe dizer o quanto isso é importante. Se eu for para a prisão, minha esposa e filhos passarão fome. Sei que cometi um erro, mas estou disposto a repará-lo. Farei qualquer coisa que quiser que eu faça, meritíssimo...

E essa foi a frase que atraiu a atenção de Tyler Stanford. Ele fitou o réu à sua frente com um novo interesse. *Qualquer coisa que quiser que eu faça.* E de repente Tyler teve o mesmo instinto que sentira em relação a Dmitri Kaminsky. Ali estava um homem que um dia poderia lhe ser útil. Para total espanto do promotor, Tyler disse:

— Sr. Baker, há circunstâncias atenuantes neste caso. Por causa delas e por causa de sua família, vou pô-lo em *sursis* por cinco anos. Espero que cumpra seiscentas horas de serviços públicos. Venha para o meu gabinete e acertaremos tudo.

Na privacidade de seu gabinete, Tyler disse:

— Eu ainda poderia mandá-lo para a prisão por muito e muito tempo.

Hal Baker empalideceu.

— Mas acabou de dizer, meritíssimo...

Tyler inclinou-se para a frente.

— Sabe qual é a coisa que mais impressiona em você?

Hal Baker tentou imaginar o que tinha para impressionar os outros.

— Não, meritíssimo.

— Os sentimentos pela família. É uma coisa que admiro.

Hal Baker se animou.

— Obrigado, senhor. A família é a coisa mais importante no mundo para mim. Eu...

— Neste caso, não gostaria de perdê-la, não é mesmo? Se eu mandá-lo para a prisão, seus filhos crescerão sem a presença do pai e sua esposa provavelmente encontrará outro homem. Percebe aonde estou querendo chegar?

Hal Baker estava aturdido.

— Não, meritíssimo. Não exatamente.

— Estou salvando-o para sua família, Baker. E gostaria de pensar que vai se mostrar grato.

Hal Baker declarou, com todo fervor:

— E estou, meritíssimo! Não tenho palavras para dizer como me sinto grato!

— Talvez possa me provar isso no futuro. Posso chamá-lo para cumprir pequenas missões para mim.

— *Qualquer coisa!*

— Ótimo. Vou mantê-lo em *sursis*, e se descobrir qualquer coisa em seu comportamento que me desagrade...

— Basta me dizer o que quer, meritíssimo.

— Eu o avisarei quando chegar o momento. Até lá, esta conversa ficará estritamente confidencial, entre nós.

Hal Baker pôs a mão no coração.

— Morrerei antes de contar a alguém.

— É isso aí — murmurou Tyler.

Foi pouco depois disso que Tyler recebeu o telefonema de Dmitri Kaminsky: *Seu pai acaba de telefonar para o advogado. Vai se encontrar com ele em Boston na segunda-feira, para mudar o testamento.*

Tyler compreendeu que tinha de conhecer o testamento atual. Era o momento de acionar Hal Baker.

— ... o nome da firma é Renquist, Renquist e Fitzgerald. Tire uma cópia do testamento e me traga.

— Não é problema. Cuidarei de tudo, meritíssimo.

Doze horas depois, Tyler tinha uma cópia do testamento nas suas mãos. Leu-a com um sentimento de exultação. Ele, Woody e Kendall eram os únicos herdeiros. *E na segunda-feira o pai planeja mudar o testamento. O desgraçado vai nos afastar de sua herança*, pensou Tyler, amargurado. *Depois de tudo o que sofremos... os bilhões nos pertencem! Ele fez com que nós merecêssemos!* Só havia uma maneira de impedi-lo.

Ao receber o segundo telefonema de Dmitri, Tyler disse:

— Quero que você o mate. Esta noite.

Houve um silêncio prolongado.

— Mas se eu for apanhado...

— Não se deixe apanhar. Estará no mar. Muitas coisas podem acontecer no mar.

— Está certo. E depois...?

— O dinheiro e uma passagem de avião para a Austrália estarão à sua espera.

E, mais tarde, o último e maravilhoso telefonema.

— Está feito. Foi fácil.

— Não! Não! Não! Quero saber os detalhes. Conte-me tudo. Não deixe nada fora...

Enquanto escutava, Tyler podia visualizar a cena se desenrolando à sua frente.

— Foi durante uma tempestade, a caminho da Córsega. Ele me pediu que fosse ao seu camarote para lhe aplicar uma massagem.

Tyler descobriu-se a apertar o fone com toda força.

— Continue...

Dmitri teve de fazer um grande esforço para manter o equilíbrio contra o balanço do iate, ao se encaminhar para o camarote de Harry Stanford. Bateu na porta e, depois de um instante, ouviu a voz de Stanford:

— Entre!

Stanford estava estendido na mesa de massagem.

— Sinto uma dor lombar.

— Cuidarei disso. Apenas relaxe, Sr. Stanford.

Dmitri passou óleo nas costas de Stanford. Seus dedos fortes começaram a trabalhar, pressionando com habilidade os músculos tensos. Sentiu que Stanford começava a relaxar.

— Está ótimo — murmurou Stanford, suspirando.

— Obrigado.

A massagem durou uma hora e Stanford quase adormecera quando Dmitri acabou.

— Vou lhe preparar um banho quente — disse Dmitri.

Ele foi para o banheiro, cambaleando com os movimentos do iate. Abriu a torneira de água do mar quente na banheira de ônix preto e voltou ao quarto. Stanford continuava deitado na mesa de massagem, os olhos fechados.

— Sr. Stanford...

Stanford abriu os olhos.

— Seu banho está pronto.

— Acho que não preciso...

— Vai ajudá-lo a ter uma boa noite de sono.

Ele ajudou Stanford a sair da mesa e ir para o banheiro. Observou-o arriar para a banheira.

Stanford fitou os olhos frios de Dmitri e nesse instante o instinto lhe disse o que estava prestes a acontecer.

— Não! — gritou ele, começando a se levantar.

Dmitri pôs as mãos enormes no topo da cabeça de Harry Stanford, e empurrou-a para baixo d'água. Stanford se debateu violentamente, tentando erguer a cabeça para respirar, mas não era adversário para o gigante. Dmitri o manteve no fundo, e a água do mar foi entrando nos pulmões da vítima, até que todo movimento cessou. Ele ficou imóvel por um momento, respirando com dificuldade, depois cambaleou para o quarto.

Dmitri foi até a escrivaninha, pegou alguns papéis, depois abriu a porta de vidro para a varanda, deixando entrar o vento uivante. Espalhou alguns papéis pela varanda, jogou outros no mar.

Satisfeito, voltou ao banheiro, pegou o corpo de Stanford. Vestiu-lhe um pijama, chambre e chinelos, carregou o corpo para a varanda. Dmitri parou na amurada por um instante, e depois jogou o corpo no mar. Contou cinco segundos, antes de pegar o interfone e gritar:

— Homem ao mar!

Escutando Dmitri relatar como cometera o assassinato, Tyler experimentou uma emoção sexual. Podia sentir a água do mar enchendo os pulmões do pai, o esforço para respirar, o terror. E, depois, o nada.

Acabou, pensou Tyler. Mas ele logo se corrigiu: *Não. O jogo está apenas começando. É tempo de acionar a rainha.*

Capítulo Dezessete

A última peça de xadrez se ajustou no lugar devido por acaso.

Tyler estivera pensando no testamento do pai, e se indignara porque Woody e Kendall receberiam partes iguais à sua. *Eles não merecem. Se não fosse por mim, ambos seriam cortados do testamento. Nada teriam. Não é justo, mas o que posso fazer?*

Ele tinha uma cota, que a mãe lhe dera há muito tempo, e recordou as palavras do pai: *O que você pensa que ele vai fazer com essa cota? Assumir o controle da companhia?*

Tyler pensou: *Woody e Kendall, juntos, possuem dois terços da participação do pai na Stanford Enterprises. Como poderei obter o controle apenas com uma única cota extra?* E foi nesse momento que a solução lhe ocorreu, tão engenhosa que o deixou aturdido.

Devo também informá-los de que há uma possibilidade de surgir outra herdeira... O testamento de seu pai estipula expressamente que a herança deve ser dividida em partes iguais entre sua prole... O pai de vocês, há muitos anos, teve uma criança com uma governanta que trabalhou aqui...

Se Julia aparecesse, seríamos quatro, pensou Tyler. *E se eu pudesse controlar a parte dela, teria então cinqüenta por cento da parte do pai, mais o um por cento que já possuo. Poderia assumir o comando da Stanford Enterprises. Poderia sentar na cadeira de meu pai.* Seu próximo pensamento foi: *Rosemary deve ter morrido e é bem provável que jamais tenha revelado à filha quem era seu pai. Por que tem de ser a verdadeira Julia Stanford?*

A resposta era Margo Posner.

Ele a conhecera dois meses antes, quando seu tribunal entrara em sessão. O escrevente virou-se para os presentes e disse:

— O Tribunal Criminal do Condado de Cook está agora em sessão, sob a presidência do meritíssimo juiz Tyler Stanford. Levantem-se todos.

Tyler veio de seu gabinete e sentou na bancada. Olhou para a agenda. O primeiro processo em julgamento era *O Estado de Illinois x Margo Posner*. As acusações eram de agressão e tentativa de homicídio. O promotor levantou-se.

— Meritíssimo, a ré é uma pessoa perigosa, que deve ser mantida fora das ruas de Chicago. O estado provará que a ré tem longos antecedentes criminais. Foi condenada por furto, apropriação indébita e é uma conhecida prostituta. Era uma das mulheres que trabalhavam para um notório proxeneta chamado

Rafael. Em janeiro deste ano eles tiveram uma altercação, e a ré, a sangue-frio, atirou nele e em seu companheiro.

— Qualquer das vítimas morreu? — perguntou Tyler.

— Não, meritíssimo. Foram hospitalizadas com ferimentos graves. O revólver em poder de Margo Posner era ilegal.

Tyler olhou para a ré e ficou surpreso. Ela não se ajustava à imagem do que acabara de ouvir a seu respeito. Era uma jovem atraente e bem-vestida, de vinte e tantos anos, com uma suave elegância, em contradição com as acusações. *Isso serve para provar que nunca se pode saber como é de fato uma pessoa*, pensou Tyler, irônico.

Ele escutou os argumentos dos dois lados, mas seus olhos eram atraídos a todo instante para a ré. Havia alguma coisa nela que o lembrava de sua irmã.

Apresentadas as alegações finais, o júri começou a deliberar, e em menos de quatro horas apresentou o veredicto de culpada de todas as acusações. Tyler fitou a ré e declarou:

— O tribunal não pode encontrar nenhuma circunstância atenuante neste caso. Assim, é condenada a cinco anos no Centro Correcional Dwight... Próximo caso.

E foi só quando Margo Posner estava sendo retirada do tribunal que Tyler compreendeu o que havia nela que o lembrava de Kendall. Margo possuía os mesmos olhos cinza-escuros. Os olhos dos Stanfords.

Tyler não tornou a pensar em Margo Posner até receber o telefonema de Dmitri.

A parte inicial da partida de xadrez fora concluída com sucesso. Tyler planejara cada movimento em sua mente. Usou o gambito da rainha clássico: recusar a abertura proposta, avançar o peão da rainha por duas casas. Era tempo de entrar na parte intermediária do jogo.

Tyler foi visitar Margo Posner na penitenciária feminina.

— Lembra-se de mim? — perguntou ele.

Ela fitou-o nos olhos.

— Como poderia me esquecer? Foi quem me enviou para cá.

— Como está indo?

Margo fez uma careta.

— Deve estar brincando! Isto é um buraco infernal!

— Gostaria de sair daqui?

— Se eu gostaria de sair? Fala sério?

— Muito sério. Posso dar um jeito.

— Mas... seria maravilhoso! Muito obrigada! Mas o que tenho de fazer em troca?

— Há uma coisa que quero que você faça por mim.

Ela assumiu uma expressão provocante.

— Claro. Isso não é problema.

— Não é nisso que estou pensando.

Margo indagou, cautelosa:

— E no que está pensando, juiz?

— Quero que me ajude a fazer uma brincadeira com alguém.

— Que tipo de brincadeira?

— Quero que represente outra pessoa.

— Representar outra pessoa? Eu não saberia como...

— Há vinte e cinco mil dólares à sua espera.

A expressão de Margo se transformou.

— Claro. Posso representar qualquer pessoa. Em quem está pensando?

Tyler inclinou-se para a frente e começou a falar.

Tyler providenciou para que Margo Posner fosse libertada, sob sua custódia. Explicou a Keith Percy, o presidente do tribunal:

— Soube que ela é uma artista talentosa e está ansiosa em levar uma vida normal e decente. Acho que é importante reabilitar esse tipo de pessoa sempre que possível. Não concorda?

Keith se mostrou impressionado e surpreso.

— Claro que concordo, Tyler. É uma coisa maravilhosa o que está fazendo.

Tyler levou Margo para sua casa e passou cinco dias inteiros instruindo-se sobre a família Stanford.

— Quais são os nomes de seus irmãos?

— Tyler e Woodruff.

— Woodrow.

— Isso mesmo... Woodrow.

— Como o chamamos?

— Woody.

— Você tem uma irmã?

— Tenho. Kendall. Ela é estilista.

— E é casada?

— É casada com um francês. O nome dele é... Marc Renoir.

— Renaud.

— Renaud.

— Qual era o nome de sua mãe?

— Rosemary Nelson. Era governanta das crianças Stanfords.

— Por que ela foi embora?

— Trepou com...

— Margo!

— Ela foi engravidada por Harry Stanford.

— O que aconteceu com a Sra. Stanford?

— Ela cometeu suicídio.

— O que sua mãe lhe contou sobre as crianças Stanfords?

Margo pensou por um momento.

— E então?

— Houve a ocasião em que você caiu do pedalinho.

— Não caí! — exclamou Tyler. — *Quase* caí.

— Certo. Woody quase foi preso por colher flores no Jardim Botânico.

— Isso aconteceu com Kendall...

Ele foi rigoroso. Repassaram o roteiro muitas e muitas vezes, pela noite afora, até Margo ficar exausta.

— Kendall foi mordida por um cachorro.

— *Eu* fui mordido por um cachorro.

Ela esfregou os olhos.

— Não consigo mais pensar direito. Estou cansada demais. Preciso dormir um pouco.

— Pode dormir depois!

— Por quanto tempo isso vai continuar? — indagou Margo, com expressão de desafio.

— Até eu achar que você está pronta. E agora vamos recomeçar.

Os ensaios prosseguiram, até Margo saber de tudo na ponta da língua. Quando chegou o dia em que ela podia responder a todas as perguntas, Tyler ficou satisfeito.

— Você está pronta agora.

Tyler entregou-lhe alguns documentos legais.

— O que é isto?

— É apenas um detalhe técnico.

Pelo documento que assinou, Margo cedia sua participação no espólio Stanford a uma empresa, controlada por outra, que por sua vez era controlada por uma subsidiária no exterior, cujo único dono era Tyler Stanford. Não havia possibilidade de se rastrear a transação até Tyler. Ele deu a Margo cinco mil dólares em dinheiro.

— Receberá o resto depois que o trabalho for concluído. *Se* conseguir convencer todo mundo de que é mesmo Julia Stanford.

Desde o momento em que Margo se apresentou em Rose Hill, Tyler assumiu o papel de advogado do diabo. Era o movimento antiposicional clássico do xadrez.

Tenho certeza que pode compreender nossa situação, Srta.... hã... Sem alguma prova positiva, não há possibilidade de aceitarmos...

... Acho que a moça é uma fraude...

... Quantos criados trabalharam nesta casa quando éramos crianças? ... Dezenas, não é mesmo? E alguns poderiam saber de tudo que essa moça nos contou... E qualquer um poderia também ter dado aquela foto a ela... Não vamos esquecer que há muito dinheiro envolvido...

O movimento decisivo fora sua exigência de um teste de DNA. Ele telefonara para Hal Baker e dera uma instrução: *Desenterre o corpo de Harry Stanford e dê um sumiço nele.*

E depois sua inspiração de chamar um detetive particular. Com a família presente, ligara para o gabinete do promotor distrital em Chicago.

Aqui é o juiz Tyler Stanford. Soube que vocês contratam de vez em quando um detetive particular que costuma realizar um excelente trabalho. O nome dele é Simmons ou...

Deve estar se referindo a Frank Timmons.

É isso mesmo, Timmons! Poderia me dar o endereço dele, para eu poder entrar em contato diretamente?

Em vez disso, ele chamara Hal Baker, e apresentara-o como Frank Timmons.

A princípio, Tyler planejara que Hal Baker apenas fingisse que investigava Julia Stanford, mas depois decidiu que o relatório impressionaria muito mais se o trabalho fosse genuíno. A família aceitara as descobertas de Baker sem questionar.

O plano de Tyler transcorrera sem qualquer contratempo. Margo Posner desempenhara seu papel com perfeição e as impressões digitais haviam sido o remate final. Todos estavam convencidos de que ela era a verdadeira Julia Stanford.

Confesso que me sinto contente por tudo estar resolvido. Vou subir para perguntar se ela precisa de alguma ajuda.

Ele subiu, atravessou o corredor até o quarto dela, bateu na porta e chamou:

Julia?

Está aberta. Pode entrar.

Tyler ficou parado na porta, e os dois se fitaram em silêncio. Depois, ele fechou a porta, estendeu as mãos e se desmanchou num sorriso, enquanto murmurava:

Conseguimos, Margo! Conseguimos!

Capítulo Dezoito

No escritório de Renquist, Renquist & Fitzgerald, Steve Sloane e Simon Fitzgerald estavam tomando um café.

— Como disse o grande bardo, "Há algo de podre no reino da Dinamarca".

— O que o incomoda? — perguntou Fitzgerald.

Steve suspirou.

— Não tenho certeza. É a família Stanford. Eles me deixam perplexo.

Simon Fitzgerald soltou uma risada.

— Junte-se ao clube.

— Sempre volto à mesma pergunta, Simon, mas não consigo encontrar a resposta.

— Qual é a pergunta?

— A família se mostrou ansiosa em exumar o corpo de Harry Stanford, a fim de comparar seu DNA com o da mulher. Assim, acho que temos de presumir que o único motivo possível para se livrarem do corpo seria o de garantir que o DNA da mulher *não* pudesse ser comparado com o de Harry Stanford. E a única pessoa que teria alguma coisa a ganhar com isso seria a própria mulher, se fosse uma impostora.

— Tem razão.

— E, no entanto, esse detetive particular, Frank Timmons... verifiquei com o gabinete do promotor distrital em Chicago e ele tem mesmo uma excelente reputação... apresentou impressões digitais que confirmam que ela é a verdadeira Julia Stanford. Resta minha pergunta: quem desenterrou o corpo de Harry Stanford e por quê?

— É uma pergunta de um bilhão de dólares. Se...

O interfone tocou. A voz de uma secretária informou:

— Sr. Sloane, uma ligação no dois.

Steve Sloane atendeu.

— Alô?

A voz no outro lado da linha disse:

— Sr. Sloane, aqui é o juiz Stanford. Eu agradeceria se pudesse vir a Rose Hill esta manhã.

Steve Sloane olhou para Fitzgerald.

— Está bem. Dentro de uma hora?

— Ótimo. Obrigado.

Steve desligou.

— Solicitam minha presença na casa dos Stanfords.

— Eu me pergunto o que eles querem.

— Dez contra um como querem apressar a homologação do testamento, a fim de pôr as mãos em todo aquele lindo dinheiro.

— Lee? Sou eu, Tyler. Como tem passado?

— Muito bem, obrigado.

— Sinto muita saudade.

Houve uma breve pausa.

— Também tenho saudade de você, Tyler.

As palavras o deixaram emocionado.

— Lee, tenho uma notícia sensacional. Não posso explicar pelo telefone, mas é uma coisa que vai deixá-lo muito feliz. Quando você e eu...

— Tenho de desligar agora, Tyler. Há alguém me esperando.

— Mas...

A ligação foi cortada.

Tyler continuou sentado, e pensou: *Ele não diria que sente saudade de mim se não fosse verdade.*

Com exceção de Woody e Peggy, a família se encontrava reunida na sala de estar de Rose Hill. Steve estudou seus rostos.

O juiz Stanford parecia bastante relaxado.

Steve olhou para Kendall. Ela parecia anormalmente tensa. O marido viera de Nova York no dia anterior para a reunião. Steve fitou Marc. O francês era bem-apessoado, uns poucos anos mais jovem do que a esposa.

E havia Julia. Ela parecia considerar sua aceitação na família com muita calma. *Eu esperaria que uma pessoa que acaba de herdar um bilhão de dólares se mostrasse um pouco mais excitada*, pensou Steve.

Ele tornou a contemplar cada rosto, especulando se um deles fora o responsável pelo desaparecimento do corpo de Harry Stanford; e neste caso, qual deles? E por quê? Tyler estava falando:

— Sr. Sloane, estou a par das leis de sucessão no Illinois, mas não sei até que ponto divergem das leis de Massachusetts.

Gostaríamos de saber se não há algum meio de apressar o procedimento.

Steve sorriu para si mesmo. *Eu deveria ter apostado com Simon.*

— Já estamos trabalhando nisso, juiz Stanford.

Tyler sugeriu, incisivo:

— O nome Stanford pode ajudar a acelerar tudo.

Ele tem razão nesse ponto, pensou Steve.

— Farei tudo o que puder. Se for possível...

Soaram vozes na escada.

— Cale a boca, sua vaca estúpida! Não quero ouvir mais nenhuma palavra! Está me entendendo?

Woody e Peggy entraram na sala. Peggy tinha o rosto bastante inchado e um olho preto. Woody sorria, os olhos faiscando.

— Olá para todos. Espero que a festa não tenha terminado.

As pessoas olhavam para Peggy, em choque. Kendall levantou-se.

— O que aconteceu com você?

— Nada. Eu... esbarrei numa porta.

Woody sentou-se. Peggy acomodou-se ao seu lado. Woody afagou a mão dela e perguntou, solícito:

— Você está bem, minha cara?

Peggy acenou com a cabeça, não confiando em si mesma para falar.

— Ótimo. — Woody virou-se para os outros. — E agora me digam: o que eu perdi?

Tyler fitou-o com um ar de desaprovação.

— Apenas perguntei ao Sr. Sloane se podia apressar a homologação do testamento.

Woody sorriu.

— Isso seria uma beleza. — Ele olhou para Peggy. — Não gostaria de comprar algumas roupas novas, querida?

— Não preciso de nenhuma roupa nova — murmurou ela.

— É verdade. Você não vai a lugar algum, não é? — Ele tornou a se virar para os outros. — Peggy é muito tímida. Nunca tem nada sobre o que conversar, não é?

Peggy levantou-se e saiu correndo da sala.

— Vou ver se ela está bem — disse Kendall, levantando-se e saindo apressada atrás de Peggy.

Por Deus!, pensou Steve. *Se Woody se comporta assim na frente dos outros, como deve ser quando fica a sós com a esposa?*

Woody olhou para Steve.

— Há quanto tempo trabalha na firma de advocacia de Fitzgerald?

— Cinco anos.

— Acho que nunca saberei como eles suportavam trabalhar para meu pai.

Steve escolheu as palavras com cuidado:

— Soube que seu pai era... podia ser um homem difícil.

Woody soltou uma risada.

— Difícil? Ele era um monstro de duas pernas. Sabia que ele tinha apelidos para todos nós? O meu era Charlie. Por causa de Charlie McCarthy, o boneco de um ventríloquo chamado Edgar Bergen. Chamava minha irmã de Pônei, pois dizia que ela tinha cara de cavalo. Tyler era chamado...

Steve interrompeu-o, contrafeito:

— Acho que não deveria...

Woody sorriu.

— Não tem problema. Um bilhão de dólares podem curar muitas feridas.

Steve levantou-se.

— Se não há mais nada, acho melhor eu ir embora.

Mal podia esperar para sair daquela casa, respirar um pouco de ar fresco.

Kendall encontrou Peggy no banheiro, aplicando uma compressa fria no rosto inchado.

— Você está bem, Peggy?

Peggy virou-se.

— Estou, sim. Obrigada. Eu... peço desculpa pelo que aconteceu lá embaixo.

— Você se desculpar? Deveria estar furiosa. Há quanto tempo ele a espanca?

— Ele não me espanca — murmurou Peggy, obstinada. — Esbarrei numa porta.

Kendall se adiantou.

— Por que atura isso, Peggy? Não precisa.

Houve uma pausa.

— Preciso, sim.

Kendall ficou aturdida.

— Por quê?

Peggy virou-se para ela.

— Porque eu o amo. — Ela continuou, as palavras saindo incontroláveis: — E ele também me ama. Pode acreditar que Woody nem sempre se comporta assim. A verdade é que ele... Às vezes Woody não é ele próprio.

— Ou seja, quando ele toma drogas.

— Não!

— Peggy...

— Não!

— Peggy...

Peggy hesitou.

— Acho que sim.

— Quando começou?

— Logo depois que casamos. — A voz de Peggy era trêmula. — Começou por causa de uma partida de pólo. Woody caiu do pônei, ficou bastante machucado. Enquanto esteve no hospital, deram as drogas para aliviar a dor. Foram *eles* que o fizeram começar.

Ela fitou Kendall com uma expressão suplicante.

— Percebe agora que não foi culpa dele, não é? Depois que saiu do hospital, Woody... Woody continuou a usar drogas. E sempre que eu tentava convencê-lo a parar... ele me batia.

— Pelo amor de Deus, Peggy! Ele precisa de ajuda. Não entende isso? Ele não pode conseguir sozinho. É um viciado em drogas. O que ele toma? Cocaína?

— Não. — Uma breve pausa. — Heroína.

— Oh, Deus! Não pode convencê-lo a procurar ajuda?

— Já tentei. — A voz de Peggy era um sussurro. — Não pode imaginar o quanto tentei. Ele já esteve em três hospitais de reabilitação.

Peggy respirou fundo, balançou a cabeça.

— Woody fica bem por algum tempo, mas depois... começa de novo. Ele... não consegue se controlar.

Kendall abraçou-a.

— Sinto muito...

Peggy forçou um sorriso.

— Tenho certeza que Woody ainda vai ficar bom. Ele se esforça. Juro que se esforça. — O rosto dela se iluminou. — Assim que casamos, ele era muito divertido. Ríamos durante todo o tempo. Ele me dava pequenos presentes e... — Os olhos de Peggy se encheram de lágrimas. — Eu o amo tanto!

— Se houver alguma coisa que eu possa fazer...

— Obrigada. — Peggy suspirou. — Eu gostaria muito.

Kendall apertou a mão dela.

— Voltaremos a conversar.

Kendall desceu a escada para se juntar aos outros. Estava pensando: *Quando éramos crianças, antes de mamãe morrer, fazíamos planos maravilhosos. "Você vai ser uma estilista fa-*

mosa, mana, e eu serei o maior atleta do mundo!" E o mais triste de tudo é que ele poderia mesmo se tornar um grande atleta. Agora está assim.

Kendall não sabia se sentia mais pena de Woody ou de Peggy. Quando ela chegou ao fundo da escada, Clark se aproximou, trazendo uma carta numa bandeja.

— Com licença, Srta. Kendall. Um mensageiro acaba de entregar esta carta.

Kendall olhou aturdida para o envelope.

— Mas quem...? — Ela acenou com a cabeça, pegou o envelope. — Obrigada, Clark.

Ela abriu o envelope, começou a ler a carta, empalideceu.

— Não! — balbuciou ela.

Seu coração batia forte, e ela sentiu uma onda de vertigem. Ficou parada ali, apoiando-se numa mesa, enquanto tentava recuperar o fôlego.

Depois de um momento, seguiu para a sala de estar, muito pálida. A reunião estava terminando.

— Marc... — Kendall fez um esforço para parecer calma. — Podemos conversar por um minuto?

Ele fitou-a, preocupado.

— Claro.

Tyler perguntou à irmã:

— Você está bem?

Kendall forçou um sorriso.

— Estou, sim, obrigada.

Ela pegou a mão de Marc e subiram. Kendall fechou a porta assim que entraram no quarto.

— O que aconteceu? — perguntou Marc.

Kendall entregou-lhe o envelope. A carta dizia:

Prezada Sra. Renaud:

Parabéns! Nossa Associação de Proteção da Vida Selvagem ficou muito satisfeita ao saber de sua sorte. Como é tão interessada pelo trabalho que realizamos, esperamos continuar a contar com seu apoio. Por isso, agradeceríamos se depositasse um milhão de dólares em nossa conta bancária numerada em Zurique nos próximos dez dias. Aguardamos ansiosos por breves notícias suas.

Como nas outras cartas datilografadas, todos os Es eram quebrados.

— Filhos da puta! — explodiu Marc.

— Como eles descobriram que eu estava aqui?

Marc comentou, amargurado:

— Só precisavam pegar um jornal. — Ele leu a carta de novo, balançou a cabeça. — Não vão parar por aqui. Temos de procurar a polícia.

— Não! — gritou Kendall. — Não podemos fazer isso! É tarde demais! Será que não entende? Seria o fim de tudo! *De tudo!*

Marc abraçou-a, apertou-a com força.

— Está bem. Encontraremos uma saída.

Mas Kendall sabia que não havia nenhuma saída.

Acontecera poucos meses antes, no que começara como um glorioso dia de primavera. Kendall foi à festa de aniversário de uma amiga, em Ridgefield, Connecticut. A festa estava maravilhosa e ela conversou com várias amigas antigas. Tomou uma taça de champanhe. No meio de uma conversa, olhou subitamente para o relógio.

— Oh, não! Nem tinha idéia de que já era tão tarde! Marc está me esperando.

Houve despedidas apressadas, Kendall pegou seu carro e partiu. Voltando para Nova York, decidiu entrar numa estrada cheia de curvas até a I-684. Desenvolvia uma velocidade de quase oitenta quilômetros horários quando, ao virar uma curva fechada, avistou um carro estacionado no lado direito da estrada. Numa reação automática, Kendall desviou-se para a esquerda. Nesse momento, uma mulher com uma braçada de flores recém-colhidas começou a atravessar a estrada estreita. Kendall ainda fez um esforço frenético para evitá-la, mas já era tarde demais.

Tudo aconteceu num relance confuso. Ela ouviu um baque angustiante ao atingir a mulher com o pára-lama dianteiro esquerdo. Parou o carro, com um ranger dos pneus, todo o seu corpo tremendo violentamente. Voltou correndo para o ponto da estrada em que a mulher estava caída, ensangüentada.

Kendall ficou parada ali, como se congelada. Acabou se abaixando, virou a mulher, fitou seus olhos vidrados.

— Oh, Deus! — balbuciou Kendall.

Sentiu a bílis subir pela garganta. Levantou os olhos, desesperada, sem saber o que fazer. Virou-se, em pânico. Não havia nenhum carro à vista. *Ela morreu*, pensou Kendall. *Não posso ajudá-la. Não foi culpa minha, mas vão me acusar de direção perigosa, encontrarão vestígios de álcool em meu sangue. Irei para a prisão!*

Ela lançou um último olhar para o corpo da mulher e voltou apressada para seu carro. O pára-lama dianteiro esquerdo estava amassado, com manchas de sangue. *Tenho de guardar o carro numa garagem*, pensou Kendall. *A polícia vai procurá-lo.* Ela partiu.

Pelo resto do percurso até Nova York, Kendall não parou de olhar pelo espelho retrovisor, esperando avistar a qualquer instante a luz vermelha piscando, ouvir o som da sirene. Foi direto para a garagem na rua 96 em que guardava o carro. Sam, o dono da garagem, conversava com Red, seu mecânico. Kendall saiu do carro.

— Boa noite, Sra. Renaud — disse Sam.

— Bo... boa noite.

Kendall tinha de fazer o maior esforço para impedir que os dentes batessem.

— Vai deixar o carro aqui pelo resto da noite?

— Vou, sim... por favor.

Red olhava para o pára-lama.

— Deu uma batida e tanto, Sra. Renaud. E parece que tem sangue aqui.

Os dois homens olhavam para ela. Kendall respirou fundo.

— É, sim. Eu... atropelei um veado na estrada.

— Teve sorte de não haver mais danos. Um amigo meu bateu num veado e teve perda total. — Sam sorriu. — Também não sobrou muita coisa do veado.

— Agradeceria se estacionassem o carro.

— Claro.

Kendall foi até a porta da garagem, de onde olhou para trás. Os dois homens examinavam o pára-lama.

Ao chegar em casa, Kendall relatou o terrível acidente a Marc. Ele a abraçou e murmurou:

— Oh, Deus, querida, como pôde...

Kendall estava chorando.

— Não pude evitar. Ela atravessou a estrada bem na minha frente. Tinha... tinha ido colher flores e...

— Não diga mais nada. Tenho certeza que não foi culpa sua. Foi um acidente. Temos de comunicar à polícia.

— Sei disso. Você tem toda razão. Eu... deveria ter ficado lá, esperado pela polícia. Mas... entrei em pânico, Marc. Agora, é um caso de motorista que atropela e foge sem prestar socorro. Mas não havia nada que eu pudesse fazer para ajudá-la. Ela estava morta. Devia ter visto seu rosto. Foi horrível.

Marc a manteve em seus braços por um longo tempo, até que ela se acalmasse. Só então Kendall murmurou, hesitante:

— Marc... temos mesmo de procurar a polícia?

Ele franziu o rosto.

— Como assim?

Ela tentava reprimir a histeria.

— Acabou, não é? Nada pode trazer aquela mulher de volta. De que adiantaria se eles me punissem? Não tive a intenção. Por que não podemos simplesmente fingir que nunca aconteceu?

— Kendall, se algum dia descobrissem...

— Como poderiam descobrir? Não havia ninguém por perto.

— E seu carro? Não ficou amassado?

— Ficou, sim. E eu disse ao atendente da garagem que havia atropelado um veado. — Kendall tinha a maior dificuldade para se controlar. — Ninguém viu o acidente, Marc... Sabe o que aconteceria se me prendessem e me mandassem para a prisão? Eu perderia meu negócio, tudo o que construí ao longo de tantos anos, e para quê? Por uma coisa que já acabou! Uma coisa irremediável!

Ela recomeçou a soluçar. Marc apertou-a entre seus braços.

— Calma, calma... Veremos o que vai acontecer.

Os jornais da manhã deram um grande destaque à notícia. O que proporcionava um drama adicional era o fato de que a morta estava a caminho de Manhattan para casar. O *New York Times* publicou uma reportagem objetiva, mas o *Daily News* e o *Newsday* exploraram o drama sentimental.

Kendall comprou um exemplar de cada jornal e foi se sentindo mais e mais horrorizada pelo que fizera. Sua mente foi invadida por terríveis ses.

Se eu não tivesse ido a Connecticut para a festa de aniversário da minha amiga...

Se eu tivesse ficado em casa naquele dia...

Se eu não bebesse nada...

Se a mulher colhesse as flores alguns segundos antes ou alguns segundos depois...

Sou responsável por assassinar outro ser humano!

Kendall pensou na dor profunda que causara à família da mulher, à família do noivo, e sentiu um frio no estômago.

Segundo os jornais, a polícia pedia informações a qualquer um que pudesse oferecer uma pista para se descobrir a identidade do motorista atropelador.

Eles não têm como me descobrir, pensou Kendall. *Tudo o que tenho de fazer é agir como se nada tivesse acontecido.*

Quando Kendall foi à garagem pegar o carro, na manhã seguinte, encontrou Red ali.

— Limpei o sangue do carro — informou ele. — Quer que conserte o amassado?

Claro! Eu deveria ter pensado nisso antes.

— Quero, sim, por favor.

Red fitava-a com uma expressão estranha. Ou seria a imaginação dela?

— Sam e eu conversamos sobre isso ontem à noite — acrescentou Red. — É curioso. Um veado deveria ter causado um dano muito maior.

O coração de Kendall bateu descompassado. A boca se tornou tão ressequida que ela mal conseguiu falar.

— Era... um veado pequeno.

Red balançou a cabeça.

— Devia ser mesmo bem pequeno.

Kendall pôde sentir que ele a observava ao sair da garagem.

Quando Kendall entrou no escritório, sua secretária, Nadine, perguntou no mesmo instante:

— O que aconteceu com você?

Kendall ficou paralisada.

— Como... como assim?

— Está tremendo toda. Vou buscar um café.

— Obrigada.

Kendall foi até o espelho. Tinha o rosto pálido e contraído. *Todo mundo vai saber só de olhar para mim!* Nadine entrou na sala com uma xícara de café.

— Tome aqui. Isso fará com que se sinta melhor. — Ela fitou Kendall, curiosa. — Está tudo bem?

— Eu... sofri um pequeno acidente ontem — balbuciou Kendall.

— É mesmo? Alguém se machucou?

Kendall viu em sua mente o rosto da morta.

— Não. Atropelei um veado.

— E seu carro?

— Está sendo consertado.

— Ligarei para a seguradora.

— Oh, não, Nadine, por favor!

Kendall viu a surpresa estampada nos olhos da secretária.

A primeira carta chegou dois dias depois:

Prezada Sra. Renaud:

Sou o presidente da Associação de Proteção da Vida Selvagem, que passa por uma necessidade desesperada. Tenho certeza de que gostaria de nos ajudar. A organização precisa de dinheiro para preservar os animais selvagens. Temos um interesse especial por veados. Pode depositar cinqüenta mil dólares na conta numerada 804072-A no

> Crédit Suisse, um banco de Zurique. Sugiro com alguma insistência que o dinheiro esteja na conta dentro dos próximos cinco dias.

Não tinha assinatura. Todos os Es na carta estavam quebrados. Em anexo, havia um recorte de jornal sobre o acidente.

Kendall leu a carta duas vezes. A ameaça era inequívoca. Ela se angustiou sobre o que fazer. *Marc tinha razão*, pensou. *Eu deveria ter procurado a polícia.* Mas agora era tudo pior. Tornara-se uma fugitiva. Se a descobrissem agora, seria a prisão e a desgraça, o fim de seu negócio.

Na hora do almoço, foi a seu banco.

— Quero transferir cinqüenta mil dólares para a Suíça...

Ao voltar para casa, naquela noite, Kendall mostrou a carta a Marc. Ele ficou atordoado.

— Oh, Deus! Quem poderia ter mandado isto?

— Ninguém... ninguém sabe — balbuciou ela, tremendo.

— Kendall, *alguém* sabe.

— Mas não havia ninguém por perto, Marc! Eu...

— Espere um instante. Vamos tentar definir tudo. O que aconteceu exatamente quando você voltou à cidade?

— Nada. Eu... levei o carro para a garagem e...

Kendall parou de falar. *Deu uma batida e tanto, Sra. Renaud. E parece que tem sangue aqui.*

Marc viu a expressão em seu rosto.

— O que foi?

— O dono da garagem e seu mecânico estavam lá. Viram o sangue no pára-lama. Eu disse que tinha atropelado um veado e eles comentaram que o dano deveria ter sido muito maior. — Kendall se lembrou de outra coisa. — Marc...

— O que é?

— Nadine, minha secretária. Contei a mesma coisa a ela. E percebi que também não acreditou. Portanto, só pode ser um dos três.

— Não deve ser.

Ela fitou-o, aturdida.

— Por que não?

— Sente-se, Kendall, e preste atenção. Se algum deles ficasse desconfiado, poderia contar sua história a uma dúzia de pessoas. O relato do acidente saiu em todos os jornais. Seria inevitável que alguém acabasse somando dois mais dois. Acho que a carta é um blefe, a pessoa está querendo testá-la. Foi um erro terrível transferir o dinheiro.

— Mas por quê?

— Porque agora *sabem* que você é culpada, entende? Deu a prova de que precisavam.

— Oh, não! O que devo fazer, Marc?

Marc Renaud pensou por um momento.

— Tenho uma idéia para descobrir quem são esses desgraçados.

Na manhã seguinte, às dez horas, Kendall e Marc estavam sentados na sala de Russell Gibbons, vice-presidente do First Security Bank, de Manhattan.

— Em que posso ajudá-los? — perguntou o Sr. Gibbons.

— Gostaríamos de verificar uma conta numerada num banco em Zurique — respondeu Marc.

— Como assim?

— Queremos saber de quem é a conta.

Gibbons cruzou as mãos sob o queixo.

— Há algum crime envolvido?

Marc se apressou em dizer:

— Não! Por que pergunta?

— A menos que haja alguma espécie de atividade criminosa, como lavagem de dinheiro ou violação das leis da Suíça ou dos Estados Unidos, as autoridades suíças não permitem a quebra do sigilo de suas contas bancárias numeradas. Sua reputação baseia-se na confidência.

— Mas não há algum meio...?

— Lamento, mas não há.

Kendall e Marc trocaram um olhar. O rosto de Kendall era uma máscara de desespero. Marc levantou-se.

— Obrigado por seu tempo.

— Lamento não poder ajudá-los.

Ele os acompanhou até a porta.

Naquela noite, ao entrar na garagem, Kendall não viu Sam nem Red. Estacionou o carro, e ao passar pelo pequeno escritório viu uma máquina de escrever numa mesinha. Parou, especulando se teria a letra E quebrada. *Preciso descobrir*, pensou ela.

Foi até o escritório, hesitou por um momento, depois abriu a porta e entrou. Ao se aproximar da máquina de escrever, Sam surgiu subitamente do nada.

— Boa noite, Sra. Renaud. Posso ajudá-la?

Ela virou-se, sobressaltada.

— Não. Eu... acabo de deixar meu carro. Boa noite.

Kendall se encaminhou apressada para a porta.

— Boa noite, Sra. Renaud.

Pela manhã, quando Kendall passou pelo escritório, a máquina de escrever havia desaparecido. Havia um micro em seu lugar. Sam percebeu que ela olhava para o computador e comentou:

— Bonito, hem? Decidi trazer a garagem para o século XX.

Como ele arrumara o dinheiro?

Quando Kendall contou a Marc, naquela noite, ele comentou, pensativo:

— É uma possibilidade, mas precisamos de prova.

Na manhã de segunda-feira, quando Kendall entrou em seu escritório, deparou com Nadine à espera.

— Está se sentindo melhor, Sra. Renaud?

— Estou, sim. Obrigada.

— Ontem foi meu aniversário, e veja o que meu marido me deu!

Nadine foi até um armário e tirou um luxuoso casaco de pele.

— Não é uma beleza?

Capítulo Dezenove

Julia Stanford gostava de ter Sally como colega de apartamento. Sally era animada, divertida e otimista. Passara por um mau casamento e jurara que nunca mais se envolveria com outro homem. Julia não sabia muito bem qual era a definição de *nunca mais* de Sally, porque ela parecia sair com um homem diferente a cada semana.

— Os homens casados são os melhores — filosofava Sally. — Sentem-se culpados e por isso estão sempre nos comprando presentes. Com um homem solteiro, você tem de perguntar a si mesma: por que ele continua solteiro?

Ela perguntou a Julia:

— Não está saindo com ninguém, não é?

— Não. — Julia pensou em todos os homens que a convidavam. — Não quero sair apenas por sair, Sally. Quero alguém de quem eu goste de fato.

— Pois tenho o homem certo para você! — garantiu Sally. — Vai adorá-lo! O nome dele é Tony Vinetti. Falei com ele sobre você e Tony está ansioso em conhecê-la.

— Acho que não...

— Ele virá buscá-la amanhã de noite, às oito horas.

Tony Vinetti era alto, muito alto, de uma maneira atraente e desgraciosa. Tinha cabelos escuros e abundantes, exibiu um sorriso exuberante, que desarmou Julia por completo.

— Sally não exagerou. Você é mesmo espetacular.

— Obrigada.

Julia experimentou um pequeno tremor de prazer.

— Já esteve no Houston's?

Era um dos melhores restaurantes de Kansas City.

— Não.

A verdade é que ela não tinha condições de comer no Houston's. Nem mesmo com o aumento que recebera.

— Pois é onde temos uma reserva.

Ao jantar, Tony falou o tempo todo sobre si mesmo, mas Julia não se importou. Ele era encantador e divertido. *Ele é deslumbrante*, dissera Sally. E tinha toda razão.

O jantar foi delicioso. Para sobremesa, Julia pediu suflê de chocolate e Tony sorvete. Enquanto se demoravam a tomar o café, Julia pensou: *Será que ele vai me convidar a ir a seu apartamento? E se convidar, eu irei? Não. Não posso fazer isso. Não no primeiro encontro. Ele vai pensar que sou vulgar. Na próxima vez em que sairmos...*

A conta chegou. Tony examinou-a e disse:

— Parece que está certa. — Ele se pôs a enumerar os itens da conta. — Você comeu o patê e a lagosta...

— Isso mesmo.

— Batatas fritas, salada e suflê, certo?

Julia estava perplexa.

— Certo...

— Muito bem. — Tony fez o cálculo. — Sua parte na conta é de cinqüenta dólares e quarenta centavos.

Julia ficou chocada.

— Como?

Tony sorriu.

— Sei como as mulheres são independentes hoje em dia. Não deixam que os homens façam nada por vocês, não é mesmo? — E ele acrescentou, magnânimo: — Assumirei sua parte na gorjeta.

— Lamento que não tenha dado certo — desculpou-se Sally. — Ele é realmente lindo. Vai sair com ele de novo?

— Não tenho condições — respondeu Julia, amargurada.

— Pois tenho outro homem para você. Vai adorá-lo...

— Não, Sally. Não quero...

— Confie em mim.

Ted Riddle estava ao final da casa dos trinta anos e Julia teve de admitir que era bastante atraente. Levou-a ao restaurante Jennie's, na Historic Strawberry Hill, famoso por sua autêntica comida croata.

— Sally me prestou um grande favor — comentou Riddle. — Você é adorável.

— Obrigada.

— Sally contou que tenho uma agência de propaganda?

— Não.

— Pois tenho. É uma das maiores agências de Kansas City. Todo mundo me conhece.

— Isso é ótimo. Eu...

— Atendemos alguns dos maiores clientes do país.

— É mesmo? Eu não...

— É, sim. Cuidamos das contas de celebridades, bancos, grandes indústrias, redes de lojas...

— Pois eu...

— ... supermercados. Pode dizer qualquer nome, nós o representamos.

— Isto é...

— Deixe-me contar como comecei...

Ele não parou de falar durante todo o jantar e o assunto único foi Ted Riddle.

— É bem provável que ele apenas estivesse nervoso — desculpou Sally.

— Pois posso garantir que me deixou nervosa. Se quiser saber alguma coisa sobre a vida de Ted Riddle, desde o dia em que ele nasceu, basta me perguntar.

— Jerry McKinley.

— Como?

— Jerry McKinley. Acabei de me lembrar. Ele costumava sair com uma amiga minha. Ela era louca por Jerry.

— Agradeço, Sally, mas não quero.

— Vou ligar para ele.

Jerry McKinley apareceu na noite seguinte. Era bonito, tinha uma personalidade doce e cativante. Ao passar pela porta e olhar para Julia, foi logo dizendo:

— Sei que esses encontros em que as pessoas não se conhecem sempre são difíceis. Sou um pouco tímido e por isso sei como você se sente, Julia.

Ela gostou de Jerry McKinley no mesmo instante.

Foram jantar no restaurante chinês Evergreen, na State Avenue.

— Você trabalha para uma firma de arquitetura. Deve ser fascinante. Acho que as pessoas não compreendem como os arquitetos são importantes.

Ele é sensível, pensou Julia, feliz. Ela sorriu.

— Concordo plenamente.

A noite foi maravilhosa; quanto mais conversavam, mais Julia gostava dele. E decidiu ser ousada.

— Gostaria de voltar ao apartamento para um último drinque?

— Não. Vamos para o meu apartamento.

— Seu apartamento?

Ele inclinou-se para a frente, apertou a mão de Julia.

— É lá que eu guardo os chicotes e correntes.

Henry Wesson possuía uma firma de contabilidade no mesmo prédio da Peters, Eastman & Tolkin. Duas ou três manhãs por semana Julia o encontrava no elevador. Parecia bastante simpático. Estava na casa dos trinta anos, possuía uma aparência inteligente, cabelos ruivos, usava óculos de aros escuros.

O conhecimento começou com polidos acenos de cabeça, passou para "Bom dia", depois para "Você está parecendo muito bem hoje", e alguns meses depois chegou a "Não gostaria de jantar comigo uma noite dessas?" Ele a observava ansiosa, à espera da resposta.

Julia sorriu.

— Está bem.

Foi amor instantâneo da parte de Henry. No primeiro encontro, levou Julia ao EBT, um dos mais destacados restaurantes de Kansas City. Estava obviamente emocionado por sair com ela. Falou pouco de si mesmo.

— Nasci aqui, na velha KC. Meu pai também nasceu aqui. A bolota não cai muito longe do carvalho. Sabe o que estou querendo dizer?

Julia sabia.

— Eu sempre soube que queria ser contador. Quando saí da escola, fui trabalhar para a Bigelow & Benson Financial Corporation. E agora tenho minha própria firma.

— Isso é ótimo — comentou Julia.

— Isso é praticamente tudo o que tenho a dizer a meu respeito. Fale-me de você.

Julia ficou calada por um momento. *Sou filha ilegítima de um dos homens mais ricos do mundo. Provavelmente já ouviu falar dele. Acaba de morrer afogado. Sou sua herdeira.* Ela correu os olhos pelo elegante restaurante. *Poderia comprar este restaurante, se quisesse. Talvez pudesse até comprar toda esta cidade, se quisesse.*

Henry a fitava atentamente.

— Julia?

— Ah... desculpe. Nasci em Milwaukee. Meu... meu pai morreu quando eu era pequena. Minha mãe e eu viajamos muito por todo o país. Quando ela morreu, decidi ficar aqui, arrumar um emprego.

Espero que meu nariz não esteja crescendo. Henry Wesson pôs a mão sobre a dela.

— Ou seja, nunca teve um homem para cuidar de você. — Ele inclinou-se para a frente e acrescentou, muito sério: — Eu gostaria de cuidar de você pelo resto de sua vida.

Julia se surpreendeu.

— Não pretendo bancar a Doris Day, mas mal nos conhecemos.

— Quero mudar isso.

Ao voltar para casa, Julia encontrou Sally à espera.

— E então, como foi o encontro? — indagou Sally.

Julia murmurou, pensativa:

— Ele é muito doce e...

— Ele é louco por você!

Julia sorriu.

— Acho que ele me pediu em casamento.

Os olhos de Sally se arregalaram.

— Você *acha* que ele a pediu em casamento? Oh, Deus! Não tem certeza se o homem a pediu em casamento ou não?

— Ele disse que queria cuidar de mim pelo resto de minha vida.

— Mas isso é um pedido de casamento! — exclamou Sally. — Case com ele! E depressa! Case logo, antes que ele mude de idéia!

Julia riu.

— Por que a pressa?

— Preste atenção. Convide-o para jantar aqui. Eu farei o jantar e dirá a ele que foi você.

Julia riu de novo.

— Obrigada, mas não quero. Quando eu encontrar o homem com quem quiser casar, poderemos comer comida chinesa em pratos de papelão, mas pode ter certeza de que a mesa será muito bem posta, com flores e velas.

No encontro seguinte, Henry disse:

— Kansas City é um ótimo lugar para se criar filhos.

— Também acho.

O único problema de Julia era que não tinha certeza se queria criar os filhos *dele*. Henry era confiável, sério, decente, mas...

Conversou a respeito com Sally.

— Henry continua a me pedir em casamento.

— Como ele é?

Julia pensou por um instante, procurando definir as coisas mais românticas e excitantes que poderia dizer sobre Henry Wesson.

— Ele é confiável, sério, decente...

Sally fitou-a em silêncio por um momento.

— Em outras palavras, é um chato.

Julia protestou, na defensiva:

— Não chega a ser chato...

Sally balançou a cabeça.

— É mesmo chato. Case com ele.

— Como?

— Case com ele. Maridos bons e chatos são difíceis de encontrar.

Passar de um dia de pagamento para outro era um campo minado financeiro. Havia deduções no salário, o aluguel, despesas com o carro, comida, roupas a comprar. Julia tinha um Toyota Tercel, e sua impressão era a de que gastava mais com o carro do que consigo mesma. Vivia pedindo dinheiro emprestado a Sally.

Uma noite, quando Julia se vestia, Sally disse:

— Outra grande noite com Henry, hem? Onde ele vai levá-la esta noite?

— Vamos ao Salão Sinfônico. Cleo Laine vai se apresentar.

— Henry a pediu em casamento de novo?

Julia hesitou. A verdade é que Henry a pedia em casamento cada vez que se encontravam. Sentia-se pressionada, mas ainda não era capaz de dizer sim.

— Não o perca — advertiu Sally.

Provavelmente Sally tem razão, pensou Julia. *Henry Wesson daria um bom marido. É um homem...* Ela hesitou. *É um homem confiável, sério, decente... Isso é suficiente?*

No momento em que Julia passava pela porta, Sally perguntou:

— Pode me emprestar seus sapatos pretos?

— Claro.

E Julia saiu.

Sally foi ao quarto de Julia, abriu o armário. Os sapatos que queria se encontravam na prateleira de cima. Quando os puxou, uma caixa de papelão equilibrada de forma precária na beira da prateleira caiu, o conteúdo espalhou-se pelo chão.

— Droga!

Sally abaixou-se para recolher os papéis. Havia dezenas de recortes de jornais e fotos, tudo sobre a família de Harry Stanford. Parecia haver centenas. Subitamente, Julia voltou apressada ao quarto.

— Esqueci minha... — Ela estacou ao ver as coisas no chão. — O que está fazendo?

— Desculpe — murmurou Sally. — A caixa caiu.

Corando, Julia abaixou-se, começou a guardar tudo na caixa.

— Nunca imaginei que você fosse tão interessada pelos ricos e famosos — comentou Sally.

Sem dizer nada, Julia continuou a recolher as coisas. Ao pegar um punhado de fotografias, deparou com um pequeno medalhão de ouro, em forma de coração, que a mãe lhe dera antes de morrer. Julia pôs o medalhão de lado. Sally a observava, aturdida.

— Julia...

— O que é?

— Por que está tão interessada em Harry Stanford?

— Não estou. Eu... Essas coisas eram de minha mãe.

Sally deu de ombros.

— Tudo bem.

Ela pegou um recorte. Era de uma revista de escândalos e o título da reportagem atraiu sua atenção: MAGNATA ENGRAVIDA GOVERNANTA DOS FILHOS — NASCE CRIANÇA DA UNIÃO ILEGÍTIMA — MÃE E FILHA DESAPARECEM! Sally virou-se para Julia, boquiaberta.

— Oh, Deus! Você é filha de Harry Stanford!

Julia contraiu os lábios. Sacudiu a cabeça e continuou a guardar as coisas.

— Não é?

Julia parou.

— Por favor, prefiro não falar a respeito, se não se incomoda.

Sally levantou-se de um pulo.

— Prefere não falar a respeito? É filha de um dos homens mais ricos do mundo e prefere não falar a respeito? Está louca?

— Sally...

— Sabe o quanto ele valia? Bilhões!

— Isso nada tem a ver comigo.

— Se é filha dele, tem *tudo* a ver com você. É uma herdeira! Só precisa comunicar à família quem você é...

— Não.

— Não? Por quê?

— Você não entende. — Julia levantou-se, mas foi arriar na cama. — Harry Stanford era um homem horrível. Abandonou minha mãe. Ela o odiava, e eu também odeio.

— Não se pode *odiar* alguém com tanto dinheiro. Tente procurar *entender*.

Julia sacudiu a cabeça.

— Não quero me envolver com essa gente.

— Julia, herdeiras não vivem em apartamentos ordinários, não compram roupas de segunda mão, não pedem dinheiro emprestado para pagar o aluguel. Sua família detestaria saber que você vive assim. Iriam se sentir humilhados

— Nem sabem que estou viva.

— Então deve lhes dizer.

— Sally...

— O que é?

— Esqueça o assunto.

Sally fitou-a em silêncio por longo tempo.

— Está bem. Antes que eu me esqueça, poderia me emprestar um ou dois milhões até o próximo pagamento?

Capítulo Vinte

Tyler estava ficando frenético. Há 24 horas que ligava para a casa de Lee, e ninguém atendia.*Quem está com ele?*, agoniava-se Tyler. *O que ele está fazendo?*

Ele pegou o telefone e discou mais uma vez. A campainha tocou por um longo tempo, e no momento em que ia desligar, Tyler ouviu a voz de Lee.

— Alô?

— Lee! Como você está?

— Quem está falando?

— Sou eu, Tyler.

— Tyler? — Houve uma pausa. — Ah, sim.

Tyler sentiu uma pontada de decepção.

— Como você tem passado?

— Muito bem — respondeu Lee.

— Eu disse que teria uma surpresa maravilhosa para você.

— É mesmo?

Lee parecia entediado.

— Lembra do que me falou sobre ir a St. Tropez num lindo iate branco?

— O que tem isso?

— Gostaria de partir no próximo mês?

— Fala sério?

— Pode apostar que sim.

— Não sei... Você tem um amigo com um iate?

— Estou prestes a *comprar* um iate.

— Não está se metendo em alguma fria, não é, juiz?

— Fria? Oh, não! Acontece que estou recebendo um dinheiro. Muito dinheiro.

— St. Tropez, hem? Parece sensacional. Claro que eu adoraria ir com você.

Tyler sentiu um alívio profundo.

— Maravilhoso! Até lá, não... — Ele não podia sequer pensar a respeito. — Manterei contato com você, Lee.

Tyler desligou e sentou na beira da cama. *Eu adoraria ir com você.* Podia visualizar os dois num belo iate, navegando pelo mundo. *Juntos.*

Ele pegou a lista telefônica e começou a procurar nas páginas amarelas.

O escritório da John Alden Yachts, Inc. ficava no Commercial Wharf de Boston. O gerente de vendas adiantou-se no momento em que Tyler entrou.

— Em que posso ajudá-lo, senhor?

Tyler fitou-o e disse, casual:

— Eu gostaria de comprar um iate.

As palavras saíram com a maior naturalidade. O iate do pai provavelmente seria parte do espólio, mas Tyler não tinha a menor intenção de partilhar uma embarcação com o irmão e a irmã.

— A motor ou a vela?

— Hum... não sei. Quero poder viajar pelo mundo no iate.

— Então estamos falando de um iate a motor.

— Deve ser branco.

O gerente de vendas fitou-o com alguma estranheza.

— Claro, claro. Qual o tamanho do barco que tem em mente?

O *Blue Skies* tem cento e oitenta pés.

— Duzentos pés.

O gerente de vendas piscou, aturdido.

— Entendo. Um iate assim seria muito caro, Sr. ...

— Juiz Stanford. Meu pai era Harry Stanford.

O rosto do homem se iluminou.

— Dinheiro não é problema — acrescentou Tyler.

— Claro que não! Muito bem, juiz Stanford, vamos lhe arrumar um iate que todos invejarão. Branco, é claro. Aqui está um portfólio de alguns iates disponíveis. Ligue-me quando decidir por qual deles se interessa.

Woody Stanford estava pensando em pôneis de pólo. Durante toda a sua vida tivera de montar os pôneis de amigos, mas agora poderia comprar os melhores do mundo. Ele telefonou para Mimi Carson.

— Quero comprar seus pôneis.

A voz de Woody ressoava de excitamento. Ele escutou por um momento.

— Isso mesmo, todos eles. Falo sério. Certo...

A conversa demorou meia hora. Woody sorria ao desligar. Foi procurar Peggy.

Ela estava sentada sozinha na varanda. Woody ainda podia ver as equimoses no rosto dela, onde a agredira.

— Peggy...

Ela fitou-o, cautelosa.

— O que é?

— Preciso conversar com você... e não sei por onde começar.

Peggy ficou esperando. Ele respirou fundo.

— Sei que sou um péssimo marido. Algumas das coisas que fiz são indesculpáveis. Mas tudo isso vai mudar agora, querida. Não percebe? Estamos ricos. Muito ricos. Quero compensar tudo para você. — Woody pegou a mão de Peggy. — Vou deixar as drogas para sempre desta vez. Juro que vou. Vamos ter uma vida completamente diferente.

Ela perguntou sem qualquer entonação:

— Vamos mesmo, Woody?

— Vamos, sim. Prometo. Sei que eu já disse isso antes, mas desta vez tudo dará certo. Tomei uma decisão. Vou me internar numa clínica onde possam me curar. Quero sair do inferno em que tenho vivido. Peggy... — Havia desespero na voz. — Não vou conseguir sem você. Sabe que não poderei...

Ela contemplou-o em silêncio por um longo tempo, depois aninhou-o em seus braços.

— Sei disso, meu pobre querido. Eu o ajudarei...

Era tempo de Margo Posner sair de cena.

Tyler encontrou-a no estúdio. Fechou a porta.

— Queria lhe agradecer mais uma vez, Margo.

Ela sorriu.

— Tem sido divertido. E muito. — Ela fitou-o com uma expressão maliciosa. — Talvez eu devesse me tornar uma atriz.

Tyler sorriu.

— Você é boa nisso. Não resta a menor dúvida de que conseguiu enganar esta platéia.

— Consegui, não é mesmo?

— Aqui está o resto do seu dinheiro. — Ele tirou um envelope do bolso. — E a passagem de volta para Chicago.

— Obrigada.

Tyler olhou para seu relógio.

— É melhor você se apressar.

— Certo. Quero apenas que saiba que me sinto grata, por me ter tirado da prisão e tudo o mais.

Tyler tornou a sorrir.

— Não foi nada. Faça uma boa viagem.

— Obrigada.

Ele observou-a subir para arrumar suas coisas. A partida terminara.

Xeque e xeque-mate.

Margo Posner estava no quarto, terminando de arrumar suas coisas, quando Kendall entrou.

— Oi, Julia. Eu só queria... — Ela parou. — O que está fazendo?

— Vou voltar para casa.

Kendall ficou aturdida.

— Tão cedo? Por quê? Eu esperava que pudéssemos passar algum tempo juntas, para nos conhecermos melhor. Temos muitos anos para recuperar.

— Claro, mas vamos deixar para outra ocasião.

Kendall sentou-se na beira da cama.

— É como um milagre, não é, nos encontrarmos depois de tantos anos?

Margo continuou a arrumar a mala.

— Tem toda razão, um milagre.

— Você deve se sentir como Cinderela. Afinal, num momento levava uma vida normal, e no instante seguinte alguém lhe entrega um bilhão de dólares.

Margo ficou imóvel.

— Como?

— Eu disse...

— Um *bilhão* de dólares?

— Isso mesmo. Segundo o testamento do pai, é o que cada um de nós vai herdar.

Margo estava atordoada.

— Cada um vai receber um bilhão de dólares?

— Não lhe disseram?

— Não — murmurou Margo. — Ninguém me contou. — Ela fez uma pausa, pensativa, antes de acrescentar: — Sabe, Kendall, acho que você tem razão. Talvez devêssemos nos conhecer melhor.

Tyler estava no solário, examinando fotografias de iates, quando Clark se aproximou.

— Com licença, juiz Stanford. Há uma ligação para o senhor.

— Atenderei aqui.

Era Keith Percy, ligando de Chicago.

— Tyler?

— Sou eu.

— Tenho uma notícia sensacional para você!

— O que é?

— Agora que vou me aposentar, não gostaria de assumir o meu posto?

Tyler teve de fazer um esforço para não rir.

— Seria maravilhoso, Keith.

— Pois o cargo é seu!

— Eu... não sei o que dizer.

O que devo dizer? "Bilionários não sentam na bancada de um tribunal sórdido em Chicago para aplicar sentenças aos desajustados do mundo?" Ou "Estarei ocupado demais a navegar pelo mundo em meu iate?"

— Quando poderá voltar para Chicago, Tyler?

— Vai demorar um pouco. Ainda tenho muito o que fazer aqui.

— Estaremos todos à sua espera.

É melhor esperarem sentados.

— Adeus.

Tyler desligou, olhou para o relógio. Era hora de Margo partir para o aeroporto. Tyler subiu para verificar se ela já estava pronta.

Quando entrou no quarto de Margo, encontrou-a a desarrumar a mala. Ele ficou surpreso.

— Ainda não está pronta.

Ela sorriu.

— Não. Estive pensando. Gosto daqui. Talvez eu deva ficar por mais algum tempo.

Tyler franziu o rosto.

— Mas do que está falando? Tem de pegar o avião para Chicago!

— Sempre haverá outro avião, juiz. — Margo tornou a sorrir. — Talvez até eu compre meu próprio avião.

— Como?

— Disse que queria que eu pregasse uma peça em alguém.

— E daí?

— Pois parece que a peça foi em cima de mim. Descobri que valho um bilhão de dólares.

A expressão de Tyler endureceu.

— Quero que saia daqui. Agora.

— Você quer? Pois acho que só irei embora quando estiver pronta... e ainda não estou.

Tyler estudou-a por um momento.

— O que... o que você quer?

Ela balançou a cabeça.

— Assim é melhor. O bilhão de dólares que eu deveria receber. Planejava ficar com tudo, certo? Calculei que estava dando um golpe para ganhar um dinheiro extra, mas nunca pensei que fosse um bilhão de dólares. Isso torna o jogo diferente. Acho que mereço uma boa parte.

Houve uma batida na porta do quarto.

— Com licença — disse Clark. — O almoço está servido.

Margo olhou para Tyler.

— Vá você. Não almoçarei agora. Tenho algumas coisas a fazer.

Ao final daquela tarde começaram a chegar pacotes em Rose Hill. Havia caixas de vestidos de Armani, trajes esportes da Scaasi Boutique, *lingerie* de Jordan Marsh, um casaco de zibelina da Neiman Marcus, e uma pulseira de diamantes de Cartier. Todos os pacotes se destinavam à Srta. Julia Stanford.

Quando Margo voltou para casa, às quatro e meia, Tyler esperava para confrontá-la, furioso.

— O que pensa que está fazendo? — indagou ele.

Margo sorriu.

— Precisava de algumas coisas. Afinal, sua irmã tem de se vestir bem, não é? É espantoso quanto crédito uma loja pode conceder quando se é uma Stanford. Cuidará das contas, não é?

— Julia...

— Margo. Por falar nisso, vi fotos de iates na mesa. Planeja comprar um?

— Isso não é da sua conta.

— Não tenha tanta certeza. Talvez você e eu possamos fazer um cruzeiro. Daremos ao iate o nome de *Margo*. Ou *Julia* fica melhor? Podemos viajar pelo mundo juntos. Não gosto de ficar sozinha.

Tyler pensou por um momento.

— Parece que a subestimei. É uma mulher muito esperta.

— Partindo de você é um grande elogio.

— Espero que seja também uma mulher razoável.

— Depende. O que chama de razoável?

— Um milhão de dólares. Em dinheiro vivo.

O coração de Margo disparou.

— E posso ficar com as coisas que comprei hoje?

— Leve tudo.

Ela respirou fundo.

— Negócio fechado.

— Ótimo. Providenciarei o dinheiro para lhe entregar o mais depressa possível. Terei de voltar a Chicago nos próximos dias. — Ele tirou uma chave do bolso, entregou a Margo. — Aqui está a chave da minha casa. Quero que fique lá e espere por mim. Não fale com ninguém.

— Combinado.

Margo tentou esconder seu excitamento. *Talvez eu devesse ter pedido mais*, pensou.

— Reservarei uma passagem para você no próximo avião.

— E as coisas que comprei?

— Cuidarei para que lhe sejam enviadas.

— Muito bem. Nós dois saímos ganhando, hem?

Tyler balançou a cabeça.

— Tem razão.

Tyler acompanhou Margo ao Aeroporto Internacional Logan. Lá chegando, ela perguntou:

— O que vai dizer aos outros sobre a minha partida?

— Explicarei que teve de ir visitar uma amiga que ficou doente... uma amiga na América do Sul.

Ela fitou-o nos olhos, ansiosa.

— Quer saber de uma coisa, juiz? Aquela viagem de iate seria divertida.

O vôo foi chamado pelo sistema de alto-falantes.

— Acho que é o meu.

— Boa viagem.

— Obrigada. Estarei à sua espera em Chicago.

Tyler observou-a entrar no terminal de partida e esperou até o avião decolar. Voltou à limusine e disse ao motorista:

— Rose Hill.

Ao chegar em casa, Tyler foi direto para seu quarto e telefonou para Keith Percy.

— Estamos todos à sua espera, Tyler. Quando voltará? Planejamos uma pequena comemoração em sua homenagem.

— Muito em breve, Keith. Enquanto isso, preciso de sua ajuda para um pequeno problema.

— Claro. Em que posso ajudá-lo?

— É sobre uma criminosa que tentei ajudar. Margo Posner. Creio que lhe falei sobre ela.

— Estou lembrado. Qual é o problema?

— A pobre mulher adquiriu a ilusão de que é minha irmã. Veio para Boston e tentou me matar.

— Mas isso é terrível!

— Ela está voltando para Chicago agora, Keith. Roubou a chave da minha casa e não sei o que planeja fazer em seguida. É uma lunática perigosa. Ameaçou matar toda a minha família.

Quero que a interne no Centro de Saúde Mental Reed. Se me passar por fax os documentos de internação, assinarei tudo. E eu mesmo providenciarei os exames psiquiátricos dela.

— Claro. Cuidarei de tudo imediatamente, Tyler.

— Muito obrigado. Ela partiu no Vôo 307 da United Airlines. Deve chegar aí às oito e quinze da noite. Sugiro que mande alguém pegá-la no aeroporto. Ela deve ficar na ala de segurança máxima do Reed, sem permissão para receber visitas.

— Não se preocupe. Lamento que tenha passado por isso, Tyler.

Havia uma insinuação de estoicismo na voz de Tyler.

— Sabe o que costumam dizer, Keith? "Nenhuma boa ação, por menor que seja, fica impune."

Ao jantar, naquela noite, Kendall perguntou:

— Julia não vai jantar conosco?

Tyler disse, pesaroso:

— Infelizmente, não. Ela me pediu para transmitir suas despedidas a vocês. Foi cuidar de uma amiga na América do Sul que sofreu um infarto. Foi um tanto súbito.

— Mas o testamento não...

— Julia me passou uma procuração, com instruções para aplicar sua parte num fundo de investimentos.

Um criado pôs uma tigela com sopa de mariscos na frente de Tyler.

— Ah! — exclamou ele. — Isso parece delicioso! E estou com muita fome esta noite!

O Vôo 307 da United Airlines efetuou o acesso final ao Aeroporto Internacional O'Hare dentro do horário. Uma voz metálica saiu pelo sistema de alto-falantes:

— Senhoras e senhores, queiram fazer o favor de afixar o cinto de segurança.

Margo Posner adorara o vôo. Passara a maior parte do tempo sonhando o que faria com o milhão de dólares, com as roupas e jóias que comprara. *E tudo porque fui presa! Não é sensacional?*

Quando o avião pousou, Margo pegou as coisas que trouxera e começou a descer a rampa. Uma aeromoça se postou atrás dela. Na pista, perto do avião, havia uma ambulância, com dois paramédicos e um médico à espera. A aeromoça olhou para eles e apontou para Margo. Assim que Margo saiu da rampa, um dos homens abordou-a.

— Com licença — disse ele.

Margo fitou-o.

— O que deseja?

— Você é Margo Posner?

— Isso mesmo. O que...?

— Sou o Dr. Zimmerman. — Ele pegou-a pelo braço. — Gostaria que nos acompanhasse, por favor.

O médico começou a conduzi-la para a ambulância. Margo tentou se desvencilhar.

— Ei, espere um pouco! O que está fazendo?

Os outros dois se aproximaram para segurar os braços dela.

— Por favor, não tente resistir, Srta. Posner — murmurou o médico.

— Socorro! — berrou Margo. — Socorro!

Os outros passageiros olhavam, espantados.

— O que há com vocês? — gritou Margo. — Estão cegos? Estou sendo seqüestrada! Sou Julia Stanford, filha de Harry Stanford!

— Claro que é — disse o Dr. Zimmerman, num tom tranqüilizador. — Mas tente se acalmar.

As pessoas viram Margo ser levada para as portas traseiras da ambulância, se debatendo e gritando.

Dentro da ambulância, o médico pegou uma seringa, inseriu a agulha no braço de Margo.

— Relaxe — murmurou ele. — Tudo vai acabar bem.

— Devem estar loucos! — protestou Margo. — Devem...

Os olhos dela se tornaram pesados demais para mantê-los abertos. As portas foram fechadas e a ambulância partiu em alta velocidade.

Tyler soltou uma risada ao ser informado de tudo. Podia visualizar a sacana gananciosa sendo levada na ambulância. Providenciaria para que ela fosse mantida numa instituição de saúde mental pelo resto de sua vida.

Agora o jogo acabou mesmo, pensou ele. *Consegui! O velho se reviraria na sepultura — se ainda estivesse numa — ao saber que vou assumir o controle da Stanford Enterprises. Darei a Lee tudo o que ele jamais sonhou.*

Perfeito. Tudo estava perfeito.

Os acontecimentos do dia deixaram Tyler com um intenso excitamento sexual. *Preciso de algum alívio.* Ele abriu sua pasta e tirou do fundo um exemplar do *Damron's Guide*. Havia vários bares de *gays* relacionados em Boston.

Ele escolheu o Quest, na Boylston Street. *Não vou jantar. Irei direto para o clube.* E depois ele pensou: *Mas que oximoro!*

Julia e Sally se vestiam para ir trabalhar. Sally perguntou:

— Como foi seu encontro com Henry ontem à noite?

— A mesma coisa de sempre.

— Tão ruim assim? Os proclamas do casamento ainda não saíram?

— Deus me livre! Henry é doce, mas... — Julia suspirou. — Ele não é para mim.

— *Ele* pode não ser, mas *isto* é.

Sally entregou cinco envelopes a Julia. Eram contas. Julia abriu os envelopes. Três tinham o carimbo de ATRASADO e outro estava marcado TERCEIRO AVISO. Julia examinou as contas por um momento.

— Sally, será que poderia me emprestar...?

Sally fitou-a, espantada.

— Não consigo entendê-la.

— Como assim?

— Trabalha que nem uma escrava, não consegue pagar suas contas, e tudo o que tem de fazer é levantar o dedo mindinho para receber alguns milhões de dólares, uns poucos trocados a mais ou a menos.

— O dinheiro não é meu.

— Mas claro que é! — disse Sally, ríspida. — Harry Stanford não era seu pai? Portanto, você tem direito a uma parte da herança. E não uso a palavra *portanto* com freqüência.

— Esqueça. Já contei como ele tratou minha mãe. Não teria me deixado um único centavo.

Sally suspirou.

— E eu torcendo para estar morando com uma milionária!

As duas se encaminharam para o estacionamento em que deixavam seus carros. A vaga de Julia estava vazia. Ela ficou olhando, em choque.

— Sumiu!

— Tem certeza que deixou o carro aqui ontem à noite?

— Tenho.

— Então alguém roubou.

Julia sacudiu a cabeça.

— Não.

— Como assim?

Ela virou-se para fitar Sally.

— A companhia deve tê-lo levado de volta. Estou com três prestações atrasadas.

— Isso é ótimo — disse Sally, sem qualquer entonação. — Simplesmente maravilhoso.

Sally não conseguia tirar da cabeça a situação de sua colega de apartamento. *É como um conto de fadas*, pensou Sally. *Uma princesa que não sabe que é uma princesa. Só que neste caso ela sabe, mas é orgulhosa demais para fazer qualquer coisa. Não é justo. A família tem todo aquele dinheiro e ela não tem nada. Mas se ela não quer fazer nada, tomarei uma providência. E depois ela vai me agradecer por isso.*

Naquela noite, depois que Julia saiu, Sally tornou a examinar a caixa com os recortes. Pegou uma notícia recente, informando que os herdeiros Stanfords haviam voltado a Rose Hill para os serviços fúnebres.

Se a princesa não vai a eles, pensou Sally, *eles virão à princesa.*

Ela sentou e começou a escrever uma carta, endereçada ao juiz Tyler Stanford.

Capítulo Vinte e Um

Tyler Stanford assinou os documentos de internação de Margo Posner no Centro de Saúde Mental Reed. Era necessário que três psiquiatras concordassem com a internação, mas Tyler sabia que conseguiria isso sem a menor dificuldade.

Ele revisou tudo o que fizera desde o início e concluiu que não houvera falhas em seu plano de jogo. Dmitri desaparecera na Austrália, e Margo Posner fora devidamente descartada. Restava Hal Baker, mas ele não seria um problema. Todos tinham um calcanhar-de-aquiles e o dele era sua estúpida família. *Baker nunca falará, porque não pode suportar a perspectiva de passar a vida na prisão, longe da família.*

Tudo estava perfeito.

Assim que o testamento for homologado, voltarei a Chicago e pegarei Lee. Talvez até compremos uma casa em St. Tropez. Tyler começou a se sentir excitado ao pensar nisso. *Viajaremos pelo mundo em meu iate. Sempre desejei conhecer Veneza... Positano... Capri... Faremos um safári no Quênia, veremos o Taj Mahal juntos, ao luar. E a quem devo tudo isso? A papai. O velho e querido papai. "Você é bicha, Tyler, e sempre será um bicha. Não sei como alguém como você pôde sair de mim..."*

Quem riu por último, pai?

Tyler desceu para almoçar com o irmão e a irmã. Estava faminto outra vez.

— Foi uma pena que Julia tivesse de partir tão de repente — comentou Kendall. — Eu gostaria de conhecê-la melhor.

— Tenho certeza que ela planeja voltar assim que puder — disse Marc.

Isso é verdade, pensou Tyler. Mas ele cuidaria para que ela nunca voltasse.

A conversa passou para o futuro.

— Woody vai comprar um grupo pôneis de pólo — informou Peggy, timidamente.

— Não é um grupo! — protestou Woody, ríspido. — É um *stud*. Um *stud* de pôneis de pólo.

— Desculpe, querido. Eu apenas...

— Esqueça!

Tyler olhou para Kendall.

— Quais são os seus planos?

... contamos com seu apoio... Agradeceríamos se depositasse um milhão de dólares... nos próximos dez dias.

— Kendall?

— Hã... Estou pensando... em expandir o negócio. Abrirei lojas em Londres e Paris.

— Parece emocionante — murmurou Peggy.

— Promoverei um desfile em Nova York dentro de duas semanas. Tenho de ir até lá para aprontar tudo.

Kendall olhou para Tyler.

— O que pretende fazer com sua parte da herança?

— Doarei a obras de caridade, a maior parte — respondeu Tyler, em tom devoto. — Há muitas organizações meritórias que precisam de ajuda.

Ele prestava apenas meia atenção à conversa. Olhou para o irmão e a irmã. *Se não fosse por mim, vocês não receberiam nada. Absolutamente nada.*

Tyler se concentrou em Woody. O irmão se tornara um viciado em drogas, desperdiçando sua vida. *O dinheiro não vai ajudá-lo*, pensou Tyler. *Só lhe servirá para comprar mais drogas.* Ele especulou onde Woody obtinha as drogas.

Tyler virou-se para a irmã. Kendall era inteligente e bem-sucedida, tirara o maior proveito de seus talentos.

Marc estava sentado ao lado dela, contando uma piada engraçada a Peggy. *Ele é atraente e charmoso. Uma pena que seja casado.*

E ainda havia Peggy. Tyler pensava nela como Pobre Peggy. Não podia entender por que ela aturava Woody. *Deve amá-lo muito. Pois é certo que não lucrou coisa alguma com seu casamento.*

Ele especulou como os outros reagiriam se levantasse e anunciasse: *Controlo a Stanford Enterprises. Mandei assassinar nosso pai, desenterrar o corpo e contratei alguém para representar o papel de nossa meia-irmã.* Tyler sorriu ao pensamento. Era difícil guardar um segredo tão delicioso.

Depois do almoço, Tyler voltou a seu quarto, a fim de telefonar outra vez para Lee. Ninguém atendeu. *Ele está com alguém,* pensou Tyler, desesperado. *Não acredita no iate. Pois provarei a ele! Quando o testamento será homologado? Preciso ligar para Fitzgerald ou para aquele jovem advogado, Steve Sloane.*

Houve uma batida na porta. Era Clark.

— Com licença, juiz Stanford, mas acaba de chegar uma carta.

Provavelmente de Keith Percy, dando-me os parabéns.

— Obrigado, Clark.

Ele pegou o envelope. Tinha um endereço de remetente em Kansas City. Ele contemplou-o por um momento, surpreso, depois abriu o envelope e leu a carta.

Prezado juiz Stanford:

Acho que deve saber que tem uma meia-irmã chamada Julia. Ela é filha de Rosemary Nelson e de seu pai. Vive em Kansas City. Seu endereço é Metcalf Avenue, 1.425, Apartamento 3B, Kansas City, Kansas.

Tenho certeza que Julia ficaria feliz em receber notícias suas.

Atenciosamente,
Uma Amiga

Tyler ficou olhando para a carta, incrédulo, e sentiu um calafrio.

— Não! — gritou ele. — Não!

Não posso admitir! Não agora! Talvez ela seja uma impostora. Mas ele tinha o terrível pressentimento de que esta Julia era a genuína. *E agora a desgraçada vai se apresentar para reivindicar sua parte na herança! Minha parte! Não pertence a ela. Não posso deixar que venha para cá. Arruinaria tudo. Eu teria de explicar a outra Julia e...* Ele estremeceu.

— Não! — gritou outra vez, em voz alta.

Tenho de me livrar dela. E depressa.

Tyler pegou o telefone e discou para Hal Baker.

Capítulo Vinte e Dois

O dermatologista balançou a cabeça.

— Já tinha visto casos similares, mas nenhum tão grave assim.

Hal Baker coçou a mão.

— Há três possibilidades, Sr. Baker. Essa coceira pode ser causada por um fungo, uma alergia ou pode ser neurodermatite. A raspa de pele que tirei de sua mão e examinei ao microscópio indicou que não se tratava de um fungo. E disse que não manuseia substâncias químicas em seu trabalho...

— É isso mesmo.

— Assim, reduzimos as possibilidades a uma. O que tem é *lichen simplex chronicus* ou neurodermatite localizada.

— Parece horrível. Podemos fazer alguma coisa?

— Felizmente, sim. — O médico pegou um tubo num armário no canto da sala e abriu-o. — Sua mão está coçando agora?

Hal Baker tornou a coçar a mão.

— Está, sim. A sensação é de que pegou fogo.

— Quero que esfregue um pouco deste creme na mão.

Hal Baker espremeu um pouco do creme e começou a passar na mão. Foi como um milagre.

— A coceira parou!

— Ótimo. Use isso, e não terá mais problemas.

— Obrigado, doutor. Não tenho palavras para descrever meu alívio.

— Vou lhe dar uma receita. Pode levar esse tubo.

— Obrigado.

Voltando para casa, Hal Baker cantava em voz alta. Era a primeira vez que sua mão não coçava desde que conhecera o juiz Tyler Stanford. Era uma sensação maravilhosa de liberdade. Ainda assoviando, ele estacionou o carro na garagem e entrou na cozinha. Helen o esperava.

— Ligaram para você — avisou ela. — Um certo Sr. Jones. Disse que era urgente.

A mão de Hal Baker recomeçou a coçar.

Ele machucara algumas pessoas, mas fizera isso por amor a seus filhos. Cometera alguns crimes, mas fora pela família. Hal Baker não acreditava realmente que tivesse errado. Mas aquilo era diferente. Era assassinato a sangue-frio. Bem que protestara ao responder à ligação.

— Não posso fazer isso, juiz. Terá de encontrar outro.

Houvera um momento de silêncio. E depois:

— Como vai sua família?

O vôo para Kansas City transcorreu sem qualquer incidente. O juiz Stanford dera instruções detalhadas. *O nome dela é Julia Stanford. Tem seu endereço. Ela não estará à sua espera. Tudo o que tem de fazer é ir até lá e liquidá-la.*

Ele pegou um táxi no aeroporto de Kansas City e seguiu para o centro da cidade.

— Lindo dia — comentou o motorista.

— É, sim.

— De onde você vem?

— Nova York. Vivo aqui.

— Um bom lugar para se viver.

— Claro que é. Tenho alguns reparos a fazer em casa. Pode me deixar numa loja de ferragens?

— Claro.

Cinco minutos depois, Hal Baker disse a um balconista na loja:

— Preciso de um facão de caça.

— Temos o que precisa, senhor. Pode me acompanhar, por favor?

O facão era uma beleza, com cerca de quinze centímetros de comprimento, a ponta afiada, os lados serrilhados.

— Este serve?

— Serve — respondeu Hal Baker.

— Vai pagar em dinheiro ou cartão de crédito?

— Dinheiro.

A parada seguinte foi numa papelaria.

Hal Baker estudou o prédio de apartamentos na Metcalf Avenue, 1.425 por cinco minutos, verificando todas as saídas. Foi embora e só voltou às oito horas da noite, quando começava a escurecer.

Queria se certificar de que Julia Stanford tinha um emprego, se já voltara para casa àquela hora. Notara que o prédio não tinha porteiro. Havia um elevador, mas ele subiu pela escada. Não era sensato se meter em pequenos espaços fechados. Podiam virar armadilhas. Ele chegou ao terceiro andar. O apartamento 3B ficava no lado esquerdo do corredor. O facão estava preso com fita adesiva no bolso interno do paletó. Ele tocou a campainha. A porta foi aberta um momento depois, e ele se descobriu a fitar uma mulher atraente.

— Olá. — Ela tinha um sorriso simpático. — O que deseja?

Era mais jovem do que ele imaginara, e Hal Baker especulou de passagem por que o juiz Stanford queria matá-la. *Ora, não é da minha conta.* Ele tirou um cartão do bolso e estendeu-o.

— Trabalho com a A.C. Nielsen Company. Não temos ninguém da família Nielsen nesta área e procuramos por pessoas que possam estar interessadas.

A mulher sacudiu a cabeça.

— Não, obrigada.

Ela começou a fechar a porta.

— Pagamos cem dólares por semana.

A porta permaneceu entreaberta.

— Cem dólares por semana?

— Isso mesmo, madame.

A porta foi escancarada agora.

— Tudo o que tem a fazer é registrar os nomes dos programas que assiste. Faremos um contrato de um ano.

Cinco mil dólares!

— Entre.

Ele entrou no apartamento.

— Sente-se, Sr. ...

— Allen. Jim Allen.

— Como me escolheu, Sr. Allen?

— Nossa companhia efetua uma verificação ao acaso. Temos de cuidar para que nenhuma das pessoas esteja ligada por qualquer forma a uma emissora de televisão, a fim de manter nossa pesquisa acurada. Não tem ligações com a produção de nenhum programa de televisão, não é?

Ela riu.

— Claro que não. O que exatamente eu teria de fazer?

— É muito simples. Nós lhe daremos um mapa com todos os programas de televisão relacionados e só precisa fazer uma marca cada vez que assistir a um programa. Dessa maneira nosso computador pode calcular quantos espectadores cada programa tem. A família Nielsen está espalhada por todos os Estados Unidos e assim temos uma noção clara de que programas são populares e com quem. Estaria interessada?

— E muito.

Ele pegou alguns formulários impressos e uma caneta.

— Quantas horas por dia assiste à televisão?

— Não muitas. Trabalho durante o dia inteiro.

— Mas assiste à televisão pelo menos um pouco?

— Claro. Assisto ao noticiário à noite e às vezes a um filme antigo. Gosto de Larry King.

Ele fez uma anotação.

— Assiste à televisão educativa?

— Assisto a PBS aos domingos.

— Por falar nisso, mora sozinha aqui?

— Tenho uma colega de apartamento, mas ela não está.

Portanto, os dois estavam a sós.

A mão começou a coçar. Ele enfiou a mão por dentro do paletó, começou a desprender o facão. Ouviu passos no corredor lá fora. Parou.

— Disse que receberei cinco mil dólares por ano só para fazer isso?

— Exatamente. Ah, esqueci de mencionar. Também damos um aparelho novo de TV em cores.

— Mas isso é fantástico!

Os passos se afastaram. Ele tornou a enfiar a mão no bolso interno, segurou o cabo do facão.

— Pode me dar um copo d'água, por favor? Foi um dia cansativo.

— Pois não.

Ele observou a mulher levantar, ir até um pequeno bar no canto. Tirou o facão da bainha, foi atrás dela. A mulher estava dizendo:

— Minha colega de apartamento assiste a PBS mais do que eu.

Ele levantou o facão, pronto para golpear.

— Mas também Julia é mais intelectual do que eu.

A mão de Baker ficou paralisada em pleno ar.

— Julia?

— Minha colega de apartamento. Ou era. Encontrei um bilhete quando cheguei em casa, dizendo que ela tinha ido embora, e não sabia quando... — Ela virou-se, com o copo na mão, viu o facão levantado. — Mas o que...?

A mulher gritou.

Hal Baker virou-se e fugiu.

Hal Baker telefonou para Tyler Stanford.

— Estou em Kansas City, mas a mulher desapareceu.

— Como assim?

— A colega de apartamento diz que ela foi embora.

Houve um momento de silêncio.

— Tenho o pressentimento de que ela veio para Boston. Quero que volte para cá imediatamente.

— Pois não, senhor.

Tyler Stanford bateu o telefone, pôs-se a andar de um lado

para outro. *Tudo começara de uma maneira tão perfeita!* A mulher tinha de ser descoberta e liquidada. Era uma constante ameaça. Mesmo depois de assumir o controle do espólio, Tyler sabia que nunca descansaria enquanto ela estivesse viva. *Tenho de encontrá-la*, pensou ele. *De qualquer maneira! Mas onde?*

Clark entrou na sala. Parecia perplexo.

— Com licença, juiz Stanford, mas há uma certa Srta. Julia Stanford aqui, desejando lhe falar.

Capítulo Vinte e Três

Foi por causa de Kendall que Julia decidiu ir a Boston. Um dia, ao voltar do almoço, Julia passou por uma loja de roupas exclusiva e viu na vitrine um modelo original de Kendall. Julia ficou olhando para o vestido por um longo tempo. *É de minha irmã*, pensou ela. *Não posso culpá-la pelo que aconteceu com minha mãe. E também não posso culpar meus irmãos.* E subitamente ela foi dominada por um desejo intenso de procurá-los, conhecê-los, conversar com eles, ter uma família.

Ao chegar ao escritório, Julia disse a Max Tolkin que precisaria se ausentar por alguns dias. Embaraçada, ela acrescentou:

— Poderia me dar um adiantamento sobre meu salário?

Tolkin sorriu.

— Claro. Suas férias estão próximas. Tome aqui. E divirta-se.

Será que vou me divertir?, especulou Julia. *Ou estou cometendo um terrível erro?*

Sally ainda não voltara quando Julia chegou em casa. *Não posso esperar por ela*, decidiu Julia. *Se eu não partir agora, nunca mais irei.* Ela arrumou a mala e deixou um bilhete.

A caminho da estação rodoviária, Julia quase mudou de idéia. *O que estou fazendo? Por que tomei essa decisão súbita?* E depois ela pensou, irônica: *Súbita? Foi tomada há quatorze anos!* Seu excitamento era enorme. Como seria sua família? Sabia que um dos irmãos era um juiz, outro um famoso jogador de pólo e a irmã uma conhecida estilista de moda. *É uma família de pessoas que fazem*, pensou Julia. *E quem sou eu? Espero que não me desprezem.* O coração de Julia disparou só de pensar no que tinha pela frente. Ela embarcou num ônibus da Greyhound e partiu.

Ao saltar do ônibus na South Station, em Boston, Julia pegou um táxi.

— Para onde, dona? — perguntou o motorista.

E Julia perdeu a coragem por completo. Tencionara dizer "Rose Hill", mas limitou-se a murmurar:

— Não sei.

O motorista virou-se para fitá-la.

— Também não sei.

— Pode dar uma volta pela cidade? Nunca estive em Boston antes.

O homem acenou com a cabeça.

— Claro.

Seguiram para oeste, pela Summer Street, até alcançarem o Boston Common. O motorista disse:

— Este é o parque público mais antigo do mundo. Era usado para enforcamentos.

E Julia pôde ouvir a voz de sua mãe dizendo: *Eu costumava levar as crianças ao Common no inverno para patinar no gelo. Woody era um atleta natural. Eu gostaria que você pudesse conhecê-lo, Julia. Era um menino muito bonito. Sempre achei que ele seria o bem-sucedido da família.* Era como se a mãe estivesse ali, partilhando aquele momento.

Chegaram à Charles Street, a entrada para o Jardim Público. O motorista disse:

— Está vendo aqueles patos de bronze? Acredite ou não, todos têm nomes.

Costumávamos fazer piqueniques no Jardim Público. Há lindos patos de bronze na entrada. São chamados de Jack, Kack, Lack, Mack, Nack, Ouack, Pack e Quack. Julia achara isso tão engraçado que fizera a mãe repetir os nomes várias vezes.

Julia olhou para o taxímetro. A corrida estava se tornando cara.

— Pode me recomendar um hotel barato?

— Claro. Que tal o Copley Square Hotel?

— Pode me levar até lá, por favor?

— Pois não.

Pararam diante do hotel cinco minutos depois.

— Divirta-se em Boston, dona.

— Obrigada.

Vou me divertir ou será um desastre? Julia pagou a corrida e entrou no hotel. Aproximou-se do recepcionista.

— Olá — disse ele. — O que deseja?

— Quero um quarto, por favor.

— Individual?

— Isso mesmo.

— Quanto tempo pretende ficar?

Ela hesitou. *Uma hora? Dez anos?*

— Não sei.

— Certo. — Ele verificou. — Tenho um excelente individual no quarto andar.

— Obrigada.

Ela assinou o registro com mão firme. JULIA STANFORD. O recepcionista estendeu a chave.

— Aqui está. Aproveite sua estada.

O quarto era pequeno, mas limpo e arrumado. Assim que desfez a mala, Julia telefonou para Sally.

— Julia? Oh, Deus, onde você está?

— Em Boston.

— Você está bem? — Sally parecia histérica.

— Estou, sim. Por quê?

— Um homem esteve no apartamento à sua procura e acho que ele queria matá-la!

— Mas do que está falando?

— O homem tinha uma faca e... deveria ter visto a cara dele... — Sally ofegava para respirar. — Saiu correndo quando descobriu que eu não era você!

— Não acredito!

— Ele disse que trabalhava na A.C. Nielsen, mas telefonei para o escritório e nunca ouviram falar dele! Conhece alguém que queira lhe fazer mal?

— Claro que não, Sally. Não diga bobagem. Chamou a polícia?

— Chamei. Mas não havia muito que eles pudessem fazer, exceto me dizer para ser mais cautelosa.

— Pois estou bem. Não se preocupe.

Ela ouviu Sally respirar fundo.

— Não vou me preocupar enquanto você estiver bem. Julia...

— O que é?

— Vai tomar cuidado?

— Claro.

Sally e sua imaginação! Quem no mundo poderia querer me matar?

— Sabe quando vai voltar?

A mesma pergunta que o recepcionista fizera.

— Não.

— Foi procurar sua família, não é?

— Isso mesmo.

— Boa sorte.

— Obrigada, Sally.

— Mantenha contato.

— Está certo.

Julia desligou. Pensou no que faria em seguida. *Se eu tivesse um mínimo de bom senso, iria pegar um ônibus e voltaria para casa. Estou protelando? Vim a Boston para conhecer a cidade? Não. Vim para conhecer minha família. E vou procurá-la? Não... sim...*

Ela sentou na beira da cama, a mente em turbilhão. *E se eles me odiarem? Não devo pensar nisso. Vão me amar, e eu também os amarei.* Ela olhou para o telefone e pensou: *Talvez seja melhor ligar antes. Não. Se ligar, talvez eles não queiram me ver.* Ela foi até o armário, escolheu seu melhor vestido. *Se eu não for agora, nunca mais irei*, decidiu Julia.

Meia hora depois ela estava num táxi, a caminho de Rose Hill, para conhecer sua família.

Capítulo Vinte e Quatro

Tyler olhou incrédulo para Clark.

— Julia Stanford... está aqui?

— Sim, senhor. — Havia um tom de perplexidade na voz do mordomo. — Mas não é a mesma Srta. Stanford que esteve aqui antes.

Tyler forçou um sorriso.

— Claro que não. Receio que seja uma impostora.

— Uma impostora, senhor?

— Isso mesmo. Vão começar a surgir do nada, Clark, todas alegando um direito à fortuna da família.

— Isso é terrível, senhor. Devo chamar a polícia?

— Não. — Era a última coisa que Tyler queria. — Eu cuidarei de tudo. Leve-a à biblioteca.

— Pois não, senhor.

A mente de Tyler estava em disparada. Então a verdadeira Julia Stanford finalmente aparecera. Ainda bem que nenhum dos outros membros da família se encontrava na casa naquele momento. Ele teria de se livrar dela sem demora.

Tyler foi para a biblioteca. Julia estava parada no meio da sala, olhando para o retrato de Harry Stanford. Tyler estudou a mulher por um momento. Ela era muito bonita. Era uma pena que... Julia virou-se e viu-o.

— Olá.

— Olá.

— Você é Tyler.

— Isso mesmo. Quem é você?

O sorriso dela desapareceu.

— Mas não...? Sou Julia Stanford.

— É mesmo? Espero que me perdoe por perguntar, mas tem alguma prova?

— Prova? Ora, tenho... eu... isto é... não tenha *prova*. Apenas presumi...

Ele se adiantou.

— Por que veio aqui?

— Decidi que era tempo de conhecer minha família.

— Depois de vinte e seis anos?

— Exatamente.

Vendo-a, escutando-a falar, Tyler não teve mais qualquer dúvida. Ela era genuína e perigosa, tinha de ser liquidada o mais depressa possível. Ele forçou um sorriso.

— Pode imaginar o choque que isso representa para mim... você aparecer de repente e...

— Posso compreender. Sinto muito. Provavelmente eu deveria ter telefonado primeiro.

— Veio a Boston sozinha? — perguntou Tyler, casual.

— Vim.

A mente dele funcionava a toda.

— Alguém mais sabe que está aqui?

— Não. Isto é, minha colega de apartamento em Kansas City, Sally...

— Onde está hospedada?

— No Copley Square Hotel.

— É um bom hotel. Qual é o seu quarto?

— Quatrocentos e dezenove.

— Por que não volta para o hotel e espera por nós? Quero preparar Woody e Kendall para isso. Eles ficarão tão surpresos quanto eu.

— Lamento muito. Eu deveria...

— Não há problema algum. Agora que nos conhecemos, tenho certeza de que tudo vai acabar bem.

— Obrigada, Tyler.

— O prazer foi meu... — Ele quase engasgou com a palavra. — ... Julia. Vou chamar um táxi para você.

Ela foi embora cinco minutos depois.

Hal Baker acabara de voltar a seu quarto no hotel no centro de Boston quando o telefone tocou. Ele atendeu.

— Hal?

— Sinto muito, juiz, mas ainda não tenho notícias. Vasculhei a cidade inteira. Fui ao aeroporto e...

— Ela está aqui, seu idiota!

— Como?

— Ela está em Boston, no Copley Square Hotel, quarto 419. Quero que cuide dela esta noite. E não quero mais nenhuma falha. Entendido?

— O que aconteceu não foi minha...

— Entendido?

— Sim, senhor.

— Pois então faça tudo direito agora!

Tyler bateu o telefone. Foi procurar Clark.

— Clark, aquela moça que esteve aqui, fingindo ser minha irmã...

— Pois não, senhor?

— Eu não diria nada ao resto da família. Só serviria para transtorná-los.

— Eu compreendo, senhor. É melhor assim.

Julia foi jantar no Ritz-Carlton. O hotel era lindo, como a mãe o descrevera. *Aos domingos eu costumava levar as crianças para almoçar ali.* Julia sentou-se à mesa, imaginando a mãe ali, com Tyler, Woody e Kendall pequenos. *Gostaria de ter podido crescer com eles*, pensou ela. *Mas pelo menos vou conhecê-los agora.* Ela especulou se a mãe aprovaria o que estava fazendo. Ficara um pouco consternada com a recepção de Tyler. Ele parecera... frio. *Mas isso é natural*, concluiu Julia. *Uma estranha aparece de repente e diz "Sou sua irmã". Claro que ele ficaria desconfiado. Mas tenho certeza que posso convencê-los.*

Quando a conta chegou, Julia levou um choque. *Preciso tomar cuidado*, pensou ela. *Preciso guardar o dinheiro necessário para a passagem de ônibus até Kansas City.*

Quando saiu do Ritz-Carlton, um ônibus de turismo se preparava para partir. Num súbito impulso, ela embarcou no ônibus. Queria conhecer ao máximo possível a cidade de sua mãe.

Hal Baker entrou no saguão do Copley Square Hotel como se morasse ali, subiu pela escada para o quarto andar. Desta vez não haveria nenhum erro. O quarto 419 ficava no meio do corredor. Hal Baker olhou para um lado e outro, a fim de se certificar de que ninguém o observava, e bateu na porta. Não houve resposta. Tornou a bater.

— Srta. Stanford?

Nenhuma resposta. Ele tirou um pequeno estojo do bolso, selecionou uma gazua. Levou apenas uns poucos segundos para abrir a porta. Entrou, fechou a porta. O quarto estava vazio.

— Srta. Stanford?

Hal Baker foi até o banheiro. Vazio. Voltou ao quarto. Tirou o facão do bolso, levou uma cadeira para trás da porta, sentou ali, no escuro, esperando. Uma hora havia passado quando ouviu alguém se aproximando.

Ele se levantou no mesmo instante, empunhando o facão. Ouviu a chave girar na fechadura, a porta começou a ser aberta. Ergueu o facão acima da cabeça, pronto para o golpe. Julia Stanford entrou, acendeu a luz. Ele ouviu-a dizer:

— Muito bem, podem entrar.

E inúmeros repórteres invadiram o quarto.

Capítulo Vinte e Cinco

Foi Gordon Wellman, o gerente do turno da noite no Copley Square Hotel, quem inadvertidamente salvou a vida de Julia. Ele entrou de serviço às seis horas da tarde e automaticamente verificou o registro. Ficou surpreso ao deparar com o nome de Julia Stanford. Desde a morte de Harry Stanford que os jornais não paravam de publicar notícias sobre sua família. Haviam desencavado o antigo escândalo do romance de Stanford com a governanta dos filhos e o suicídio de sua esposa. Harry Stanford tinha uma filha ilegítima chamada Julia. Havia rumores de que ela viera a Boston em segredo. Pouco depois de uma excursão de compras, ela teria partido para a América do Sul. Agora, ao que parecia, ela voltara. *E veio se hospedar em meu hotel!*, pensou Gordon Wellman, excitado. Ele virou-se para o recepcionista.

— Sabe quanta publicidade isso poderia proporcionar ao hotel?

E um minuto depois ele estava ao telefone, ligando para os jornais.

Quando Julia voltou ao hotel, depois do passeio turístico, encontrou o saguão cheio de repórteres, esperando-a na maior ansiedade. Assim que ela entrou, todos a cercaram.

— Srta. Stanford, sou do *Boston Globe*. Estivemos à sua procura, mas soubemos que havia deixado a cidade. Poderia nos dizer...?

Uma câmera de televisão apontava para ela.

— Srta. Stanford, sou da WCVB-TV. Gostaríamos de uma declaração sua...

— Srta. Stanford, sou do *Boston Phoenix*. Queremos saber sua reação a...

— Olhe para cá, Srta. Stanford! Sorria! Obrigado.

Flashes espocaram.

Julia ficou imóvel, atordoada. *Oh, não!*, pensou ela. *A família vai pensar que sou obcecada por publicidade!* Ela virou-se para os repórteres.

— Sinto muito, mas não tenho nada a declarar.

Julia saiu correndo para o elevador. Todos foram em seu encalço.

— A revista *People* quer publicar a história de sua vida e saber qual é a sensação de permanecer afastada de sua família por mais de vinte e cinco anos...

— Soubemos que tinha viajado para a América do Sul...

— Planeja se fixar em Boston...?

— Por que não está hospedada em Rose Hill...?

Ela saltou do elevador no quarto andar e seguiu apressada pelo corredor. Os repórteres continuavam a persegui-la. Não havia como escapar.

Julia pegou a chave, abriu a porta do quarto, entrou e acendeu a luz.

— Muito bem, podem entrar.

Escondido atrás da porta, Hal Baker foi tomado de surpresa, o facão na mão erguida. Enquanto os repórteres se adiantavam, ele tornou a guardar o facão no bolso e misturou-se com o grupo. Julia virou-se para os repórteres.

— Uma pergunta de cada vez, por favor.

Frustrado, Baker recuou para a porta e deixou o quarto. O juiz Stanford não ia ficar nem um pouco satisfeito.

Durante a meia hora seguinte, Julia respondeu às perguntas da melhor forma que podia. Finalmente os repórteres foram embora.

Julia trancou a porta e foi se deitar.

Pela manhã, as emissoras de televisão e os jornais apresentaram reportagens sobre Julia Stanford.

Tyler leu os jornais e ficou furioso. Woody e Kendall se juntaram a ele à mesa do desjejum.

— Que história é essa de outra mulher dizer que é Julia Stanford? — indagou Woody.

— Ela é uma impostora — respondeu Tyler prontamente. — Esteve aqui ontem, pediu dinheiro, e mandei-a embora. Não esperava que recorresse a um golpe de publicidade tão sórdido. Não se preocupem. Cuidarei dela.

Ele telefonou para Simon Fitzgerald.

— Já viu os jornais da manhã?

— Já.

— Essa vigarista está apregoando para todo mundo que é nossa irmã.

— Quer que eu mande prendê-la?

— Não. Isso só serviria para criar mais publicidade. Quero que a faça sair da cidade.

— Está certo. Pode deixar que cuidarei de tudo, juiz Stanford.

— Obrigado.

Simon Fitzgerald mandou chamar Steve Sloane.

— Temos um problema.

Steve acenou com a cabeça.

— Já sei. Ouvi o noticiário da manhã e li os jornais. Quem é ela?

— Obviamente alguém que pensa que pode ganhar uma parte da fortuna da família. O juiz Stanford sugeriu que a tiremos da cidade. Pode cuidar disso?

— Com todo prazer — respondeu Steve, sombrio.

Uma hora depois Steve bateu na porta do quarto de hotel de Julia. Quando ela abriu e viu-o parado ali, foi logo dizendo:

— Desculpe, mas não quero mais falar com repórteres. Eu...

— Não sou repórter. Posso entrar?

— Quem é você?

— Meu nome é Steve Sloane. Trabalho na firma de advocacia que representa o espólio de Harry Stanford.

— Ah, sim. Entre.

Steve entrou no quarto.

— Disse à imprensa que é Julia Stanford?

— Infelizmente, eles me pegaram desprevenida. Não os esperava e...

— Mas alegou que é filha de Harry Stanford?

— Claro. Sou filha dele.

Steve disse, cético:

— Deve ter alguma prova.

— Não, não tenho.

— Ora, deve ter *alguma* prova — insistiu Steve.

— Não tenho nada.

Ele estudou-a, surpreso. A mulher não era o que ele esperava. Havia uma franqueza desconcertante nela. *Ela parece inteligente. Como pode ser tão estúpida para vir aqui e alegar que é filha de Harry Stanford sem qualquer prova?*

— É uma pena — disse Steve. — O juiz Stanford quer que você saia da cidade.

Julia arregalou os olhos.

— Como?

— Ele quer que você deixe a cidade.

— Mas... Não entendo. Ainda nem conheci meu outro irmão e minha irmã.

Parece que ela está mesmo determinada a manter o blefe, pensou Steve.

— Não sei quem você é ou qual é o seu jogo, mas pode ir para a cadeia por isso. Estamos lhe dando uma chance. O que está fazendo é contra a lei. Tem uma opção. Pode sair da cidade e parar de incomodar a família, ou pode ser presa.

Julia levou um choque.

— Presa? Eu... não sei o que dizer.

— A decisão é sua.

— Eles nem ao menos querem me ver? — murmurou Julia, atordoada.

— Para dizer o mínimo.

Julia respirou fundo.

— Muito bem. Se é isso o que eles querem, voltarei ao Kansas. Prometo que nunca mais ouvirão falar de mim.

Kansas. Você veio de muito longe para dar seu golpe.

— É a atitude mais sensata. — Steve hesitou por um instante, observando-a, perplexo. — Muito bem, adeus.

Ela não respondeu.

Steve estava na sala de Simon Fitzgerald.

— Falou com a mulher, Steve?

— Falei. Ela vai voltar para casa. — Steve parecia distraído.

— Ótimo. Direi ao juiz Stanford. Ele ficará satisfeito.

— Sabe o que me incomoda, Simon?

— O quê?

— O cachorro não latiu.

— Como assim?

— A história de Sherlock Holmes. A pista estava no que *não* aconteceu.

— O que isso tem a ver com...?

— Ela veio para cá sem qualquer *prova*.

Fitzgerald estava aturdido.

— Não entendo. Isso deveria tê-lo convencido.

— Ao contrário. Por que ela viria até aqui, lá do Kansas, alegando ser filha de Harry Stanford, sem ter nenhuma prova?

— Há muitas pessoas excêntricas, Steve.

— Ela não é excêntrica. Devia tê-la visto. E há outras coisas que me incomodam, Simon.

— Por exemplo?

— O corpo de Harry Stanford desapareceu... Quando procurei Dmitri Kaminsky, a única testemunha do acidente com Stanford, *ele* havia desaparecido... E ninguém parece saber onde se meteu a primeira Julia Stanford, desaparecida subitamente.

Simon Fitzgerald franziu o rosto.

— Onde está querendo chegar, Steve?

— Vem acontecendo alguma coisa que precisa ser explicada. Terei outra conversa com a mulher.

Steve Sloane entrou no saguão do Copley Square Hotel e encaminhou-se para o recepcionista.

— Pode ligar para a Srta. Julia Stanford, por favor?

O recepcionista levantou os olhos.

— Sinto muito, mas a Srta. Stanford foi embora.

— Ela deixou um endereço?

— Não, senhor.

Steve ficou parado ali, frustrado. Não havia mais nada que pudesse fazer. *Talvez eu tenha me enganado*, pensou ele, resignado. *Talvez ela fosse mesmo uma impostora. Agora nunca saberemos.* Ele saiu para a rua. O porteiro ajudava um casal a embarcar num táxi.

— Com licença — disse Steve.

O porteiro virou-se.

— Táxi, senhor?

— Não. Quero lhe fazer uma pergunta. Viu a Srta. Stanford sair do táxi esta manhã?

— Claro. Todo mundo olhava para ela. É uma celebridade. Chamei um táxi para ela.

— Por acaso sabe para onde ela foi?

Steve descobriu que estava prendendo a respiração.

— Sei, sim. Fui eu que disse ao motorista para onde levá-la.

— Que lugar? — perguntou Steve, impaciente.

— O terminal rodoviário da Greyhound na South Station. Estranhei que uma pessoa tão rica...

— Quero um táxi.

Steve circulou pelo lotado terminal rodoviário da Greyhound. Não avistou Julia em parte alguma. *Ela já partiu*, pensou ele, desesperado. Uma voz anunciava os ônibus de partida pelo sistema de alto-falantes. Steve ouviu a voz dizer "... e Kansas City". Correu para a plataforma de embarque.

Julia estava embarcando no ônibus.

— Espere! — gritou Steve.

Ela virou-se, surpresa. Steve se adiantou, apressado.

— Quero conversar com você.

Julia ficou furiosa.

— Não tenho mais nada a lhe dizer.

Ela se virou para entrar no ônibus. Steve segurou-a pelo braço.

— Espere um minuto! Precisamos muito conversar!

— Meu ônibus já vai partir.

— Pode pegar outro.

— Minha mala já está lá dentro.

Steve virou-se para um despachante.

— Esta mulher vai ter um bebê agora. Tire a mala dela do ônibus. Depressa!

O despachante olhou para Julia, confuso.

— Certo. — Ele abriu o compartimento de bagagem. — Qual é a sua, dona?

Julia virou-se para Steve, perplexa.

— Sabe o que está fazendo?

— Não — respondeu Steve.

Ela estudou-o por mais um instante, e tomou sua decisão. Apontou sua mala.

— Aquela.

O despachante tirou-a.

— Quer que eu chame uma ambulância?

— Não precisa, obrigada. Estou bem.

Steve pegou a mala e seguiram para a saída.

— Já comeu o desjejum?

— Não estou com fome — murmurou Julia, friamente.

— É melhor fazer um bom desjejum. Afinal, está comendo por dois agora.

Foram comer o desjejum no Julien. Julia sentou-se na frente de Steve, o corpo rígido de raiva. Depois que pediram, Steve disse:

— Estou curioso por uma coisa. O que a fez pensar que poderia reivindicar uma parte da herança Stanford sem qualquer prova de sua identidade?

Ela se mostrou indignada.

— Não vim aqui reivindicar nenhuma herança. Meu pai não me deixaria qualquer coisa. Só queria conhecer minha família. Mas é evidente que eles não querem me conhecer.

— Tem algum documento... qualquer tipo de prova de quem você é?

Julia pensou em todos os recortes guardados em seu apartamento e sacudiu a cabeça.

— Não. Não tenho nada.

— Quero que você converse com alguém.

— Este é Simon Fitzgerald. — Steve hesitou. — Hã...

— Julia Stanford.

Cético, Fitzgerald disse:

— Sente-se, senhorita.

Julia sentou-se na beira da cadeira, pronta para se levantar e sair. Fitzgerald estudava-a. Ela tinha os olhos de um cinza profundo como os dos Stanfords, mas havia muitas pessoas assim.

— Você alega que é filha de Rosemary Nelson.

— Não alego coisa nenhuma. Sou mesmo a filha de Rosemary Nelson.

— E onde está sua mãe?

— Ela morreu há alguns anos.

— Lamento. Pode nos falar sobre ela?

— Não. Prefiro não falar nada. — Julia levantou-se. — Quero ir embora.

— Estamos tentando ajudá-la — disse Steve.

Ela fitou-o.

— É mesmo? Minha família não quer me ver. E você quer me entregar à polícia. Não preciso desse tipo de ajuda.

Julia encaminhou-se para a porta.

— Espere! — insistiu Steve. — Se é quem diz ser, deve ter *alguma coisa* para provar que é filha de Harry Stanford.

— Já disse que não tenho nada. Minha mãe e eu excluímos Harry Stanford de nossas vidas.

— Como era sua mãe? — perguntou Simon Fitzgerald.

— Ela era linda... — A voz de Julia abrandou. — Era a mais adorável... — Ela fez uma pausa, lembrando-se de uma coisa. — Tenho um retrato dela.

Julia tirou um pequeno medalhão de ouro do pescoço e estendeu-o para Fitzgerald.

Ele fitou-a por um momento, depois abriu o medalhão. Num lado havia o retrato de Harry Stanford e no outro o de Rosemary Nelson. A inscrição era PARA R.N. COM AMOR, H.S. A data era 1969.

Simon Fitzgerald ficou olhando para o medalhão em silêncio por um longo tempo. Ao levantar os olhos e falar, sua voz era rouca:

— Devemos lhe pedir desculpas, minha cara. — Ele virou-se para Steve. — Esta é Julia Stanford.

Capítulo Vinte e Seis

Kendall não conseguira tirar da cabeça a conversa com Peggy. Tudo indicava que Peggy era incapaz de lidar com a situação sozinha. *Woody está tentando. Juro que está... Ah, eu o amo tanto!*

Ele precisa de muita ajuda, pensou Kendall. *Tenho de fazer alguma coisa. Woody é meu irmão. Devo falar com ele.*

Kendall foi procurar Clark.

— O Sr. Woodrow está em casa?

— Está, sim, madame. Creio que no quarto dele.

— Obrigada.

Kendall pensou na cena à mesa, no rosto machucado de Peggy. *O que aconteceu? Esbarrei numa porta... Como ela agüentara durante tanto tempo?* Kendall subiu e bateu na porta do quarto de Woody. Não houve resposta.

— Woody?

Ela abriu a porta e entrou. Um cheiro de amêndoas ainda impregnava o quarto. Kendall hesitou por um momento, depois avançou para o banheiro. Podia ver Woody através da porta aberta. Ele esquentava heroína num pedaço de papel laminado. Quando a heroína começou a liquefazer-se e evaporar, ela observou o irmão inalar a fumaça através de um canudo que tinha na boca.

Kendall entrou no banheiro.

— Woody...

Ele virou o rosto e sorriu.

— Oi, mana!

E tornou a inalar fundo.

— Pare com isso, pelo amor de Deus!

— Ei, relaxe. Sabe como se chama isto? Caçar o dragão. Não percebe o pequeno dragão enroscado na fumaça? — Ele sorria, feliz.

— Woody, por favor, deixe-me conversar com você.

— Claro, mana. Em que posso ajudá-la? Sei que não é um problema de dinheiro. Afinal, somos bilionários. Por que parece tão deprimida? O sol brilha, o dia é lindo!

Os olhos dele faiscavam. Kendall sentiu uma profunda compaixão.

— Woody, tive uma conversa com Peggy. Ela me contou como você começou a tomar drogas no hospital.

Ele acenou com a cabeça.

— É verdade. A melhor coisa que já me aconteceu.

— Não, Woody, é a pior coisa que já lhe aconteceu. Tem alguma idéia do que está fazendo com sua vida?

— Claro que tenho. É o que se chama de viver intensamente, mana.

Kendall pegou a mão dele, ansiosa.

— Você precisa de ajuda.

— Eu? Não preciso de nenhuma ajuda. Estou ótimo.

— Não está, não. Escute, Woody. É de sua vida que estamos falando, mas não é apenas a *sua* vida. Pense em Peggy. Há anos que a vem submetendo a um inferno em vida, e ela suportou porque o ama demais. Não está destruindo só a sua vida, mas também a vida dela. Tem de fazer alguma coisa *agora*, antes que seja tarde demais. Não é importante como você começou a tomar drogas. O que importa neste momento é que você se livre do vício.

O sorriso de Woody desapareceu. Ele fitou Kendall nos olhos, fez menção de dizer alguma coisa, mudou de idéia.

— Kendall...

— O que é?

Ele passou a língua pelos lábios.

— Eu... sei que você tem razão. Quero parar. Já tentei. Oh, Deus, como tentei! Mas não posso.

— Claro que pode! — exclamou Kendall, veemente. — Vai conseguir. Venceremos o vício juntos. Peggy e eu o apoiaremos até o fim. Quem lhe fornece a heroína, Woody?

Ele fitou-a espantado.

— Quer dizer que não sabe?

Kendall balançou a cabeça.

— Não, não sei.

— É Peggy.

Capítulo Vinte e Sete

Simon Fitzgerald ficou olhando para o medalhão de ouro.

— Conheci sua mãe, Julia, e gostava dela. Sua mãe era maravilhosa para as crianças Stanfords, que a adoravam.

— Ela também os adorava — disse Julia. — Sempre me falava sobre eles.

— O que aconteceu com sua mãe foi terrível. Não pode imaginar o escândalo que criou. Boston pode ser uma cidade bem pequena. Harry Stanford comportou-se muito mal. Sua mãe não teve opção a não ser ir embora. — Ele sacudiu a cabeça. — A vida deve ter sido muito difícil para vocês duas.

— Mamãe sofreu muito. O pior é que acho que ela ainda amava Harry Stanford, apesar de tudo. — Ela olhou para Steve. — Não compreendo o que está acontecendo. Por que minha família não quer me ver?

Os dois homens trocaram um olhar.

— Deixe-me explicar. — Steve hesitou, escolhendo as palavras com cuidado. — Uma mulher apareceu aqui há pouco tempo alegando ser Julia Stanford.

— Mas isso é impossível! Eu sou...

Steve levantou a mão.

— Eu sei. A família contratou um detetive particular para ter certeza de que ela era autêntica.

— E descobriram que não era.

— Não. Descobriram que ela era.

Julia ficou aturdida.

— Como assim?

— O detetive disse que encontrou impressões digitais que a mulher tirara ao obter a carteira de motorista em San Francisco quando tinha dezessete anos. Combinavam com as impressões digitais da mulher que dizia ser Julia Stanford.

Julia estava mais perplexa do que nunca.

— Mas... nunca estive na Califórnia!

Fitzgerald interveio:

— Julia, pode estar havendo uma conspiração elaborada para se obter uma parte da herança Stanford. Receio que você tenha sido envolvida nisso.

— Não posso acreditar!

— Quem quer que esteja por trás não pode permitir a presença de duas Julias Stanford.

Steve acrescentou:

— A única maneira do plano dar certo é tirar você do caminho.

— Quando diz "tirar do caminho"... — Ela parou, lembrando uma coisa. — Oh, não!

— O que é? — perguntou Fitzgerald.

— Há duas noites falei pelo telefone com minha colega de apartamento e ela estava histérica. Disse que um homem apareceu lá com uma faca e tentou atacá-la. Ele pensou que Sally fosse eu! — Julia teve dificuldade para encontrar a voz. — Quem... quem está fazendo isso?

— Se eu tivesse de dar um palpite, diria que é provavelmente alguém da família — declarou Steve.

— Mas... *por quê*?

— Há uma grande fortuna em jogo e o testamento será homologado dentro de poucos dias.

— O que isso tem a ver comigo? Meu pai nunca me reconheceu. Não teria me deixado coisa alguma.

— Para dizer a verdade, se pudermos provar sua identidade, sua parte na herança é de mais de um bilhão de dólares — explicou Fitzgerald.

Julia ficou atordoada e murmurou, ao recuperar a voz:

— Um bilhão de dólares?

— Isso mesmo. Mas há outra pessoa atrás desse dinheiro. E por isso você corre perigo.

— Entendo... — Ela fitou-os, dominada por um pânico crescente. — O que vou fazer?

— Eu lhe direi o que *não* vai fazer — respondeu Steve. — Não vai voltar para um hotel. Quero que fique escondida até descobrirmos o que está acontecendo.

— Eu poderia voltar para o Kansas até...

— Seria melhor se ficasse aqui, Julia — interrompeu-a Fitzgerald. — Encontraremos um lugar para escondê-la.

— Ela pode ficar em minha casa — sugeriu Steve —, onde ninguém pensaria em procurá-la.

Os dois se viraram para Julia. Ela hesitou.

— Hã... está bem.

— Ótimo.

Julia acrescentou, falando devagar:

— Nada disso aconteceria se meu pai não tivesse caído daquele iate.

— Não creio que ele tenha caído — disse Steve. — Acho que foi empurrado.

Eles desceram pelo elevador de serviço para a garagem do prédio, entraram no carro de Steve.

— Não quero que ninguém a veja — disse Steve. — Temos de mantê-la fora de vista pelos próximos dias.

Ele foi guiando pela State Street.

— Que tal almoçar?

Julia fitou-o e sorriu.

— Parece que você está sempre me alimentando.

— Conheço um restaurante fora do circuito mais conhecido. É uma casa antiga na Gloucester Street. Acho que ninguém nos verá ali.

L'Espalier era uma elegante construção do século XIX, com uma das melhores vistas de Boston. Ao entrarem, Steve e Julia foram cumprimentados pelo *maître*.

— Boa tarde — disse ele. — Podem me acompanhar, por favor? Tenho uma ótima mesa junto à janela.

— Se não se importa — disse Steve —, preferimos uma mesa junto à parede.

O *maître* se mostrou surpreso.

— Junto à parede?

— Isso mesmo. Gostamos de privacidade.

— Pois não.

Ele levou-os a uma mesa num canto.

— Mandarei um garçom atendê-los imediatamente. — O *maître* fitou Julia e seu rosto se iluminou de repente. — Ah, Srta. Stanford! É um prazer tê-la aqui. Vi sua foto no jornal.

Julia olhou para Steve, sem saber o que dizer.

— Essa não! — exclamou Steve. — Deixamos as crianças no carro! Vamos buscá-las!

Para o *maître*, ele acrescentou:

— Queremos dois martínis, bem secos. Não precisa pôr as azeitonas. Voltaremos num instante.

— Pois não, senhor.

O *maître* observou os dois saírem apressados do restaurante.

— O que está fazendo? — perguntou Julia.

— Saindo daqui. Se ele chamasse a imprensa, estaríamos numa encrenca. Vamos para outro lugar.

Foram para um pequeno restaurante na Dalton Street e pediram o almoço. Steve estudou-a.

— Qual é a sensação de ser uma celebridade?

— Não brinque com isso, por favor. Eu me sinto horrível.

— Posso compreender — murmurou ele, contrito. — Desculpe.

Steve estava descobrindo que ela era uma companhia agradável. Pensou no quanto fora grosseiro no primeiro encontro.

— Acha... acha mesmo que corro perigo, Sr. Sloane?

— Chame-me de Steve. Acho, sim. Mas será por pouco tempo. Assim que o testamento for homologado, saberemos quem está por trás de tudo. Até lá, cuidarei para que se mantenha sã e salva.

— Obrigada.

Olhavam um para o outro. Um garçom se aproximou, viu as expressões em seus rostos, e decidiu não interrompê-los.

No carro, Steve perguntou:

— É a primeira vez que vem a Boston?

— É, sim.

— É uma cidade interessante.

Estavam passando pelo velho John Hancock Building. Steve apontou para o alto da torre.

— Está vendo aquele farol?

— Estou, sim.

— Informa o tempo.

— Como pode um farol...?

— Fico contente que tenha perguntado. Quando a luz é um azul firme, significa tempo bom. Se é um azul piscando, podemos esperar nuvens iminentes. Um vermelho firme significa chuva pela frente e o vermelho piscando é neve.

Julia riu. Chegaram à Harvard Bridge. Steve diminuiu a velocidade.

— Esta é a ponte que liga Boston e Cambridge. Tem exatamente trezentos e sessenta e quatro vírgula quatro Smoots e uma orelha de comprimento.

Julia virou-se para ele, aturdida.

— O que disse?

Steve sorriu.

— É verdade.

— O que é um Smoot?

— Um Smoot é uma medida de comprimento usando o corpo de Oliver Reed Smoot, que tinha um metro e setenta de altura. Começou como uma piada, mas a cidade manteve as marcas quando reconstruiu a ponte. O Smoot tornou-se uma medida de comprimento em 1958.

Ela riu.

— Isso é incrível!

Ao passarem pelo Monumento de Bunker Hill, Julia disse:

— Foi aqui que ocorreu a batalha de Bunker Hill, não é?
— Não — respondeu Steve.
— Como assim?
— A batalha de Bunker Hill foi travada em Breed's Hill.

A casa de Steve era na Newbury Street, de dois andares, muito atraente, com móveis aconchegantes e gravuras coloridas nas paredes.

— Mora sozinho aqui? — perguntou Julia.

— Isso mesmo. Tenho uma empregada que vem duas vezes por semana. Avisarei a ela que não precisa vir nos próximos dias. Não quero que ninguém saiba que você está aqui.

Julia fitou-o com uma expressão afetuosa.

— Quero que saiba que me sinto reconhecida por tudo o que está fazendo por mim.

— O prazer é meu. Vou levá-la a seu quarto.

Ele conduziu-a para o quarto de hóspede no segundo andar.

— Espero que o ache confortável.

— É lindo!

— Vou fazer algumas compras. Costumo comer fora.

— Eu poderia... — Julia hesitou. — Pensando bem, é melhor não. Minha colega de apartamento costuma dizer que minha comida é letal.

— Acho que tenho a mão boa no fogão. Cozinharei para nós. — Ele fez uma pausa. — Há algum tempo que não tenho ninguém para quem cozinhar.

Recue, advertiu Steve a si mesmo. *Está saindo da base. Não pode continuar assim.*

— Quero que fique à vontade. Está completamente segura aqui.

Julia fitou-o em silêncio por um longo momento e depois sorriu.

— Obrigada.

Eles tornaram a descer. Steve apontou tudo.

— Televisão, videocassete, rádio, CD... Fique à vontade.

— É maravilhoso.

Julia teve vontade de acrescentar: *Assim como eu me sinto com você.*

— Se não há mais nada... — murmurou Steve, contrafeito.

Ela ofereceu-lhe um sorriso efusivo.

— Não posso pensar em qualquer coisa.

— Neste caso, voltarei ao escritório. Tenho muitas perguntas sem respostas.

Julia observou-o se encaminhar para a porta.

— Steve...

Ele virou-se.

— O que é?

— Tem problema se eu ligar para minha colega de apartamento? Ela deve estar preocupada comigo.

Steve sacudiu a cabeça.

— De jeito nenhum. Não quero que dê qualquer telefonema ou saia de casa. Sua vida pode depender disso.

Capítulo Vinte e Oito

— Sou o Dr. Westin. Sabe que a nossa conversa está sendo gravada?

— Sei, doutor.

— Sente-se mais calma agora?

— Estou calma, mas com raiva.

— Com raiva do quê?

— Eu não deveria estar aqui. Não sou louca. Fui incriminada falsamente.

— É mesmo? E quem a incriminou?

— Tyler Stanford.

— *Juiz* Tyler Stanford?

— Isso mesmo.

— Por que ele faria isso?

— Por dinheiro.

— Você tem dinheiro?

— Não. Ou melhor, sim... isto é... eu poderia ter. Ele me prometeu um milhão de dólares, um casaco de pele e jóias.

— Por que o juiz Stanford lhe prometeria tudo isso?

— Deixe-me voltar ao início. Não sou realmente Julia Stanford. Meu nome é Margo Posner.

— Quando chegou aqui, insistiu que era Julia Stanford.

— Esqueça. Não sou. Vou explicar o que aconteceu. O juiz Stanford me contratou para passar por sua irmã.

— Por que ele fez isso?

— Para que eu pudesse ficar com uma parte da herança Stanford e entregar a ele.

— Por isso ele prometeu um milhão de dólares, um casaco de pele e algumas jóias?

— Não acredita em mim, não é? Mas posso provar. Ele me levou para Rose Hill. É lá que a família Stanford mora, em Boston. Posso descrever a casa, contar tudo sobre a família.

— Sabia que são muito sérias as acusações que está fazendo?

— Pode apostar que sei. Mas imagino que não vai fazer nada, porque ele é juiz.

— Está completamente enganada. Posso lhe assegurar que as acusações serão investigadas.

— Grande! Quero que o filho da puta seja trancafiado como fez comigo. E quero sair daqui.

— Compreende que além do meu exame, dois colegas também terão de avaliar seu estado mental?

— Podem avaliar. Tenho tanta sanidade quanto você.

— O Dr. Gifford virá vê-la esta tarde e depois decidiremos como vamos continuar.

— Quanto mais cedo, melhor. Não suporto a porra deste lugar!

A atendente que levou o almoço para Margo informou:

— Acabei de falar com o Dr. Gifford. Ele estará aqui dentro de uma hora.

— Obrigada.

Margo estava pronta para ele. E para todos os outros. Contaria tudo o que sabia, desde o início. *E quando eu acabar,* pensou Margo, *eles vão encanar o juiz e me deixar sair.* O pensamento encheu-a de satisfação. *Ficarei livre!* E, depois, Margo pensou: *Livre para fazer o quê? Terei de ganhar a vida nas ruas outra vez. Talvez até revoguem minha liberdade condicional e me mandem de volta para a prisão!*

Ela jogou a bandeja do almoço na parede. *Desgraçados! Não podem fazer isso comigo! Ontem eu valia um bilhão de dólares, mas hoje... Espere! Espere!* Uma idéia aflorou na mente de Margo, uma idéia tão sensacional que um calafrio percorreu seu corpo. *Santo Deus! O que estou fazendo? Já provei que sou Julia Stanford. Tenho testemunhas. Toda a família ouviu Frank Timmons dizer que minhas impressões digitais provavam que sou Julia Stanford. Por que eu haveria de querer ser Margo Posner quando posso ser Julia Stanford? Não é de admirar que tenham me trancafiado aqui. Devo ter perdido o juízo!* Ela tocou a campainha, chamando a atendente.

Assim que a atendente chegou, Margo lhe disse, muito excitada:

— Quero ver o médico imediatamente!

— Tem um encontro com ele daqui...

— *Agora!* Tem de ser agora!

A atendente avaliou a expressão de Margo e disse:

— Acalme-se. Vou chamá-lo.

O Dr. Franz Gifford entrou no quarto de Margo dez minutos depois.

— Pediu para falar comigo?

— Pedi. — Margo sorriu. — Eu estava fazendo um jogo, doutor.

— É mesmo?

— É, sim. A situação é muito embaraçosa. A verdade é que fiquei muito zangada com meu irmão Tyler, e queria puni-lo. Mas compreendo agora que estava errada. Não estou mais zangada e quero voltar para minha casa, Rose Hill.

— Li a transcrição de sua entrevista esta manhã. Disse que seu nome era Margo Posner e que foi incriminada...

Margo soltou uma risada.

— Foi uma coisa horrível da minha parte. Só falei isso para irritar Tyler. Mas a verdade é que sou Julia Stanford.

— Pode provar?

Era o momento que Margo esperava.

— Claro que posso! — exclamou ela, triunfante. — O próprio Tyler provou. Ele contratou um detetive particular chamado Frank Timmons, que comparou minhas impressões digitais com as que tirei para obter a carteira de motorista aos dezessete anos. São iguais. Não resta a menor dúvida a respeito.

— Detetive Frank Timmons?

— Isso mesmo. Ele trabalha para o promotor distrital de Chicago.

O médico estudou-a por um instante.

— Tem certeza? Você não é Margo Posner... é Julia Stanford?

— Certeza absoluta.

— E o tal detetive particular, Frank Timmons, pode confirmar isso?

Margo sorriu.

— Ele já confirmou. Tudo o que tem a fazer é ligar para o gabinete do promotor distrital e falar com ele.

O Dr. Gifford balançou a cabeça.

— Muito bem, farei isso.

Às dez horas da manhã seguinte, o Dr. Gifford, acompanhado pela atendente, voltou ao quarto de Margo.

— Bom dia.

— Bom dia, doutor. — Ela fitou-o na maior ansiedade. — Falou com Frank Timmons?

— Falei. Quero ter certeza de que compreendi tudo direito. Sua história sobre o juiz Stanford envolvendo-a em alguma conspiração era falsa?

— Completamente falsa. Só falei isso porque queria punir meu irmão. Mas está tudo bem agora. Quero voltar para casa.

— Frank Timmons pode provar que é Julia Stanford?

— Pode.

O Dr. Gifford virou-se para a atendente e acenou com a cabeça. A mulher fez sinal para alguém. Um homem alto, magro e negro entrou no quarto. Olhou para Margo e disse:

— Sou Frank Timmons. Em que posso ajudá-la?

Era um total estranho.

Capítulo Vinte e Nove

O desfile corria muito bem. As modelos se deslocavam graciosas pela passarela e cada nova roupa era recebida com aplausos entusiasmados. O salão estava lotado, todas as cadeiras ocupadas e pessoas de pé no fundo.

Houve uma agitação nos bastidores e Kendall virou-se para ver o que estava acontecendo. Dois guardas uniformizados avançavam em sua direção.

O coração de Kendall disparou. Um dos guardas perguntou:

— Você é Kendall Stanford Renaud?

— Sou, sim.

— Pois está presa pelo assassinato de Martha Ryan.

— Não! — gritou ela. — Não tive a intenção de matá-la! Foi um acidente! Por favor! Por favor! Por favor...!

Ela acordou em pânico, o corpo tremendo.

Era um pesadelo recorrente. *Não posso continuar assim*, continuou Kendall. *Não dá mais. Tenho de fazer alguma coisa.*

Ela queria desesperadamente falar com Marc. Ele voltara a Nova York, relutante.

— Tenho um emprego, querida. Eles não querem me dar mais nenhum dia de folga.

— Eu compreendo, Marc. Também voltarei dentro de poucos dias. Tenho um desfile a preparar.

Kendall partiria para Nova York naquela tarde, mas havia uma coisa que ela achava que tinha de fazer antes de partir. A conversa com Woody fora perturbadora. *Ele está lançando em Peggy a culpa por seus problemas.*

Kendall encontrou Peggy na varanda.

— Bom dia — disse Kendall.

— Bom dia.

Kendall sentou-se na frente de Peggy.

— Preciso conversar com você.

— É?

Era uma situação constrangedora.

— Tive uma conversa com Woody. Ele está em péssimas condições. Acha... ele diz que é você quem lhe fornece a heroína?

— Ele contou isso?

— Contou.

Houve uma pausa prolongada.

— É verdade.

Kendall fitou-a com incredulidade.

— Mas... não compreendo. Você me disse que estava tentando afastá-lo das drogas. Por que haveria de querer mantê-lo viciado?

— Não pode entender nada, não é? — O tom era amargurado. — Vive encerrada em seu pequeno mundo. Pois vou lhe dizer uma coisa, Madame Estilista Famosa! Eu era garçonete quando Woody me engravidou. Nunca esperei que Woody Stanford casasse comigo. E quer saber por que ele casou? Para que pudesse sentir que era melhor do que o pai. Muito bem, Woody casou comigo. E todo mundo me tratava como se eu fosse lixo. Quando meu irmão Hoop apareceu para o casamento, agiram como se ele também fosse lixo.

— Peggy...

— Para dizer a verdade, fiquei espantada quando seu irmão disse que queria casar comigo. Nem mesmo sabia se a criança era dele. Eu poderia ter sido uma boa esposa para Woody, mas ninguém jamais me deu uma oportunidade. Para eles, eu ainda era uma garçonete. Não perdi a criança. Fiz um aborto deliberado. Pensei que talvez assim Woody se divorciasse de mim. Mas isso não aconteceu. Eu era seu símbolo de como ele era democrático. Pois vou lhe dizer uma coisa, dona. Não preciso disso. Sou tão boa quanto você ou qualquer outra pessoa.

Cada palavra era um golpe.

— Algum dia você amou Woody?

Peggy deu de ombros.

— Ele era bonito e divertido, mas depois sofreu aquela queda horrível numa partida de pólo, e tudo mudou. Deram drogas a ele no hospital. Quando Woody saiu, esperavam que ele parasse de tomá-las. Uma noite ele sentia muita dor, e eu disse: "Tenho um presente para você." Depois disso, sempre que ele sentia dor, eu lhe dava um presentinho. Logo era sempre que ele precisava, quer estivesse ou não sentindo dor. Meu irmão é traficante e eu podia obter toda a heroína de que precisava. Fazia

Woody me suplicar. E às vezes dizia a ele que não tinha, só para vê-lo suar e chorar... ah, como o Sr. Woodrow Stanford precisava de mim! Ele não era tão altivo nessas ocasiões! Eu o provocava para que me batesse e depois Woody se sentia horrível pelo que fizera, vinha rastejando para mim, oferecendo presentes. Deve entender, quando Woody está fora da droga eu não sou nada. Quando ele toma a droga, sou eu quem tem o poder. Ele pode ser um Stanford e talvez eu não passe de uma garçonete, mas o controlo.

Kendall a fitava horrorizada.

— Seu irmão bem que tentou largar as drogas. Quando a coisa ficava ruim demais, os amigos o levavam para um centro de desintoxicação. Eu ia visitá-lo, e via o grande Stanford sofrendo as agonias do inferno. E cada vez que ele saía, eu estava à sua espera com meu presentinho. Era o momento da retaliação.

Kendall tinha dificuldade para respirar.

— O que fez é monstruoso — murmurou ela. — Quero que vá embora.

— Pode apostar que vou! Mal posso esperar para sair daqui. — Peggy sorriu. — Mas é claro que não irei embora de graça. Quanto terei num acordo?

— Qualquer que seja a quantia, será demais — respondeu Kendall. — E agora vá embora.

— Com prazer. — Uma pausa e Peggy acrescentou, num tom afetado: — Meu advogado entrará em contato com o seu.

— Ela vai mesmo me deixar?

— Vai.

— Isso significa...

— Sei o que significa, Woody. Pode agüentar?

Ele sorriu.

— Acho que sim. Tentarei.

— Tenho certeza de que pode.

Woody respirou fundo.

— Obrigado, Kendall. Eu nunca teria coragem para me livrar dela.

Ela sorriu.

— Para que servem as irmãs?

Kendall partiu para Nova York naquela tarde. O desfile seria realizado dentro de uma semana.

O negócio de moda é o maior de Nova York. Um estilista bem-sucedido pode causar um efeito na economia do mundo inteiro. O capricho de um estilista tem um impacto distante em tudo, dos colhedores de algodão na Índia aos tecelões escoceses e aos criadores do bicho-da-seda na China e Japão. Tem um efeito sobre a indústria da lã e a indústria da seda. Os Donna Karans, Calvin Kleins e Ralph Laurens são uma grande influência econômica, e Kendall alcançara essa categoria. Circulava o rumor de que ela seria escolhida para Estilista do Ano pelo Conselho de Estilistas de Moda da América, o prêmio de maior prestígio no ramo.

Kendall Stanford Renaud levava uma vida movimentada. Em setembro, examinava uma ampla variedade de tecidos; em outubro, escolhia os que queria para seus novos modelos. Dezembro e janeiro eram devotados a desenhar sua nova coleção, e fevereiro era o mês para refinar suas criações. Abril era o mês para apresentar a coleção de outono.

A Kendall Stanford Designs ficava na Sétima Avenida, 550, partilhando o prédio com Bill Blass e Oscar de la Renta. Seu próximo desfile seria sob um toldo no Bryant Park, onde poderia acomodar mil pessoas. Assim que Kendall entrou no escritório, Nadine disse:

— Tenho boas notícias. Fizeram todas as reservas para o desfile.

— Obrigada — murmurou Kendall, distraída, a mente em outras coisas.

— Antes que eu me esqueça, há uma carta para você em sua mesa, com o aviso de URGENTE. Foi trazida por um mensageiro especial.

As palavras provocaram um sobressalto em Kendall. Ela foi até sua mesa, olhou o envelope. O endereço do remetente era *Associação de Proteção da Vida Selvagem, Park Avenue, 3.000, Nova York*. Kendall ficou olhando para o envelope, imóvel, por um longo tempo. Não havia o número 3.000 na Park Avenue.

Ela abriu a carta com os dedos trêmulos.

Prezada Sra. Renaud:

Meu banqueiro suíço informa que ainda não recebeu o milhão de dólares que minha associação solicitou. Em vista de sua inadimplência, devo comunicar que nossas necessidades aumentaram para cinco milhões de dólares. Se esse pagamento for efetuado, prometo que não tornaremos a incomodá-la. Tem quinze dias para depositar o dinheiro em nossa conta. Se não o fizer, lamento muito, mas teremos de nos comunicar com as autoridades competentes.

Não havia assinatura.

Kendall entrou em pânico, lendo a carta várias vezes. *Cinco milhões de dólares! É impossível! Nunca conseguirei levantar tanto dinheiro num prazo tão curto! Fui uma idiota!*

Quando Marc chegou em casa naquela noite, Kendall mostrou-lhe a carta.

— Cinco milhões de dólares! — explodiu ele. — Isso é um absurdo! Quem eles pensam que você é?

— Eles sabem quem eu sou — murmurou Kendall. — É esse o problema. Tenho de arrumar o dinheiro e depressa. Mas como?

— Não sei... Calculo que um banco poderia emprestar o dinheiro contra sua herança, mas não gosto da idéia de...

— É da minha vida que estou falando, Marc. De *nossas* vidas. Vou tentar obter o empréstimo.

George Meriweather era vice-presidente do Union Bank de Nova York. Estava na casa dos quarenta anos e subira por seu próprio esforço desde que ingressara no banco como caixa júnior. Era um homem ambicioso. *Um dia estarei no conselho de administração do banco e depois disso... quem sabe?* Os pensamentos foram interrompidos pela secretária.

— A Srta. Kendall Stanford deseja vê-lo.

Ele experimentou um pequeno *frisson* de prazer. Ela sempre fora uma boa cliente, como uma estilista bem-sucedida, mas agora era uma das mulheres mais ricas do mundo. Ele tentara por vários anos, em vão, obter a conta de Harry Stanford. E agora...

— Peça a ela para entrar — disse Meriweather à sua secretária.

Quando Kendall entrou na sala, Meriweather levantou-se para cumprimentá-la, com um sorriso e um aperto de mão efusivo.

— É um prazer tornar a vê-la — disse ele. — Sente-se. Aceita um café ou algo mais forte?

— Não, obrigada.

— Quero apresentar minhas condolências pela morte de seu pai.

A voz era convenientemente solene.

— Obrigada.

— Em que posso ajudá-la?

Meriweather já sabia o que ela ia dizer. Kendall Stanford lhe entregaria seus bilhões para que ele investisse...

— Quero tomar algum dinheiro emprestado.

Ele piscou, aturdido.

— Como?

— Preciso de cinco milhões de dólares.

Meriweather pensou depressa. *Segundo os jornais, a parte dela na herança deve ser de mais de um bilhão de dólares. Mesmo se deduzindo os impostos...* Ele sorriu.

— Creio que não haverá qualquer problema. Sempre foi uma de nossas clientes mais importantes. Que garantia gostaria de oferecer?

— Sou herdeira no testamento de meu pai.

Meriweather acenou com a cabeça.

— Sei disso. Li nos jornais.

— Gostaria de tomar o dinheiro emprestado contra a minha parte na herança.

— Entendo. O testamento de seu pai já foi homologado?

— Não, mas será em breve.

— Muito bem. — Ele inclinou-se para a frente. — Vamos precisar de uma cópia do testamento.

— Posso arrumar — disse Kendall, ansiosa.

— E precisamos também saber de sua participação exata na herança.

— Não sei qual é a quantia exata.

— As leis bancárias são bastante rigorosas. As homologações podem demorar. Por que não volta depois que o testamento for homologado e...

— Preciso do dinheiro agora — insistiu Kendall, desesperada, sentindo vontade de gritar.

— Claro que queremos fazer tudo o que pudermos para atendê-la, minha cara... — Ele ergueu os braços, num gesto impotente. — Mas, infelizmente, estamos com as mãos atadas até...

Kendall levantou-se.

— Obrigada.

— Assim que...

Ela foi embora.

Quando Kendall voltou ao escritório, Nadine disse, muito excitada:

— Preciso conversar com você.

Ela não sentia a menor disposição para ouvir os problemas de Nadine.

— O que é?

— Meu marido me telefonou há poucos minutos. Sua companhia vai transferi-lo para Paris. Por isso, irei embora.

— Você vai... para Paris?

Nadine estava radiante.

— Vou, sim! Não é maravilhoso? Lamentarei deixá-la. Mas não se preocupe. Continuarei em contato.

Então era Nadine. Mas não havia como provar. Primeiro o casaco de pele e agora Paris. Com cinco milhões de dólares, ela pode se dar ao luxo de viver em qualquer lugar do mundo. Como posso fazer? Se eu lhe disser que sei, ela vai negar. Talvez exija mais. Marc saberá o que fazer.

— Nadine...

Um dos assistentes de Kendall entrou na sala.

— Temos de conversar sobre a nova coleção, Kendall. Acho que não temos modelos suficientes para...

Kendall não podia mais suportar.

— Desculpe, mas não me sinto bem. Vou para casa.

O assistente ficou espantado.

— Mas estamos no meio de...

— Sinto muito.

E Kendall saiu.

O apartamento estava vazio quando Kendall entrou. Marc trabalhava até tarde. Kendall contemplou todas as belas coisas na sala e pensou: *Eles nunca vão parar até me arrancarem tudo. Vão me sangrar até a morte. Marc tinha razão. Eu deveria ter procurado a polícia naquela noite. Agora sou uma criminosa. Tenho de confessar. E agora, enquanto ainda tenho coragem.* Ela sentou, pensando no que ia fazer, em Marc, em sua família. Haveria manchetes escandalosas, um julgamento, talvez a prisão. Seria o fim de sua carreira. *Mas não posso continuar assim,* pensou Kendall. *Acabarei enlouquecendo.*

Atordoada, ela se levantou, foi para o escritório de Marc. Lembrava que ele guardava sua máquina de escrever numa prateleira no armário. Pegou a máquina, ajeitou-a em cima da mesa. Pôs um papel e começou a escrever.

A Quem Possa Interessar:

Meu nome é Kendall

Ela parou. A letra E estava quebrada.

Capítulo Trinta

— Por que, Marc? Pelo amor de Deus, por quê?

A voz de Kendall ressoava de angústia.

— Foi culpa sua.

— Não! Já contei... foi um acidente! Eu...

— Não estou falando do acidente, mas sim de *você*. A esposa que é um grande sucesso, tão ocupada que não encontra tempo para seu marido.

Foi como se ele a tivesse esbofeteado.

— Isso não é verdade. Eu...

— Sempre pensou apenas em você mesma, Kendall. Em

qualquer lugar a que fôssemos, você era a estrela. Deixava-me acompanhá-la como um *poodle* de estimação.

— Isso não é justo, Marc!

— Não é? Você vai fazer seus desfiles de moda no mundo inteiro para ter seu retrato nos jornais, enquanto fico sentado aqui, esperando por sua volta. Acha que gosto de ser o "Sr. Kendall"? Eu queria uma esposa. Mas não se preocupe, minha querida Kendall. Consolei-me com outras mulheres enquanto você viajava.

Ela estava pálida.

— E eram mulheres reais, de carne e osso, que tinham tempo para mim, não uma casca maquilada e vazia.

— Pare com isso! — gritou Kendall.

— Quando me contou o acidente, percebi uma maneira de me livrar de você. Quer saber de uma coisa, minha querida? Eu gostava de observá-la a se angustiar enquanto lia aquelas cartas. Compensava um pouco todas as humilhações por que passei.

— Já chega! Faça suas malas e saia daqui! Não quero vê-lo nunca mais!

Marc sorriu.

— Não há muita chance de que isso aconteça. Ainda planeja procurar a polícia?

— Saia! — berrou Kendall. — *Agora!*

— Já estou indo. Acho que voltarei a Paris. Só mais uma coisa, querida: não direi nada a ninguém. Você está segura.

Ele deixou o apartamento uma hora depois.

Às nove horas da manhã seguinte, Kendall telefonou para Steve Sloane.

— Bom dia, Sra. Renaud. Em que posso ajudá-la?

— Voltarei a Boston esta tarde — disse Kendall. — Tenho uma confissão a fazer.

Ela sentou-se diante de Steve Sloane, pálida e tensa. Não sabia como começar. Steve procurou estimulá-la.

— Disse que tinha uma confissão a fazer.

— Isso mesmo. Eu... matei uma pessoa. — Kendall começou a chorar. — Foi um acidente, mas... fugi.

O rosto era uma máscara de angústia.

— Fugi... e deixei o corpo lá.

— Calma, calma... — murmurou Steve. — Comece pelo início.

E ela contou tudo.

Meia hora depois, Steve olhou pela janela, pensando no que acabara de ouvir.

— E quer ir à polícia?

— Quero. Foi o que eu deveria ter feito na ocasião. Não me importo mais com o que possam fazer comigo.

Steve disse, pensativo:

— Já que está se apresentando voluntariamente e foi um acidente, acho que o tribunal será clemente.

Kendall fazia um grande esforço para se controlar.

— Só quero acabar logo com isso.

— E seu marido?

— O que há com ele?

— Chantagem é contra a lei. Você tem o número da conta na Suíça para a qual mandou o dinheiro que ele lhe roubou. Tudo o que tem a fazer é apresentar uma acusação e...

— Não! — O tom era veemente. — Não quero ter mais nada a ver com ele. Deixe-o continuar com sua vida. Quero continuar com a minha.

Steve balançou a cabeça.

— Como quiser. Vou levá-la até a chefatura de polícia. Talvez tenha de passar a noite na cadeia, mas poderei soltá-la sob fiança pela manhã.

Kendall sorriu.

— Agora posso fazer uma coisa que nunca fiz antes.

— O quê?

— Criar um modelo com listras.

Naquela noite, ao voltar para casa, Steve contou a Julia o que acontecera. Ela ficou horrorizada.

— O próprio marido fazia chantagem com ela? Isso é terrível! — Julia estudou-o por um momento. — Acho maravilhoso que você passe sua vida ajudando pessoas em dificuldades.

Steve pensou: *Agora sou eu quem está em dificuldades.*

Steve Sloane foi despertado pelo aroma de café fresco e *bacon* frito. Sentou-se na cama, surpreso. *A empregada viera hoje?* Ele a avisara para não vir. Steve pôs o chambre e os chinelos, desceu apressado para a sozinha.

Julia estava ali, preparando o desjejum. Levantou os olhos quando Steve entrou.

— Bom dia — disse ela, jovial. — Como gosta dos seus ovos?

— Hã... mexidos.

— Certo. Minha especialidade é ovos mexidos e *bacon.* Para ser franca, minha única especialidade. Como já falei, sou uma péssima cozinheira.

Steve sorriu.

— Não precisa cozinhar. Se quisesse, poderia contratar algumas centenas de *chefs*.

— Vou mesmo receber tanto dinheiro, Steve?

— Vai, sim. Sua parte na herança será de mais de um bilhão de dólares.

Julia teve dificuldade para engolir.

— Um bilhão? Não dá para acreditar!

— Mas é verdade.

— Não há tanto dinheiro assim no mundo, Steve.

— Seu pai tinha a maior parte do que havia.

— Eu... não sei o que dizer.

— Então posso dizer uma coisa?

— Claro.

— Os ovos estão queimando.

— Oh! Desculpe. — Ela tirou a frigideira do fogo. — Farei outros.

— Não precisa se incomodar. O *bacon* frito será suficiente.

Julia soltou uma risada.

— Sinto muito.

Steve foi até o armário, pegou uma caixa de cereal.

— Que tal um desjejum frio, Julia?

— Perfeito.

Ele despejou o cereal em duas tigelas, pegou o leite na geladeira, e sentaram à mesa da cozinha.

— Não tem alguém que cozinhe para você, Steve?

— Quer saber se estou envolvido com alguma mulher?

Julia corou.

— Por aí.

— Não. Tive um relacionamento por dois anos, mas acabou.

— Sinto muito.

— E você?

Ela pensou em Henry Wesson.

— Acho que não.

Steve ficou curioso.

— Não tem certeza?

— É difícil explicar. Um de nós quer casar — explicou ela, com todo tato —, o outro não quer.

— Entendo. Quando tudo isso acabar, voltará para o Kansas?

— Sinceramente, não sei. Parece estranho estar aqui. Minha mãe vivia me falando de Boston. Ela nasceu aqui, amava esta cidade. De certa maneira, é como voltar para casa. Eu gostaria de ter conhecido meu pai.

Não, você não gostaria, pensou Steve.

— Você o conheceu, Steve?

— Não. Ele só tratava com Simon Fitzgerald.

Conversaram por mais de uma hora e havia uma camaradagem fácil entre eles. Steve relatou a Julia o que acontecera antes — a chegada da estranha que dizia ser Julia Stanford, o caixão vazio e o desaparecimento de Dmitri Kaminsky.

— Isso é incrível! — exclamou Julia. — Quem poderia estar por trás disso?

— Não sei, mas estou tentando descobrir. Enquanto isso, você ficará segura.

Ela sorriu.

— Eu me sinto mesmo segura aqui. Obrigada.

Steve já ia dizer alguma coisa, mas parou. Olhou para o relógio.

— É melhor eu me vestir e ir para o escritório. Tenho muito o que fazer hoje.

Steve foi se reunir com Fitzgerald.

— Algum progresso? — indagou Fitzgerald.

Steve sacudiu a cabeça.

— É tudo fumaça. Quem planejou o golpe é um gênio. Estou tentando encontrar Dmitri Kaminsky. Ele voou da Córsega para Paris e Austrália. Falei com a polícia de Sydney. Eles ficaram surpresos ao saberem que Kaminsky estava em seu país. Há uma circular da Interpol e eles estão procurando-o. Acho que Harry Stanford assinou sua sentença de morte ao ligar para o escritório e dizer que queria mudar seu testamento. Alguém decidiu impedi-lo. A única testemunha do que aconteceu no iate naquela noite é Dmitri Kaminsky. Quando o descobrirmos, saberemos muito mais.

— Será que devemos acionar nossa polícia? — indagou Fitzgerald.

Steve balançou a cabeça.

— Tudo o que sabemos é circunstancial, Simon. O único crime que podemos provar é que alguém desenterrou um cadáver... e nem sequer sabemos quem fez isso.

— E o tal detetive que eles contrataram, o que confirmou as impressões digitais da mulher?

— Frank Timmons. Deixei três recados para ele. Se não tiver notícias até seis horas da tarde, voarei para Chicago. Creio que ele está profundamente envolvido.

— O que acha que deveria acontecer com a parte da herança que a impostora ia receber?

— Meu palpite é de que a pessoa que planejou tudo obrigou-a a assinar uma procuração. E deve ter usado alguns fundos de fachada para que ninguém saiba quem é. Mas estou convencido de que é alguém da família... Acho que podemos eliminar Kendall como suspeita.

Ele relatou sua conversa com Kendall.

— Se ela estivesse por trás, não teria feito a confissão, não neste momento, pelo menos. Esperaria até receber o dinheiro. Quanto ao marido, acho que podemos eliminá-lo. Marc não passa de um chantagista insignificante. Não é capaz de armar um plano assim.

— E os outros?

— Juiz Stanford. Conversei com um amigo, da Ordem dos Advogados de Chicago. Meu amigo diz que todos têm a maior consideração pelo juiz Stanford. Na verdade, ele foi até indicado para presidir o tribunal. Outra coisa em seu favor: foi o juiz Stanford quem disse que a primeira Julia que apareceu era uma impostora e quem insistiu no teste de DNA. Duvido que ele fizesse uma coisa dessas. Woody me interessa. Tenho quase certeza de que ele é viciado em drogas, o que é um hábito dispendioso. Investiguei sua esposa, Peggy. Ela não é bastante esperta para estar por trás do plano. Mas corre o rumor de que tem um irmão envolvido com o crime organizado. Vou verificar.

Steve falou com sua secretária pelo interfone.

— Por favor, ligue-me com o tenente Michael Kennedy, da polícia de Boston.

A secretária avisou poucos minutos depois:

— Tenente Kennedy na linha um.

— Tenente, obrigado por atender a meu telefonema. Sou Steve Sloane, trabalho na Renquist, Renquist e Fitzgerald. Estamos tentando localizar um parente no caso do espólio de Harry Stanford.

— Terei o maior prazer em ajudar, Sr. Sloane.

— Poderia consultar a polícia de Nova York e perguntar se tem alguma ficha do irmão da Sra. Woodrow Stanford? O nome dele é Hoop Malkovich. Trabalha numa padaria no Bronx.

— Não tem problema. Ligarei assim que tiver uma resposta.

— Obrigado.

Depois do almoço, Simon Fitzgerald parou na sala de Steve.

— Como vai a investigação?

— Lenta demais para o meu gosto. Quem planejou isso soube encobrir sua pista muito bem.

— E como está Julia?

Steve sorriu.

— Ela é maravilhosa.

Havia alguma coisa no tom de voz que levou Simon Fitzgerald a examiná-lo mais atentamente.

— Ela é uma jovem muito atraente.

— Sei disso — murmurou Steve, ansioso. — Sei disso.

Uma hora depois, veio um telefonema da Austrália.

— Sr. Sloane?

— Sou eu.

— Inspetor-chefe McPhearson, de Sydney.

— Pois não, inspetor-chefe.

— Encontramos seu homem.

Steve sentiu o coração disparar.

— Sensacional! Eu gostaria de providenciar o mais depressa possível a extradição...

— Não há pressa. Dmitri Kaminsky está morto.

Steve sentiu um aperto no coração.

— *O quê?*

— Encontramos o corpo há poucas horas. Os dedos haviam sido cortados e ele levou vários tiros.

As quadrilhas russas têm um estranho costume. Primeiro cortam seus dedos, depois o deixam sangrar, antes de fuzilá-lo.

— Entendo. Obrigado, inspetor.

Fim do caminho. Steve ficou olhando para a parede. Todas as suas pistas estavam sumindo. Ele compreendeu o quanto contara com o depoimento de Dmitri Kaminsky. A secretária de Steve interrompeu seus pensamentos:

— Há um certo Sr. Timmons na linha três.

Steve olhou para o relógio. Cinco para as seis. Ele pegou o fone.

— Sr. Timmons?

— Isso mesmo. Lamento não ter podido ligar antes. Passei dois dias fora da cidade. Em que posso ajudá-lo?

Em muita coisa, pensou Steve. *Pode me dizer, por exemplo, como falsificou aquelas impressões digitais.* Steve escolheu suas palavras com o maior cuidado:

— Estou ligando sobre Julia Stanford. Quando esteve em Boston recentemente, verificou as impressões digitais dela e...

— Sr. Sloane...

— O que é?

— Nunca estive em Boston.

Steve respirou fundo.

— Sr. Timmons, segundo o registro do Holiday Inn, esteve aqui...

— Alguém vem usando o meu nome.

Steve estava atordoado. Era o beco sem saída, a última pista.

— Tem alguma idéia de quem poderia ser?

— Algo muito estranho está acontecendo, Sr. Sloane. Uma mulher alegou que estive em Boston e que poderia identificá-la como Julia Stanford. Mas eu nunca a tinha visto antes.

Steve sentiu um ímpeto de esperança.

— Sabe quem ela é?

— Sei, sim. O nome dela é Posner. Margo Posner.

Steve pegou uma caneta.

— Sabe onde ela está?

— No Centro de Saúde Mental Reed, em Chicago.

— Muito obrigado.

— Vamos manter contato. Eu também gostaria de saber o que está acontecendo. Não gosto que outros usem meu nome.

— Certo.

Steve desligou. Margo Posner.

Quando Steve chegou em casa, naquela noite, encontrou Julia à espera.

— Preparei o jantar — anunciou ela. — Isto é, não preparei exatamente. Gosta de comida chinesa?

Ele sorriu.

— Adoro!

— Ainda bem. Temos oito embalagens.

Steve foi para a sala de jantar. A mesa estava ornamentada com flores e velas.

— Alguma novidade? — perguntou Julia.

Ele respondeu com cautela:

— Talvez tenhamos a primeira abertura. Tenho o nome de uma mulher que parece estar envolvida no caso. Voarei até Chicago pela manhã para conversar com ela. Tenho o pressentimento de que podemos ter todas as respostas amanhã.

— Mas seria maravilhoso! — exclamou Julia, excitada. — Ficarei contente quando tudo isso terminar.

— Eu também — assegurou Steve.

Ou será que não? Afinal, ela é parte da família Stanford... e está fora do meu alcance.

O jantar se prolongou por duas horas e eles nem sequer percebiam o que comiam. Conversaram sobre tudo e sobre nada, e era como se sempre tivessem se conhecido. Discutiram o passado e o presente, tomaram o cuidado de evitar qualquer menção ao futuro. *Não há futuro para nós*, pensou Steve, infeliz. Ao final, relutante, Steve murmurou:

— É melhor irmos para a cama.

Ela fitou-o com as sobrancelhas alteadas, e ambos desataram a rir.

— O que eu quis dizer...

— Sei o que você quis dizer. Boa noite, Steve.

— Boa noite, Julia.

Capítulo Trinta e Um

No início da manhã seguinte, Steve embarcou num vôo da United. Ao desembarcar em Chicago, no Aeroporto O'Hare, pegou um táxi.

— Para onde? — perguntou o motorista.

— Centro de Saúde Mental Reed.

O motorista virou-se para fitá-lo.

— Você está bem?

— Estou. Por quê?

— Só perguntei.

Chegando ao Reed, Steve encaminhou-se para o guarda unifor mizado na portaria.

— Em que posso ajudá-lo? — indagou o guarda.

— Eu gostaria de falar com Margo Posner.

— Ela é funcionária?

Isso não ocorrera a Steve.

— Não sei.

O guarda examinou-o com mais atenção.

— Não sabe?

— Tudo o que sei é que ela está aqui.

O guarda abriu uma gaveta, tirou um papel com uma lista de nomes. Depois de um momento, ele anunciou:

— Ela não é funcionária. Poderia ser paciente?

— Hã... não sei. É possível.

O guarda lançou outro olhar inquisitivo para Steve, abriu uma gaveta diferente, tirou um impresso de computador. Esquadrinhou-o e parou no meio.

— Posner, Margo.

— Isso mesmo. — Steve estava surpreso. — Ela é paciente?

— Isso mesmo. Você é parente?

— Não...

— Neste caso, não poderá vê-la.

— Mas tenho de falar com ela! — insistiu Steve. — É muito importante!

— Lamento, mas são as ordens. A menos que tenha sido autorizado antes, não pode visitar nenhum paciente.

— Quem está no comando aqui?

— Sou eu.

— Estou me referindo ao diretor do hospital.

— É o Dr. Kingsley.

— Quero falar com ele.

— Certo. — O guarda pegou o telefone, discou um número. — Dr. Kingsley, aqui é Joe, na portaria. Há um homem aqui que deseja vê-lo.

O guarda olhou para Steve.

— Seu nome?

— Steve Sloane. Sou advogado.

— Steve Sloane. Ele é advogado... certo.

O guarda desligou, tornou a olhar para Steve.

— Alguém virá aqui para levá-lo ao gabinete do Dr. Kingsley.

Cinco minutos depois, Steve foi introduzido na sala do Dr. Gary Kingsley. Era um homem na casa dos cinqüenta anos, mas parecia mais velho e acabado.

— Em que posso ajudá-lo, Sr. Sloane?

— Preciso falar com uma paciente internada aqui. Margo Posner.

— Ah, sim. Um caso interessante. É parente?

— Não, mas estou investigando um possível homicídio, e é muito importante que eu fale com ela. Acho que ela poderá explicar muitas coisas.

— Lamento, mas não posso ajudá-lo.

— Mas tem de me ajudar! É...

— Eu não poderia ajudá-lo, Sr. Sloane, mesmo que quisesse.

— Por que não?

— Porque Margo Posner está numa cela acolchoada. Ataca qualquer pessoa que se aproxime dela. Esta manhã tentou matar uma atendente e dois médicos.

— *O quê?*

— Ela troca de identidade a todo instante, chama seu irmão Tyler e a tripulação de seu iate. Só conseguimos aquietá-la com fortes sedativos.

— Essa não! — murmurou Steve. — Tem alguma idéia de quando ela poderá sair desse estado?

O Dr. Kingsley sacudiu a cabeça.

— Ela está sob rigorosa observação. Talvez venha a se acalmar depois de algum tempo e então poderemos reavaliar sua condição. Até lá...

Capítulo Trinta e Dois

Às seis horas da manhã, uma lancha de patrulha do porto navegava pelo rio Charles quando um dos policiais a bordo avistou um objeto flutuando na água.

— À proa, a boreste! — gritou ele. — Parece um tronco. Vamos recolhê-lo antes que afunde alguma embarcação.

O tronco era um cadáver. E, ainda mais surpreendente, um cadáver embalsamado. Um dos guardas indagou:

— Como um cadáver embalsamado veio parar no rio Charles?

O tenente Michael Kennedy estava falando com o médico-legista.

— Tem certeza?

— Absoluta. É Harry Stanford. Eu mesmo o embalsamei. Mais tarde, houve uma ordem de exumação, mas quando o caixão foi aberto... Ora, você já deve saber. Foi comunicado à polícia.

— Quem pediu a exumação do corpo?

— A família, por intermédio de seu advogado, Simon Fitzgerald.

— Acho que terei uma conversa com o Sr. Fitzgerald.

Ao voltar de Chicago, Steve foi direto para a sala de Simon Fitzgerald.

— Você parece abatido — comentou Fitzgerald.

— Não abatido... batido. Tudo está desmoronando, Simon. Tínhamos três pistas possíveis: Dmitri Kaminsky, Frank Timmons e Margo Posner. Kaminsky morreu, é o Timmons errado, e Margo Posner está internada num hospício. Não temos nada...

A voz da secretária de Fitzgerald soou pelo interfone:

— Com licença, mas o tenente Kennedy está aqui, querendo lhe falar, Sr. Fitzgerald.

— Mande-o entrar.

Michael Kennedy era um homem de aparência rude, com olhos que já haviam testemunhado tudo.

— Sr. Fitzgerald?

— Sou eu. Este é meu sócio, Steve Sloane. Creio que já se falaram pelo telefone. Sente-se, por favor. Em que podemos ajudá-lo?

— Acabamos de encontrar o corpo de Harry Stanford.

— *O quê? Onde?*

— Boiando no Charles. Pediu a exumação do corpo, não é?

— Pedi.

— Posso perguntar por quê?

Fitzgerald contou tudo. Quando ele terminou, Kennedy disse:

— Não sabem quem se apresentou como esse investigador, o tal de Timmons?

— Não — respondeu Steve. — Falei com Timmons. Ele também não sabe.

Kennedy suspirou.

— O caso se torna mais e mais curioso.

— Onde está o corpo de Harry Stanford agora? — indagou Steve.

— Ficará no necrotério por enquanto. Espero que não torne a desaparecer.

— Eu também — murmurou Steve. — Pediremos a Perry Winger para fazer um teste de DNA com Julia.

Steve ligou para Tyler, a fim de informar que o corpo de seu pai fora encontrado. Tyler ficou genuinamente chocado.

— Mas isso é terrível! — exclamou ele. — Quem poderia ter feito uma coisa dessas?

— É o que estamos tentando descobrir — disse Steve.

Tyler estava furioso. *Aquele idiota incompetente do Baker! Ele vai pagar caro por isso. Tenho de resolver o problema antes que escape ao controle.*

— Sr. Sloane, como talvez já saiba, fui designado para presidir o tribunal no condado de Cook. Tenho uma carga muito pesada de trabalho e estão me pressionando para voltar logo. Não posso protelar minha estada aqui por mais tempo. Agradeceria se providenciasse rapidamente a homologação do testamento.

— Já telefonei esta manhã — informou Steve. — Tudo será concluído nos próximos três dias.

— Seria ótimo. Mantenha-me informado, por favor.
— Pode deixar, juiz.

Steve ficou sentado em sua sala, repassando os acontecimentos das últimas semanas. Recordou a conversa que tivera com o inspetor-chefe McPhearson.

Encontramos o corpo há poucas horas. Os dedos haviam sido cortados e ele levou vários tiros.

Mas espere um pouco!, pensou Steve. *Há uma coisa que ele não me disse.* Steve pegou o telefone e fez outra ligação para a Austrália. Atenderam no mesmo instante.

— Aqui é o inspetor-chefe McPhearson.

— Aqui é Steve Sloane, inspetor. Esqueci de fazer uma pergunta. Quando encontrou o corpo de Dmitri Kaminsky, havia algum papel com ele?... Entendo... Está certo... Muito obrigado.

No instante em que Steve desligou, sua secretária informou pelo interfone:

— O tenente Kennedy está esperando na linha dois.

Steve apertou o botão.

— Desculpe por fazê-lo esperar, tenente. Eu estava numa ligação para o exterior.

— A polícia de Nova York me deu algumas informações interessantes sobre Hoop Malkovich. Parece que ele é um tipo bem suspeito.

Steve pegou uma caneta.

— Pode falar.

— A polícia acha que a padaria em que ele trabalha é uma fachada para uma rede de tráfico. — O tenente fez uma pausa. — Malkovich é provavelmente um traficante de drogas. Mas é esperto. Ainda não conseguiram provas contra ele.

— Mais alguma coisa?

— A polícia acredita que a operação está ligada à Máfia francesa, com uma conexão em Marselha. Ligarei se souber de mais alguma coisa.

— Obrigado, tenente. Não imagina como está me ajudando.

Steve desligou e se encaminhou para a porta.

Ao chegar em casa, na maior expectativa, Steve chamou:

— Julia?

Não houve resposta. Ele começou a entrar em pânico.

— Julia!

Ela foi seqüestrada ou morta, pensou Steve, com súbito alarme.

Julia apareceu no alto da escada.

— Steve?

Ele respirou fundo

— Pensei...

Estava muito pálido.

— Você está bem?

— Estou.

Ela desceu.

— Correu tudo bem em Chicago?

Steve sacudiu a cabeça.

— Receio que não.

Ele contou o que acontecera e acrescentou:

— Teremos a homologação do testamento na quinta-feira, Julia. Ou seja, daqui a três dias. Quem quer que esteja por trás disso tem de se livrar de você até lá... ou seu plano não dará certo.

Julia engoliu em seco.

— Entendo. Tem alguma idéia de quem é?

— Para ser franco... — O telefone tocou. — Com licença.

Steve foi atender.

— Alô?

— Aqui é o Dr. Tichner, da Flórida. Lamento não ter ligado antes, mas estava viajando.

— Obrigado por telefonar, Dr. Tichner. Nossa firma representa o espólio Stanford.

— Em que posso ajudá-lo?

— É sobre Woodrow Stanford. Creio que ele é seu paciente.

— É, sim.

— Ele tem um problema de drogas, doutor?

— Não posso falar sobre meus pacientes, Sr. Sloane.

— Compreendo, e não estou perguntando por mera curiosidade. É muito importante...

— Lamento, mas não posso...

— Internou-o na Clínica Harbor Group, em Jupiter, não é?

Houve uma longa hesitação.

— É verdade. Consta dos registros.

— Obrigado, doutor. Isso é tudo que preciso saber.

Steve desligou, ficou imóvel por um instante.

— Incrível!

— O que foi? — perguntou Julia.

— Sente-se...

Meia hora depois, Steve estava em seu carro, a caminho de Rose Hill. Todas as peças finalmente se ajustavam em seus lugares. *Ele é brilhante. Quase deu certo. E ainda pode dar, se alguma coisa acontecer com Julia.*

Em Rose Hill, a porta foi aberta por Clark.

— Boa noite, Sr. Sloane.

— Boa noite, Clark. O juiz Stanford está?

— Na biblioteca. Vou avisá-lo de sua presença.

— Obrigado.

Steve observou Clark se afastar. O mordomo voltou um minuto depois.

— O juiz Stanford vai recebê-lo agora.

— Obrigado.

Steve entrou na biblioteca.

Tyler estava diante de um tabuleiro de xadrez, com uma expressão concentrada. Levantou os olhos quando Steve entrou.

— Queria falar comigo?

— Queria, sim. Creio que a mulher que se apresentou aqui há vários dias é a verdadeira Julia. A outra Julia era uma impostora.

— Mas não é possível!

— Receio que seja verdade, e descobri quem está por trás de tudo isso.

Houve um silêncio momentâneo, antes que Tyler murmurasse:

— Descobriu?

— Descobri. Lamento, mas será um choque. É seu irmão, Woody.

Tyler fitou Steve com um espanto total.

— Está me dizendo que Woody é responsável por tudo o que vem acontecendo?

— Isso mesmo.

— Não... não posso acreditar.

— Eu também não podia, mas tudo confere. Conversei com o médico dele em Hobe Sound. Sabia que seu irmão é viciado em drogas?

— Eu... desconfiava.

— Drogas são caras. Woody não trabalha. Precisa de dinheiro, e é óbvio que procurava obter uma parte maior da herança. Foi ele quem contratou a falsa Julia, mas quando você nos procurou e pediu um teste de DNA, Woody entrou em pânico e removeu o corpo de seu pai do caixão, porque não podia permitir a realização do teste. Foi o que me fez suspeitar. E desconfio que ele mandou alguém a Kansas City para matar a verdadeira Julia. Sabia que Peggy tem um irmão ligado à Máfia? Mas enquanto a verdadeira Julia estiver viva, o plano dele não poderá dar certo.

— Tem certeza de tudo isso?

— Absoluta. Há mais uma coisa, juiz.

— O que é?

— Não creio que seu pai tenha caído do iate. Estou convencido de que Woody providenciou para que seu pai fosse *assassinado*. O irmão de Peggy poderia ter cuidado disso também. Fui informado de que ele tem ligações com a Máfia de Marselha. Eles poderiam facilmente pagar um tripulante para matar seu pai. Voarei para a Itália esta noite e conversarei com o comandante do iate.

Tyler escutava atentamente. Quando ele falou, foi num tom de aprovação:

— É uma boa idéia.

O comandante Vacarro não sabe de nada.

— Tentarei voltar até quinta-feira para a leitura do testamento.

— E a verdadeira Julia? — indagou Tyler. — Tem certeza de que ela está segura?

— Tenho, sim — respondeu Steve. — Ela está escondida onde ninguém poderá encontrá-la: na minha casa.

Capítulo Trinta e Três

O*s deuses estão do meu lado.* Ele não podia acreditar em sua sorte. E era mesmo um golpe de sorte inacreditável. Na noite passada, Steve Sloane entregara Julia em suas mãos. *Hal Baker é um idiota incompetente*, pensou Tyler. *Desta vez cuidarei de Julia pessoalmente.*

Ele levantou os olhos quando Clark entrou na sala.

— Com licença, juiz Stanford. Há um telefonema para o senhor.

Era Keith Percy.

— Tyler?

— Olá, Keith.

— Só queria informá-lo sobre o caso de Margo Posner.

— O que aconteceu?

— O Dr. Gifford acaba de me ligar. A mulher é insana. Tornou-se tão violenta que tiveram de trancafiá-la numa cela acolchoada.

Tyler sentiu um alívio intenso.

— Lamento saber disso.

— Seja como for, eu queria tranqüilizá-lo e avisar que ela não representa mais nenhum perigo para você e sua família.

— Não sabe como estou grato, Percy.

E estava mesmo.

Tyler foi para seu quarto e telefonou para Lee. Houve uma longa espera até Lee atender.

— Alô?

Tyler podia ouvir vozes ao fundo.

— Lee?

— Quem está falando?

— Sou eu, Tyler.

Ele podia ouvir o retinido de copos.

— Está dando uma festa, Lee?

— Hã-hã. Quer se juntar a nós?

Tyler especulou quem estaria na festa.

— Bem que eu gostaria, se pudesse. Estou ligando para avisar que você pode se aprontar para aquela viagem de que falamos.

Lee riu.

— Aquela viagem a St. Tropez num grande iate branco?

— Isso mesmo.

— Posso estar pronto a qualquer momento — disse Lee, zombeteiro.

— Falo sério, Lee.

— Ora, Tyler, pare com isso. Juízes não possuem iates. Preciso desligar agora. Meus convidados me chamam.

— Espere! — gritou Tyler, desesperado. — Sabe quem eu sou?

— Claro que sei. É...

— Sou Tyler Stanford. Meu pai era Harry Stanford.

Houve um momento de silêncio.

— Está querendo me gozar?

— Não. Estou em Boston, acertando os últimos detalhes da herança.

— Santo Deus! Então você é *esse* Stanford. Eu não sabia. Sinto muito. Tenho ouvido as notícias, mas não prestei muita atenção. Nunca imaginei que fosse você.

— Não tem problema.

— Pretende mesmo me levar a St. Tropez, não é?

— Claro. Vamos fazer uma porção de coisas juntos. Isto é, se você quiser.

— Mas é claro que eu quero! — Havia um novo entusiasmo na voz de Lee. — Puxa, Tyler, é uma notícia sensacional...

Tyler sorria ao desligar. Já resolvera o problema de Lee. *Agora,* pensou ele, *é tempo de cuidar de minha meia-irmã.*

Tyler foi para a biblioteca, onde estava a coleção de armas de Harry Stanford. Abriu o armário e tirou uma caixa de mogno. Pegou algumas balas na gaveta na base do armário. Guardou a munição no bolso e subiu com a caixa de madeira para seu quarto. Trancou a porta e abriu a caixa. Lá dentro havia dois revólveres Ruger iguais, as armas prediletas de Harry Stanford. Tyler pegou um, carregou-o com todo cuidado, foi guardar a munição extra e a caixa com o outro revólver numa gaveta de sua cômoda. *Um tiro será suficiente*, pensou ele. Haviam-lhe ensinado a atirar muito bem na academia militar em que o pai o internara. *Obrigado, pai.*

Em seguida, Tyler pegou a lista telefônica, e procurou o endereço da casa de Steve Sloane.

Newbury Street, 280, Boston.

Tyler desceu para a garagem, onde havia meia dúzia de carros. Escolheu o Mercedes preto por ser o menos conspícuo. Abriu a porta da garagem e escutou, para verificar se o barulho atraíra a atenção de alguém. Havia apenas silêncio.

A caminho da casa de Steve Sloane, Tyler pensou no que tinha de fazer. Nunca antes cometera um assassinato pessoalmente. Mas agora não tinha opção. Julia Stanford era o último obstáculo entre ele e seus sonhos. Com ela morta, seus problemas estariam acabados. *Para sempre*, pensou Tyler.

Ele guiava devagar, tomando o cuidado de não atrair qualquer atenção. Entrou na Newbury Street e passou pela casa de Steve. Havia uns poucos carros estacionados na rua, mas nenhum pedestre à vista.

Tyler parou o carro a meio quarteirão de distância e voltou a pé até a casa. Tocou a campainha e esperou.

A voz de Julia passou pela porta:

— Quem é?

— Sou eu, juiz Stanford.

Julia abriu a porta. Fitou-o surpresa.

— O que está fazendo aqui? Aconteceu alguma coisa?

— Não, nada — respondeu ele, descontraído. — Steve Sloane me pediu para conversar com você. Avisou que eu a encontraria aqui. Posso entrar?

— Claro.

Tyler entrou no vestíbulo e observou Julia fechar a porta. Ela levou-o para a sala de estar.

— Steve não está. Viajou para San Remo.

— Eu sei. — Tyler olhou ao redor. — Está sozinha? Não há uma empregada ou alguém para ficar com você?

— Não. Estou segura aqui. Posso lhe oferecer alguma coisa?

— Não, obrigado.

— Sobre o que deseja me falar?

— Estou desapontado com você, Julia.

— Desapontado?

— Nunca deveria ter vindo para cá. Pensou realmente que poderia vir a Boston para obter uma fortuna que não lhe pertence?

Ela fitou-o em silêncio por um momento.

— Mas tenho direito...

— Não tem direito a nada! — gritou Tyler. — Onde esteve durante todos esses anos em que fomos humilhados e punidos por nosso pai? Ele fazia de tudo para nos magoar, em cada oportunidade. Fez-nos viver num inferno. Você não teve de passar por nada disso. Mas nós sofremos, e agora merecemos o dinheiro. Não você.

— Eu... O que quer que eu faça?

Tyler soltou uma risada curta.

— O que eu quero que você faça? Nada. Já fez. Sabia que quase estragou tudo?

— Não estou entendendo.

— É muito simples. — Tyler tirou o revólver do bolso. — Você vai desaparecer.

Julia deu um passo para trás.

— Mas eu...

— Não diga nada. Não vamos perder tempo. Você e eu temos de fazer uma pequena viagem.

Ela se empertigou.

— E se eu não quiser ir?

— Vai de qualquer maneira. Morta ou viva. A escolha é sua.

No momento de silêncio que se seguiu, Tyler ouviu sua voz trovejar do cômodo ao lado: *Vai de qualquer maneira. Morta ou viva. A escolha é sua.* Ele virou-se.

— Mas o que...?

Steve Sloane, Simon Fitzgerald, o tenente Kennedy e dois policiais uniformizados entraram na sala. Steve segurava um gravador. O tenente Kennedy disse:

— Entregue-me a arma, juiz.

Tyler ficou paralisado por um instante, depois forçou um sorriso.

— Claro. Eu estava apenas querendo assustar essa mulher, para intimidá-la a ir embora. Ela é uma impostora. — Ele largou a arma na mão estendida do policial. — Ela tentou reivindicar parte da herança Stanford. Mas eu não ia permitir que escapasse impune. Por isso...

— Acabou, juiz — interrompeu-o Steve.

— Mas do que está falando? Disse que Woody era o responsável...

— Woody não tinha condições de planejar alguma coisa tão hábil, e Kendall já era bem-sucedida. Por isso, comecei a investigá-lo. Dmitri Kaminsky foi morto na Austrália, mas a polícia australiana encontrou o *seu* telefone no bolso dele. Usou-o para assassinar seu pai. E foi você quem contratou Margo Posner, alegando em seguida que ela era uma impostora, para evitar qualquer suspeita. Foi você quem insistiu no teste de DNA e providenciou para que o corpo fosse removido. E foi você quem deu o falso telefonema para Timmons. Incumbiu Margo Posner de representar Julia e depois a internou num hospital psiquiátrico.

Tyler correu os olhos pela sala. Ao falar, sua voz era perigosamente calma:

— Um *número de telefone* no bolso de um morto é a sua prova? Não posso acreditar. Preparou sua armadilha baseado *nisso*? Não tem nenhuma prova concreta. Meu telefone estava no bolso de Dmitri porque ele achava que meu pai corria perigo. Eu disse a Dmitri que tomasse cuidado. É óbvio que ele não teve cuidado suficiente. Quem matou meu pai deve ter matado Dmitri também. É essa pessoa que a polícia deve procurar. Liguei para Timmons porque queria que ele descobrisse a verdade. Alguém tomou o lugar dele. Não tenho idéia de quem foi. E a menos que possam descobri-lo e ligá-lo a mim, vocês não têm nada. Quanto a Margo Posner, pensei que ela era mesmo nossa irmã. Quando ela enlouqueceu de repente, desatando a comprar coisas e ameaçando matar todos nós, eu a convenci a ir para Chicago. E providenciei para que ela fosse detida e internada. Queria manter tudo isso escondido da imprensa para proteger nossa família.

— Mas veio aqui para me matar — disse Julia.

Tyler sacudiu a cabeça.

— Eu não tinha a menor intenção de matá-la. Você é uma impostora. Só queria assustá-la.

— Está mentindo.

O juiz olhou para os outros.

— Há mais uma coisa que podem considerar. É possível que não haja ninguém da família envolvido. Talvez alguém a par de todos os fatos esteja manipulando tudo isso, alguém que apresentou uma impostora e planejou convencer a família de que ela era autêntica, para depois dividir com a mulher uma parte da herança. Essa possibilidade não lhes ocorreu?

Tyler virou-se para Simon Fitzgerald.

— Vou processar vocês dois por calúnia e difamação, arrancar tudo que possuem. Estas são minhas testemunhas. Antes que eu acabe com vocês, desejarão nunca ter ouvido falar de mim. Controlo bilhões, e vou usar todo esse dinheiro para destruí-los.

Ele olhou para Steve.

— Prometo que seu último ato como advogado será a leitura do testamento de meu pai. E agora, a menos que queiram me processar por andar com uma arma sem licença, vou embora.

Os outros se entreolharam, indecisos.

— Não? Pois então boa noite.

Eles ficaram olhando, impotentes, enquanto Tyler se encaminhava para a porta.

O tenente Kennedy foi o primeiro a recuperar a voz.

— É demais! Acreditaram nessa história?

— Ele está blefando — disse Steve. — Mas não podemos provar. Ele tem razão. Precisamos de provas. Pensei que o juiz ia desmoronar, mas percebo agora que o subestimei.

Simon Fitzgerald interveio:

— Parece que o nosso plano falhou. Sem Dmitri Kaminsky ou o depoimento de Margo Posner, só temos suspeitas.

— E a ameaça contra a minha vida? — protestou Julia.

— Ouviu o que ele alegou — disse Steve. — Apenas tentava assustá-la, porque achava que era uma impostora.

— Ele não tentava apenas me assustar — insistiu Julia. — Tencionava me matar.

— Sei disso. Mas não há nada que possamos fazer. Dickens tinha razão: "A lei é idiota..." Voltamos ao ponto de partida.

Fitzgerald franziu o rosto.

— É pior do que isso, Steve. Tyler falava sério ao dizer que vai nos processar. A menos que possamos provar nossas acusações, estamos numa situação crítica.

Depois que os outros se retiraram, Julia disse a Steve:

— Lamento muito por tudo isso. Sinto que, de certa forma, sou responsável. Se eu não tivesse vindo...

— Não diga bobagem.

— Mas ele declarou que vai arruiná-lo. Pode fazer isso?

Steve deu de ombros.

— Veremos.

Julia hesitou.

— Eu gostaria de ajudá-lo, Steve.

Ele fitou-a, perplexo.

— Como?

— Vou herdar um bocado de dinheiro. Gostaria de lhe dar o suficiente para que possa...

Steve pôs as mãos nos ombros da jovem.

— Obrigado, Julia, mas não posso aceitar seu dinheiro. Ficarei bem.

— Mas...

— Não se preocupe com isso.

Ela estremeceu.

— Ele é um homem terrível.

— Foi muito corajosa por ter feito o que fez.

— Você disse que não havia como pegá-lo, e por isso pensei que atraí-lo para cá poderia ser uma boa armadilha.

— Mas parece que fomos nós que caímos na armadilha, não é?

Naquela noite, Julia deitou em sua cama pensando em Steve e especulando como poderia protegê-lo. *Eu não deveria ter vindo... mas se não viesse, não o conheceria.*

No quarto ao lado, Steve também estava acordado, deitado em sua cama, pensando em Julia. Era frustrante pensar que se encontravam separados apenas por uma parede fina. *Mas do que estou falando? Essa parede tem um bilhão de dólares de espessura!*

Tyler estava exultante. Voltando para casa, pensava no que acabara de ocorrer, e como fora mais esperto do que todos. *Eles são pigmeus tentando abater um gigante*, pensou. E nem imaginava que seu pai também pensara da mesma forma.

Clark cumprimentou-o quando ele chegou em Rose Hill.

— Boa noite, juiz Tyler. Espero que esteja se sentindo bem esta noite.

— Nunca me senti melhor, Clark!

— Deseja alguma coisa?

— Pode me trazer champanhe.

Era uma comemoração, a comemoração de sua vitória. *Amanhã valerei mais de dois bilhões de dólares.* Ele repetiu a cifra em voz alta, satisfeito:

— Dois bilhões de dólares... dois bilhões de dólares...

Decidiu telefonar para Lee. E desta vez Lee reconheceu sua voz no mesmo instante.

— Tyler! Como vai?

A voz era afetuosa.

— Muito bem, Lee.

— Esperava por notícias suas.

Tyler sentiu uma pequena emoção.

— É mesmo? Não gostaria de vir para Boston amanhã?

— Claro... mas para quê?

— Para a leitura do testamento. Vou herdar mais de dois bilhões de dólares.

— Dois... isso é fantástico!

— Quero você aqui, ao meu lado. E vamos escolher aquele iate juntos.

— Oh, Tyler, será maravilhoso!

— Então você virá?

— Claro.

Depois que Lee desligou, Tyler continuou sentado, repetindo várias vezes, emocionado:

— Dois bilhões de dólares... dois bilhões de dólares...

Capítulo Trinta e Quatro

No dia anterior à leitura do testamento, Kendall e Woody estavam sentados na sala de Steve.

— Não entendo por que estamos aqui — disse Woody. — A leitura só deve ser amanhã.

— Quero que conheçam uma pessoa — explicou Steve.

— Quem?

— Sua irmã.

Os dois ficaram espantados.

— Já a conhecemos — disse Kendall.

Steve apertou um botão no interfone.

— Pode pedir a ela para entrar, por favor?

Kendall e Woody trocaram um olhar, perplexos.

A porta foi aberta, e Julia Stanford entrou na sala. Steve levantou-se.

— Esta é a irmã de vocês, Julia.

— Mas que história é essa? — explodiu Woody. — O que está tentando nos impingir?

— Deixe-me explicar — disse Steve, calmamente.

Ele falou por quinze minutos, e arrematou:

— Perry Winger confirma que o DNA dela combina com o de Harry Stanford.

Woody não pôde mais se contar.

— Tyler! Não posso acreditar!

— Pois é melhor acreditar.

— Não consigo entender. As impressões digitais da outra mulher provam que *ela* é Julia — insistiu Woody. — Ainda tenho o cartão com as impressões.

Steve sentiu a pulsação acelerar.

— Está com você?

— Guardei como uma piada.

— Quero que me faça um favor, Woody.

Na manhã seguinte, às dez horas, havia um grupo grande na sala de reuniões da Renquist, Renquist & Fitzgerald. Simon Fitzgerald ocupava à cabeceira da mesa. Lá estavam Kendall, Tyler, Woody, Steve, Julia e vários estranhos. Fitzgerald apresentou dois deles.

— Estes são William Parker e Patrick Evans. Trabalham nas firmas de advocacia que representam a Stanford Enterprises. Trouxeram o relatório financeiro da companhia. Falarei primeiro sobre o testamento, e depois eles assumirão o comando da reunião.

— Vamos acabar logo com isso — interveio Tyler, impaciente.

Ele sentava-se longe dos outros. *Não apenas vou receber o dinheiro, mas também destruir vocês, seus filhos da puta!*

Simon Fitzgerald acenou com a cabeça.

— Muito bem.

Na frente dele havia uma pasta grande, com os dizeres HARRY STANFORD — ÚLTIMA VONTADE E TESTAMENTO.

— Vou entregar uma cópia do testamento a cada um, para que não haja necessidade de repassar todos os detalhes técnicos. Já comuniquei que os filhos de Harry Stanford herdarão partes iguais do espólio.

Julia olhou para Steve, com uma expressão confusa. *Fico contente por ela*, pensou Steve. *Embora isso a deixe fora do meu alcance.* Simon Fitzgerald continuou:

— Há cerca de uma dúzia de legados, mas são todos pequenos.

Tyler pensou: *Lee chegará esta tarde. Quero estar no aeroporto para recebê-lo.*

— Como foram informados antes, a Stanford Enterprises possui um ativo em torno de seis bilhões de dólares. — Fitzgerald acenou com a cabeça para William Parker. — Deixarei que o Sr. Parker continue a partir daqui.

William Parker abriu uma pasta e espalhou alguns papéis sobre a mesa de reunião.

— Como o Sr. Fitzgerald disse, há um ativo de seis bilhões de dólares. Mas... — Houve uma pausa carregada de expectativa. Ele correu os olhos pela sala. — O passivo da Stanford Enterprises é superior a quinze bilhões de dólares.

Woody levantou-se de um pulo.

— Mas o que está querendo dizer?

O rosto de Tyler empalidecera.

— Isso é alguma piada macabra?

— Só pode ser! — balbuciou Kendall, a voz rouca.

O Sr. Parker virou-se para um dos outros homens na sala.

— O Sr. Leonard Redding é da Comissão de Valores Mobiliários. Deixarei que ele explique.

Redding balançou a cabeça.

— Nos últimos dois anos, Harry Stanford esteve convencido de que as taxas de juros iam cair. No passado, ele ganhou milhões apostando nisso. Quando as taxas de juros começaram a subir, ele continuou convencido de que tornariam a cair, e aumentou suas apostas nessa perspectiva. Efetuou empréstimos maciços para adquirir títulos de longo prazo, mas as taxas de juros subiram, e os custos dos empréstimos dispararam, enquanto o valor dos títulos declinava. Os bancos ainda estavam dispostos a operar com ele por causa de sua reputação e vasta fortuna, mas começaram a ficar preocupados quando ele tentou recuperar suas perdas com investimentos de alto risco. Ele fez uma série de investimentos desastrosos. Uma parte dos empréstimos teve como garantia títulos que ele adquirira com outros empréstimos.

— Em outras palavras — interveio Patrick Evans —, ele estava escalando suas dívidas e operando ilegalmente.

— Correto. Infelizmente para ele, as taxas financeiras tiveram uma das altas mais acentuadas na história financeira. Ele tinha de tomar mais dinheiro emprestado para cobrir os empréstimos anteriores. Era um círculo vicioso.

Todos absorviam atentamente cada palavra de Redding.

— O pai de vocês deu sua garantia pessoal ao fundo de pensão da companhia e ilegalmente usou esse dinheiro para comprar mais títulos. Quando os bancos começaram a questionar o que ele estava fazendo, seu pai criou companhias de fachada e providenciou falsos registros de solvência e falsas vendas de patrimônio para sustentar o valor de seus títulos. Estava cometendo uma fraude. No final, contava com um consórcio de bancos para salvá-lo. Mas eles se recusaram a conceder novos empréstimos. Quando comunicaram à Comissão de Valores Mobiliários o que estava acontecendo, a Interpol foi acionada.

Redding indicou o homem sentado ao seu lado.

— Este é o inspetor Patou, da Sûreté francesa. Inspetor, poderia explicar o resto, por favor?

O inspetor Patou falava inglês com um ligeiro sotaque francês.

— A pedido da Interpol, localizamos Harry Stanford em St.-Paul-de-Vence e enviamos três detetives para vigiarem-no. Mas ele conseguiu despistá-los. A Interpol transmitira o código verde a todos os departamentos de polícia, avisando que Harry Stanford se encontrava sob suspeita e deveria ser vigiado. Se tivessem conhecimento da extensão de seus crimes, teriam usado o código vermelho, de alta prioridade, e nós o teríamos capturado.

Woody entrara em estado de choque.

— Foi por isso que ele nos deixou sua herança, porque não havia nada!

William Parker disse:

— Tem toda razão neste ponto. Vocês todos entraram no testamento de seu pai porque os bancos se recusaram a apoiá-lo e ele sabia que, em essência, não lhes deixaria coisa alguma. Mas ele falou com René Gautier, do Crédit Lyonnais, que prometeu ajudá-lo. E no momento em que Harry Stanford pensou que estava solvente de novo, planejou mudar seu testamento, para cortá-los.

— Mas o que vai acontecer com o iate, o avião e as casas? — perguntou Kendall.

— Sinto muito, mas tudo será vendido para pagar parte da dívida — respondeu Parker.

Tyler estava completamente atordoado. Era um pesadelo além da imaginação. Ele não era mais Tyler Stanford, multibilionário. Era apenas um juiz. Tyler levantou-se, trêmulo.

— Eu... não sei o que dizer. Se não há mais nada...

Ele tinha de se apressar para receber Lee no aeroporto e tentar explicar o que acontecera.

— Há mais uma coisa — declarou Steve.

Tyler virou-se para ele.

— O que é?

Steve acenou com a cabeça para um homem de pé junto à porta. O homem abriu a porta, e Hal Baker entrou.

— Oi, juiz.

A oportunidade surgira quando Woody disse a Steve que ainda tinha o cartão com as impressões digitais.

— Eu gostaria de vê-lo — disse Steve.

Woody ficou perplexo.

— Por quê? São apenas dois conjuntos de impressões digitais e combinam. Todos nós conferimos.

— Mas o homem que se dizia chamar Frank Timmons tirou as impressões digitais da mulher, não é mesmo?

— É, sim.

— E se ele tocou no cartão, suas impressões digitais também ficaram ali.

O pressentimento de Steve foi confirmado. Havia impressões digitais de Hal Baker por todo o cartão, e os computadores levaram menos de trinta minutos para revelar sua identidade. Steve telefonou para o promotor distrital em Chicago. Um mandado judicial foi emitido e dois detetives foram à casa de Hal Baker.

Ele estava no jardim, jogando bola com Billy.

— Sr. Baker?

— Pois não?

Os detetives exibiram suas identificações.

— O promotor distrital gostaria de lhe falar.

— Não posso ir agora! — protestou Baker, indignado.

— Posso saber por quê? — indagou um dos detetives.

— Não percebe o motivo? Estou jogando bola com meu filho!

O promotor distrital lera a transcrição do julgamento de Hal Baker. Olhou para o homem sentado à sua frente e disse:

— Soube que é muito dedicado à sua família.

— E sou mesmo — confirmou Hal Baker, orgulhoso. — É a base deste país. Se cada família pudesse...

O promotor inclinou-se para a frente.

— Sr. Baker, vem trabalhando com o juiz Stanford.

— Não conheço nenhum juiz Stanford.

— Deixe-me refrescar sua memória. Ele lhe concedeu livramento condicional. Usou-o para assumir o papel de um detetive particular chamado Frank Timmons, e temos motivos para acreditar que também lhe pediu para matar Julia Stanford.

— Não sei do que está falando.

— Estou falando sobre uma sentença de dez a vinte anos. Vou pressionar para que seja de vinte.

Hal Baker empalideceu.

— Não pode fazer isso! Minha esposa e meus filhos...

— Exatamente. Por outro lado, se estiver disposto a ser testemunha do estado, posso dar um jeito para que receba uma pena mínima.

Hal Baker começava a suar.

— O que... o que tenho de fazer?

— Contar tudo.

Agora, na sala de reuniões da Renquist, Renquist & Fitzgerald, Hal Baker fitou Tyler e disse:

— Como vai, juiz?

Woody virou-se para ele.

— Mas esse é Frank Timmons!

Steve disse a Tyler:

— Este é o homem que você contratou para arrombar nosso escritório e obter uma cópia do testamento de seu pai, para remover o cadáver de seu pai e para matar Julia Stanford.

Tyler demorou um momento para encontrar sua voz.

— Você está louco! Ele é um condenado! Ninguém vai acreditar na palavra dele contra a minha!

— Ninguém precisa aceitar a palavra dele — disse Steve — Já viu este homem antes?

— Claro. Ele foi julgado em meu tribunal.

— Qual é o nome dele?

— Ele se chama... — Tyler percebeu a armadilha. — Ele deve ter vários pseudônimos.

— Quando o julgou em seu tribunal, o nome dele era Hal Baker.

— Hã... é isso mesmo.

— Mas quando ele veio a Boston, apresentou-o como Frank Timmons.

Tyler começava a se atrapalhar.

— Eu... eu...

— Libertou-o sob sua custódia, e usou-o para tentar provar que Margo Posner era a verdadeira Julia.

— Não! Nada tive a ver com isso. Jamais tinha visto aquela mulher até que ela apareceu aqui.

Steve virou-se para o tenente Kennedy.

— Ouviu isso, tenente?

— Ouvi.

Steve tornou a se virar para Tyler.

— Investigamos Margo Posner. Ela também foi julgada em seu tribunal e solta sob sua custódia. O promotor distrital de Chicago obteve uma ordem judicial para abrir seu cofre no banco. Ele me telefonou há pouco para informar que encontraram um documento lhe concedendo a parte de Julia Stanford na herança de seu pai. O documento foi assinado cinco dias antes da suposta Julia Stanford aparecer em Boston.

Tyler respirava com dificuldade, tentando recuperar o controle.

— Eu... eu... Isto é um absurdo!

O tenente Kennedy interveio:

— Estou prendendo-o, juiz Stanford, por conspiração para cometer homicídio. Será enviado de volta a Chicago.

Tyler ficou imóvel, seu mundo desmoronando.

— Tem o direito de permanecer calado. Se optar por renunciar a esse direito, qualquer coisa que disser pode e será usada contra você num tribunal de justiça. Tem o direito de falar com um advogado e exigir a presença dele quando for interrogado. Se não tiver condições de contratar um advogado, será designado um advogado para representá-lo antes de qualquer interrogatório, se assim desejar. Compreendeu tudo?

— Compreendi.

E de repente um sorriso lento e triunfante iluminou o rosto de Tyler. *Sei como vencê-los!*, pensou ele, feliz.

— Está pronto para vir comigo, juiz?

Tyler acenou com a cabeça e disse calmamente:

— Estou, sim. Gostaria de voltar a Rose Hill para pegar minhas coisas.

— Está bem. Mandarei estes dois policiais acompanharem-no.

Tyler virou-se para fitar Julia e havia tanto ódio em seus olhos que ela estremeceu.

Tyler e os dois policiais chegaram a Rose Hill meia hora depois. Entraram na casa.

— Só vou levar alguns minutos para arrumar minhas coisas — disse Tyler.

Eles observaram Tyler subir a escada para seu quarto. Ali, Tyler pegou o revólver na cômoda e carregou-o.

O som do tiro pareceu ecoar para sempre.

Capítulo Trinta e Cinco

Woody e Kendall estavam sentados na sala de estar em Rose Hill. Meia dúzia de homens em macacões brancos retiravam os quadros das paredes e começavam a desmontar os móveis.

— É o fim de uma era — comentou Kendall, suspirando.

— É o começo. — Woody sorriu. — Eu gostaria de ver a cara de Peggy ao descobrir qual é a sua metade da minha fortuna!

Ele pegou a mão da irmã.

— Você está bem? Pelo que aconteceu com Marc, quero dizer.

Kendall balançou a cabeça.

— Vou superar. De qualquer forma, estarei muito ocupada. Tenho uma audiência preliminar dentro de duas semanas. Depois disso, verei o que acontece.

— Tenho certeza de que tudo vai acabar bem. — Woody levantou-se. — Preciso dar um telefonema importante.

Ele tinha de dar a notícia a Mimi Carson.

— Mimi, acho que terei de voltar atrás em nosso negócio. As coisas não saíram como eu esperava.

— Você está bem, Woody?

— Estou. Muita coisa aconteceu por aqui. Peggy e eu nos separamos.

Houve uma longa pausa.

— É mesmo? E você vai voltar para Hobe Sound?

— Para ser franco, não sei o que vou fazer.

— Woody...

— O que é?

A voz de Mimi era extremamente suave:

— Volte, por favor.

Julia e Steve estavam no pátio.

— Lamento o que aconteceu — comentou Steve. — Isto é, por você não receber o dinheiro.

Julia sorriu.

— Não preciso realmente de cem *chefs*.

— Não está desapontada por sua viagem a Boston ter sido desperdiçada?

Ela fitou-o nos olhos.

— Foi desperdiçada?

Os dois nunca souberam quem tomou a iniciativa, mas de repente Julia se encontrava nos braços dele, e se beijaram.

— Venho querendo fazer isso desde a primeira vez que a vi.

Julia balançou a cabeça.

— Na primeira vez em que me viu, você me mandou sair da cidade!

Foi a vez de Steve sorrir.

— É verdade, não é? Mas agora não quero que você saia nunca mais.

E ela pensou nas palavras de Sally: *Não sabe se o homem a pediu em casamento?*

— Isso é um pedido de casamento?

Steve apertou-a com mais força.

— Pode apostar que sim. Quer casar comigo?

— Quero!

Kendall saiu para o pátio. Tinha um papel na mão.

— Eu... acabo de receber isto pelo correio.

Steve olhou para ela, preocupado.

— Não é outra...?

— Não. Fui eleita Estilista Feminina do Ano.

Woody, Kendall, Julia e Steve sentaram-se à mesa de jantar. Ao redor, carregadores levavam cadeiras e sofás. Steve olhou para Woody.

— O que você vai fazer agora?

— Voltarei para Hobe Sound. Primeiro, procurarei o Dr. Tichner. E depois passarei a montar os pôneis de uma amiga.

Kendall olhou para Julia.

— Você vai voltar a Kansas City?

Quando eu era pequena, pensou Julia, *queria que alguém me tirasse do Kansas e me levasse para um lugar mágico, onde encontraria meu príncipe.* Ela pegou a mão de Steve.

— Não, não voltarei para o Kansas.

Eles observaram dois homens levarem o enorme retrato de Harry Stanford.

— Nunca gostei mesmo desse quadro — declarou Wood.

Impresso no Brasil pelo
Sistema Cameron da Divisão Gráfica da
DISTRIBUIDORA RECORD DE SERVIÇOS DE IMPRENSA S.A.
Rua Argentina 171 – Rio de Janeiro, RJ – 20921-380 – Tel.: 585-2000